小学館文庫

警部ヴィスティング

疑念

ヨルン・リーエル・ホルスト

中谷友紀子 訳

小学館

主な登場人物

ヴィリアム・ヴィスティング …………ラルヴィク警察犯罪捜査部主任警部
リーネ・ヴィスティング …………………ヴィリアムの娘。フリーのジャーナリスト
アマリエ ……………………………………ヴィリアムの孫
アグネーテ・ロル…………………………行方不明の女性
エーリク・ロル ……………………………アグネーテの夫
ニルス・ハンメル …………………………ラルヴィク警察犯罪捜査部刑事
ビョルグ・カーリン………………………ラルヴィク警察犯罪記録係
マーレン・ドッケン ………………………ラルヴィク警察犯罪捜査部刑事
トーネ・ヴァーテラン……………………1999年7月の殺人事件の被害者
ダン・ヴィーダル（ダニー）・モムラク…………トーネの元恋人
カーテ・ウルストルップ…………………バンブレ警察署員
ステン・クヴァンメン ……………………旧ポシュグルン警察犯罪捜査部主任警部
クリスティアン・ボールマン……………ダニーの弁護士
ニンニ・シェヴィク ………………………《ポシュグルン・ダーグブラ》記者
セデリク・スミス …………………………リーネの恋人
パニッレ・シェルヴェン…………………2001年8月の殺人事件の被害者
ヤン・ハンセン ……………………………パニッレ・シェルヴェン殺害犯
ヤンネ・クロンボルグ ……………………2001年に自殺した少女
カーティス・ブレア ………………………ホームステイのアメリカ人
マギー・グリフィン ………………………FBI捜査官
アドリアン・スティレル…………………国家犯罪捜査局（クリポス）捜査官
ハンネ・ブロム ……………………………ヤン・ハンセンの恋人
アーリル・フランクマン…………………ウッレシュモ刑務所の刑務官
ライダル・ハイトマン ……………………弁護士

バールム
オスロ
ドランメン
テレマルク県
ヴェストフォル県
テンスベルグ
フレドリクスタ
シーエン
ポシュグルン
高速18号線
ラルヴィク
スタテッレ
ランゲスン
スターヴェルン
高速18号線
クラーゲレー
10km

疑念

1

水のグラスの縁に蠅《はえ》がとまった。それを追い払い、ヴィスティングはパラソルの陰に腰を下ろした。水を半分飲んでから携帯電話のアプリで総歩数を確認する。じきに四千歩、しかもまだ正午にもなっていない。芝刈り機を押して庭を行きつ戻りつした分がその大半を占めている。休暇中は一日一万歩を目標にしているが、平均八千歩にも及ばない。イングリが亡くなる数年前、息子のトーマスからクリスマスにそれぞれ歩数計を贈られた。最初の数日は夫婦で歩数を競いあったが、じきに抽斗《ひきだし》にしまいこんだまま忘れてしまった。その点、携帯電話はいつも身につけている。

ヴィスティングは細めた目でｉＰａｄの画面を覗《のぞ》きこみ、ブラウザを開いた。行方不明者のアグネーテ・ロルに関する最新ニュースが報じられている。消息を絶ったのはヴィスティングが休暇に入ったのと同じ日だったが、警察への届け出はその二日後だった。当初、記事には捜索の模様が伝えられた。ところが続報が入るにつれ、その内容はよくある失踪とは異なる様相を呈しはじめた。より特殊な、ヴィスティングが扱ってきた類いのものに近づきつつあった。

　捜索区域の報告を行うのはすでに捜索隊長ではなくなっている。捜査が本格化し、ヴィスティングの代理で犯罪捜査部を率いているニルス・ハンメルがメディア対応にあたっている。

　ニュースサイトの記事に新たな情報は見あたらない。三十二歳のアグネーテ・ロルはスターヴェルン中心部のバーで夫と口論になり、先に帰宅した。半時間後、夫も友人たちに帰ると告げてそこを去った。報道によれば、真夜中近くに店を出たのを最後にアグネーテの足取りはつかめていないという。それから四日が経過している。

　アグネーテ・ロルの遺体が発見されたか、あるいは夫が逮捕されたか——iPadを手に取るたび、そのいずれかが起きたのではとヴィスティングは予想していた。しかしこれまでのところ動きは見られない。

　ヴィスティングはiPadを置いてグラスの水をもうひと口飲んだ。脚を伸ばして頭を背もたれに預け、頭上を舞うカモメを見上げる。

　紙の新聞にはまだ格別の思い入れがあるものの、いまの時代、ニュースの更新を翌日まで待ってはいられない。なにかが進行中の場合はなおさらだ。時と場所を選ばず最新のニュースにアクセスできるのはやはりありがたい。それに、最新のテクノロジーを使いこなし、新たな手段で知識や情報を入手できることが自信にもつながっている。

　殺人が疑われる事件の捜査に積極的に関わらず、傍観者の立場で流れを追うのには慣れていないが、報道の内容を見たかぎりでも不審な点は多い。アグネーテ・ロルの夫の名は公表されていないものの、SNSはすでに見つかった。エーリク・ロル、三十三歳、地元のIT企業に勤務。妻の失踪を届け出たのは四十八時間が経過したあとだった。

行方不明事件にはいつも苦労するが、自分なりの捜査法はすでに確立している。必要なのは広範かつ緻密なアプローチだ。すべてを把握するためには広範に、そして捜査を方向づける手がかりを見出《みいだ》すには緻密に行うことが求められる。

ハンメルたちは鋭意捜査中のはずであり、いずれエーリク・ロルが重要参考人として挙げられることになるだろう。

卓上のiPadで警察のコンピューターシステムにログインして捜査資料を読むことは可能だが、あえて自制している。傍観者でいることにもそろそろ慣れていく必要がある。じきに定年退職に備えなければならない。

それでも気にせずにはいられなかった。行方不明事件を解く鍵は、消息を絶つまでの数日間の会話や出来事のなかにあることがほとんどだ。

そのとき、物音がしてヴィスティングは目を見開いた。表の通りに置いた郵便箱の蓋が閉まった音だ。

すわったまま郵便配達車が走り去るのを待った。それから腰を上げ、家のなかを通って表へ出た。ガレージの陰に寝そべった灰色の猫が跳ね起きて通りへ飛びだし、隣家の庭へ逃げこんでいく。

ヴィスティングは坂の下の娘の家に目をやった。リーネが留守のあいだ郵便物を預かる約束をしている。出かけてから今日で五日になる。

まずは自宅の郵便箱のところへ行って中身を取りだした。チラシ広告がほとんどだが、手紙も一通届いている。白い封筒にかっちりとした文字でヴィスティングの氏名と住所が記されている。裏返してみたが、差出人の記載はない。

リーネの家の郵便箱の中身はチラシばかりだった。そのまま古紙回収箱に突っこんで自宅へ引き返しながら、ヴィスティングは届いた手紙のことを考えた。

最近は封書を受けとることも稀《まれ》になっている。少なくともこの種のものは。各種の支払いも大半は自動引き落としを利用しているため、請求書ですらほとんど届かない。封筒に記された黒い手書きの文字は特徴的な書体で、印刷されたもののようにも見える。ヴィリアムとヴィスティングの〝W〟はほぼ同一の形状であり、ダイレクトメールかなにかを思わせるが、〝i〟の形がわずかに異なるため、実際は手書きだとわかる。

キッチンの抽斗から鋭いナイフを出すと、ヴィスティングは封を切って中身を取りだした。無地の紙が四つ折りにされている。くしゃくしゃに丸めたあと伸ばしたような皺《しわ》が残っている。紙の中央には数字が一行。12-1569/99。

それらの数字も封筒の宛名と似た書体が使われている。細心の注意を払って書かれたような、しゃちこばった固い筆跡だ。

ヴィスティングは紙を手にしたままキッチンのなかを歩きまわった。書かれているものの意味はわかるが、意図が理解できない。

それは事件番号だった。ただし、ヴィスティングが若手刑事だったころの分類法に基づいたものだ。現在の刑事事件は八桁の整理番号が自動的に割り振られるが、以前の事件番号には意味のある数字の組み合わせが用いられていた。スラッシュのあとの末尾二桁は一九九九年を意味している。先頭の二桁は事件を管轄する警察署の番号を示し、12は旧ポシュグルン警察にあたる。1569が個別の事件番号であり、事件の発生順に付番されたものだ。

ヴィスティングはテーブルにその紙を置いて見下ろした。

第十二管轄区域はラルヴィク警察に隣接するバンブレの地元署も含んでいるが、ヴィスティングがそこで捜査を行ったことはない。ポシュグルン警察の規模はラルヴィク警察と同程度であり、人口は約五万人。年間の犯罪件数もほぼ同じで約三千件となっている。したがって、第一五六九号は一九九九年夏の事件ということになる。

それほど昔の事件となると電子記録からは削除されているだろう。コンピューターシステムには見つからないだろうが、どこかの書庫に捜査資料のファイルは保管されているはずだ。

一九九九年の夏になにか特別な出来事があっただろうかと記憶をたどってみるが、思いあたることはない。リーネとトーマスはその年の六月に十六歳になり、秋には高校へ進学している。夏休みにどこかへ出かけた記憶はない。リーネはスターヴェルンのアイスクリーム屋で夏のあいだアルバイトをした。いや、それは翌年だろうか？　トーマスがマリーナで働いていたのは覚えている。

ヴィスティングは手紙を残したままテラスに戻り、腰を下ろしてiPadで一九九九年の出来事について調べにかかった。当時すでに大手新聞社のウェブサイトは開設されていたが、個々の記事を検索するのは難しいようだ。代わりに各年の重大事件をまとめたサイトがいくつか見つかった。アーケシュフース県のオルデルー農場で三人が殺害された凶悪事件はこの年の五月二十三日に発生している。ロシアではボリス・エリツィンが全閣僚を解任、トルコの大地震で一万五千人の命が奪われた。ノルウェーでは統一地方選挙が行われ、ビル・クリントンがオスロを訪れている。

ポシュグルンと一九九九年を組みあわせて検索してみたものの、ぴんと来るものは見あたらなかった。刑事事件もいくつか見られるが、どれも思いあたる節はない。

事件第一五六九号がメディアに報道されたかどうかは不明だが、匿名の差出人がその番号を送りつけてきたのには特別な理由があるはずだ。自分がなんらかの形で関与した事件にちがいない。

いや、そうともかぎらない。

刑事という職業柄、匿名の手紙は数多く受けとってきた。たいていは陰謀論や支離滅裂な主張がくどくどと書き連ねられたものだ。担当事件に関する意見が個人宛に送られてくることもあれば、たんに刑事であるという理由で送り先に選ばれることもある。

ヴィスティングは家のなかへ戻り、特徴的な手紙の筆跡をしげしげと眺めた。おそらくは黒いフェルトペンで書かれたものだ。線の太さは一ミリほど。封筒には切手が貼られ、前日の消印が捺《お》されているが、投函《とうかん》場所はわからない。

自宅の郵便箱にそのような手紙が届くのは、私生活を侵されたような気分だった。脅迫の類いではなさそうだが、不愉快であることに変わりはない。なにかの前触れのような不穏なものを感じる。

キッチンの抽斗をあけてロール状のポリ袋を取りだし、二枚を破りとると、フォークの先を使って手紙と封筒をそれぞれの袋に収めた。

そのうち居ても立ってもいられなくなってきた。このまま放ってはおけない。事件の内容をたしかめなければ。

ポシュグルンの警察署はすでに廃止されたが、運がよければ事件の捜査資料はシーエンに新設された警察本部へ送られ、保管されているかもしれない。そうであれば明日にも答えを得られるはずだ。最悪のケース、つまり資料が国立公文書館送りになっている場合は数日かかるかもしれない。

ヴィスティングは犯罪記録係のビョルグ・カーリンに電話した。事務職員ながら署内の日常業務における要の役割を担うひとりだ。警察での勤務歴はヴィスティングよりも長く、迷宮のようなその仕組みを熟知しているため、署内のことでなにか知りたい場合には真っ先に頼ることにしている。隣接する警察署の保管文書に関する問い合わせ先も知っているはずだ。

　匿名の手紙の件は伏せ、過去に隣の警察署で発生した事件について知りたいと告げる。

「捜査資料の請求をお願いしたいんですが」

　ビョルグ・カーリンはなにも訊《き》かずに答えた。「エーリに電話しますね。休暇明けには届いているはずですよ」

　エーリというのが隣の署の犯罪記録係なのだろう。

「それが、どうしても早急に手に入れたいものでね」

「わかりました」ビョルグ・カーリンはそう答えたものの、怪訝《けげん》そうな声だった。「明日の昼には便が着くはずですよ」

「助かります」

　通話を終えようとしたヴィスティングは手紙に目を落とし、「それと、もうひとつ」と続けた。「エーリに事件の内容を訊いて知らせてもらいたいんですが」

　内容も知らない事件の資料を請求することを訝《いぶか》しんでいるのは明らかだが、ビョルグ・カーリンはやはりなにも訊かず、了解ですとだけ答えた。

　ヴィスティングはもう一度テラスに出て腰を下ろし、ニュースサイトの記事を読みはじめた。半時間後、ビョルグ・カーリンから電話がかかった。

「エーリと連絡がつきました」そこで間があった。「お尋ねの件は殺人事件のようですね」

「なるほど。こちらは事件番号しか知らなくてね」

「資料は送ってくれるそうです。明日の昼休みには着きますよ」

「ありがたい」

そう言って立ちあがると、ヴィスティングはテラスの手すりに近づき、眼下に広がるスターヴェルンの町を見渡した。

「被害者の名前は？」

「トーネ・ヴァーテランです」

名前に聞き覚えはない。声に出して言ってみたが、やはりなにも思い浮かばない。

「それでは、明日お待ちしていますね。署にいらっしゃるんでしょ」

「ええ、では明日」

2

一九九九年七月四日、二十時四十八分

トーネ・ヴァーテランは自転車にまたがった。踏みこむたびに片方のペダルがチェーンカバーをこすり、スピードがあがるにつれて騒々しい音を立てはじめる。去年の秋に水路に落ちてからずっとそんな調子だ。前輪ブレーキの利きもおかしいが、別にかまわない。じきに乗らなくなるからだ。六週間後には十八歳になり、九月のはじめには運転免許を取って母の車を譲ってもらうことになっている。

いまはまだ自転車で高速18号線沿いを走るしかない。ノールハイムスレッタの軽食スタンドで夏のアルバイトをするのも三年目だった。一年目は父か母が店まで車で送り迎えしてくれた。たいていは母が。今年は両親が北へ避暑に行っていて、トーネはまるまる四週間の留守番中だった。

交通量の多い高速道路沿いを走るといっても、ほんの二キロほどだ。今日のように暑かった日はストッケヴァン湖に夜のひと泳ぎに寄って、髪にしみついた揚げ油のにおいを洗い流し、きれいな服に着替えることにしている。この仕事の難点は揚げ物の煙と油のにおいが身体《からだ》じゅうにしみつくことだった。だから着替えが臭くならないように、店の外の自転車のそばに袋に入れて置いてあった。それを除けば悪くないアルバイトだ。時給はいいし、適度な忙しさなので時間が早く過ぎる。店に来るのは大半が休暇中の旅行客だが、常連客も何人かはいる。嫌な客も二、三人いて、卑猥《ひわい》な言葉をかけられることもあるものの、無視するのにも慣れた。原付き自転車《モペッド》のロルフと呼んでいる客もいる。その人は〝八番とコーラ〟以外の言葉はひとことも話さない。八番とはメニューの番号で、ビーフバーガーとビール半リットルのセットだ。食事の前後にきまってトイレに行き、ときには十五分も籠もっていることもある。ただしここ数日は来ていなかった。

右側の木々の向こうに湖面の輝きが見えてきた。

高速道路を外れて人けのない旧道を走り、小道に入ったところでトーネは自転車を降りた。ほかに自転車は見あたらず、湖からも声は聞こえない。岸辺をひとり占めできそうだ。

トーネはバッグを肩にかけて小道を駆けだし、U字形をした目立つ大岩を目指した。岩肌のあちこちに濡《ぬ》れた跡があるので、少しまえまで誰かがいたようだ。

あたりを見まわしてみる。湖の対岸近くでカヌーを漕《こ》ぐ人影が見えるが、それだけだ。〈バンブレ軽食スタンド〉の紫色のシャツを頭から脱ぐと、トーネは靴も脱ぎ捨て、ジーンズを下ろした。

二日前の夜は全裸で泳いだ。

今日もそうしてみようかと、もう一度まわりをたしかめる。カヌーは対岸へ向かい、小道にも人影はない。聞こえてくるのは高速18号線を行き交うかすかな車の音だけだ。

トーネはタオルとシャンプーのボトルを手に取りやすいように岩の先端に並べて置いた。それから急いで下着も脱ぎ、それをバッグの下に押しこんで水へ飛びこもうとした。

解放感が押し寄せ、少しのあいだ立ったままその感覚を楽しんだ。じきに十八歳、おまけに夏じゅうひとりで過ごせる。お金も稼げる。でも、それだけじゃない。ようやくダニーと別れられたのだ。

トーネは岩の先端にさらに一歩近づき、両腕を上げて頭の上で手を合わせた。膝を屈伸させて水に飛びこみ、目を閉じて水中を数メートル進んだところで、ふわりと浮上した。ゆうべよりも水がぬるい。顔にまとわりつく長い髪を片手で押しやり、岩を見上げた。まだ誰もいない。

背泳ぎで少し進んでから俯《うつぶ》せになり、ゆったりとした平泳ぎに切り替えた。リズミカルに水面から顔を出してはまた沈める。

明日も仕事だけれど、そのあとは二連休が待っている。マリアといっしょにバスでランゲスンへ出かけるつもりだった。マリアがドアマンのひとりと知り合いだそうだから、〈トルデンショル・ディスコ〉にも入れてもらえるかもしれない。

岸から二十メートル離れたあたりでトーネは向きを変えて引き返した。足がつくところまで来ると、ごつごつの湖底につまずきながらシャンプーの置き場所に戻った。

小道のそばの木から鳥が数羽飛び立ったが、そのあとはまたしんと静まりかえった。

トーネはてのひらにシャンプーを取り、ボトルを湖面に浮かべて、髪に泡をこすりつけた。それから中腰になり、小道の様子を窺《うかが》いながらシャンプーで全身を洗った。それがすむと何度か水をかいて岸を離れ、水中に潜って泡を洗い流してから、手早く身体を拭いて服を着た。

ぎりぎりセーフ。小道の向こうから誰かの足音が聞こえてきた。

3

ヴィスティングはいつものように午前四時前に目覚めた。ベッドから脚を下ろして立ちあがり、半分眠ったままバスルームに入る。用を足したあとでまた寝られるように明かりは点《つ》けずにおいた。

まわらない頭で一九九九年の事件のことを考える。前夜はその件がまとわりついて寝つかれず、いまもまだ頭のなかに渦巻いていた。

12-1569/99。

インターネットで得られる情報はごくわずかだが、調べたかぎりでは単純明快な事件だったようだ。わずか三日で男が逮捕され、最終的には禁固十七年の判決が下されている。

便器の水溜《た》まりにちょろちょろと尿が流れ落ちる。

なにより気になるのは手紙だ。何者かが過去のその事件にヴィスティングの目を向けさせようとしており、その試みは成功した。ただ、その理由がわからない。

バスルームを出たもののすぐには眠りに戻れそうにないので、キッチンへ行ってグラスに水を注《つ》いだ。

封筒と手紙はカウンターの上に置いたままになっている。ヴィスティングは手紙の入ったポリ袋を手に取り、シンクの上の明かりにかざした。過去の事件では、便箋に書かれた文字の筆圧痕が次の一枚に残されていたケースがあった。それが差出人の特定に役立ったが、今回それらしきものは見あたらない。

手紙を脇に置くと今度はiPadを起動し、水を飲みながらネットの記事をチェックしたが、気になる情報はとくに見つからなかった。大手タブロイド紙《VG》《ヴェーゲー》（ヴェルデンス・ガング）が報じる前夜の最重要ニュースは、食生活に関する新たな提言らしい。それでもしばらくのあいだ明るい画面から目を離さずにいた。と、ふいに閃《ひらめ》くものがあった。ベッドに戻るまえにぜひともたしかめてみなければ。

iPadとともに手紙と封筒の袋を手にして書斎へ向かう。抽斗のひとつには封筒を、別のひとつには各種のペンや鉛筆を収めてある。黒いマーカーペンを選び、大判の封筒のなかにiPadを差し入れた。画面の光が紙を透過し、記事の見出しが読みとれる。ペンでその文字をなぞる。〝肉の消費量を半分に〟

iPadを封筒から引きだすと、見出しの書体とほぼそっくりの文字がそこに残った。手紙の差出人もこれと同じように、コンピューターの画面をライトボード代わりにして活字のような筆跡を記したのかもしれない。

実験の結果を机に残したままヴィスティングは寝室に戻った。窓は細くあけてある。カーテンを脇に寄せて外を覗いた。郵便箱の上の街灯に虫が群がっている。

一通では終わらない。手紙はさらに来るはずだ。

4　一九九九年七月五日、十一時十七分

もう三度もかけているのに、やはり電話は通じない。

オーダ・ヴァーテランは受話器を置いた。胸騒ぎが不安に変わり、しきりに異変を告げている。

トーネをひとりで留守番させて三週間近くのあいだ、毎日電話で話すようにしていた。夜に帰宅したトーネがかけてくるのが決まりだったが、ゆうべは電話がなかった。まえに同じことがあった際は、マリアの家へビデオを見に行ったせいだった。帰宅が遅くなったので両親を起こすのをためらったのだという。それでも翌朝にはかけてきた。電話はトーネの寝室の前の廊下にある。どんなに疲れていてもベルの音は聞こえるはずだ。

オーダは夫のアルネを振り返った。トーネを家に残して夫婦ふたりでベイスフィヨールへ行こうと言いだしたのは夫のほうだ。

「あの子、まだ出ない。マリアに電話したほうがいいかしら」

アルネがトーストを頬張りながらうなずいた。

マリアの母親が電話に出た。オーダは事情を説明してマリアと代わってほしいと告げた。

「トーネと話した？」

「昨日から話してません。今週、トーネは遅番なので」

アルネの背後にある壁時計は午前十一時三十分になろうとしている。出勤時間は二時間半後だ。

「じつは、あの子と連絡がつかないの」

「トーネに会ったら、おばさんから電話があったって伝えましょうか」

オーダは少し迷ってから訊いた。「ダニーの家だと思う？」

「いいえ。もう別れたから」即答だった。

それを聞いてオーダは安堵《あんど》した。ダニー・モムラクのことは好きになれずにいたので、娘と別れてくれたのならありがたい。と同時に、胸の奥に鋭い痛みを覚えた。トーネがダニーといっしょでないなら、ほかに納得できる答えは思いつかない。

「新しい彼氏ができたかどうかは知らない？」

「付きあってる人はいないと思う。少なくとも、わたしは聞いてません」

「わかった、どうもありがとう」オーダは電話を切った。アルネもすでに腰を上げている。

「ダニーに電話すべきだと思う？」と訊いたあとで、別の案が頭に浮かんだ。「アーナとトールフィンに訊いてみる」

アルネがうなずいた。アーナとトールフィンは近所に住む老夫婦で、トーネが幼いころにはよく預かってもらっていた。番号はオーダの頭に入っている。

トールフィンが電話に出た。「なにかあったのかい。来週のなかばまでそっちにいるはずだろ？」

「そうなんですけど」どう続けるべきか迷ったのちに、オーダは切りだした。「うちの電話がおかしいのか、トーネが出ないんです。受話器が外れたままになっているのかも」

「わかった。見てくるよ」

「鍵の場所はご存じですよね。あの子が出てこないかもしれないので」

鍵はカーポートの屋根の下に隠してあった。一家三人で夏休みに北へ出かけていたころは、アーナとトールフィンが家の見まわりをし、郵便物を預かり、庭木に水やりをしてくれていた。

「そっちの番号は？　こちらからかけなおすよ」

とっさに正しい番号が浮かばず、アルネに訊いてそれを伝えてから電話を切った。

ふたりは黙ったまま待った。オーダがテーブルを片づけるあいだ、アルネは外壁の塗り替え作業に戻ろうとはせず、指についたペンキをこすり落としながら窓際で待っていた。ベイスフィヨールのこの家はアルネが生まれ育った場所だった。売却を考えてはいるものの、話は進んでいない。そもそも買い手がろくに現れなかった。

十分が経過した。鳴りだした電話に、オーダの胃が飛びだしそうになった。

トールフィンだ。「電話は問題ないようだよ」

「トーネはいました？」

「いや」

窓の外を見ていたアルネがオーダのほうを振り返った。「自転車はあるかと訊いてみてくれ」

「あの子の自転車はあります？　いつも玄関のすぐ外にとめているんですけど」

「いや、ないよ」

「最後にあの子を見かけたのはいつですか」

トールフィンは咳払《せきばら》いをした。「アーナにも訊いてみんとな」

ふたりの話す声が聞こえた。二日前にアーナがトーネを見たのが最後だという。

「土曜日のことだね」とトールフィンが告げる。「だが、気をつけて見ておくよ。あの子を見かけたら、電話するように伝えよう」

オーダは礼を言って通話を終えた。どうにか冷静な声を保ったが、動揺で手が震えている。ぎこちなく受話器を戻し、途方に暮れて立ちつくした。家があまりに遠い。来るときは車で二日かかった。途中で泊まらなくても、戻るには二十四時間以上かかるはずだ。

「バイト先の電話番号はわかるかい。誰かとシフトを交代したのかもしれない」アルネが言った。

そう、その可能性はあるし、だったら説明がつく。トーネはゆうべ早めに寝て、今朝も早く出かけたのかもしれない。

震える指でアドレス帳のページを繰る。電話番号を見つけると、オーダはアドレス帳をアルネに渡した。「あなたがかけて」

アルネは受話器を上げてダイヤルした。名前を告げ、トーネがいるかと尋ねる。答えは短かった。

「そうですか。だが、ゆうべは来ていたんですね」

話の流れがオーダにも理解できた。椅子を引いて腰を下ろした。

「ダニーに電話して」受話器を置いたアルネにそう告げた。「もしかしたら……」アルネは気が進まないようだ。

「番号はわかるか」

オーダはそれを読みあげた。呼出音が鳴りつづける。

ダニーは母親と暮らしていた。両親は結婚しておらず、ダニーが生まれてすぐに別れていた。ダニーはトーネの一歳上で、見た目はお似合いだったが、トーネにふさわしいとは言えなかった。中学卒業後、ダニーは二年のあいだ機械工になるための訓練を受け、たまに叔父の工場で働いていたが、定職には就いていなかった。パーティーや喧嘩《けんか》に明け暮れているといった噂《うわさ》もオーダの耳には入っていた。ハシシを吸っているとか、オーダが働いているショッピングセンターで万引きをして捕まったといった話も聞いていた。その現場を見たわけではないものの、トーネが初めて恋人としてダニーを家へ連れてきたときには、困惑せずにはいられなかった。ダニーは礼儀正しく振る舞ったが、話ははずまなかった。

「ダニーはいますか」アルネが訊いた。母親らしき声で、ごく短い答えが返される。ダニーはまだ寝ているようだ。

「トーネと連絡がつかないんです」アルネが続けた。

電話の向こうでまた短い返事がある。

「それは知っていますが、彼がなにか知らないかと思いまして」

オーダは立ちあがってそばへ寄った。「ダニーに訊きに行ってもらっている」アルネが説明した。

ダニーの母親はすぐに電話口に戻った。声が聞きとれるようにオーダは身を寄せた。

「週末以降は会ってないそうよ。ごめんなさいね」そのあと受話器を下ろす音が続いた。

「トーネはときどき泳ぎに行くの、バイト帰りに。ひとりで」オーダは言った。

その考えはくすぶりつづける熾火《おきび》のように、しばらくまえから頭にあった。

「なにかあったのかも。事故かなにかが」

「二時まで待とう。もしバイト先に出てこないようなら警察に連絡する」アルネが言った。

5

家を出たのは郵便の配達前だったが、ヴィスティングは念のためリーネの郵便箱もたしかめた。

坂を下りてすぐの小さなスターヴェルンの中心街を抜け、ラルヴィクへ向かう途中で、通報を受けて出動した消防車二台とすれ違った。一台目に消防隊が乗り、後ろにはしご車が続いている。ヴィスティングは路肩に寄って道を譲った。一台目に乗った隊員たちは身支度の途中で、防火服のボタンをかけ、ヘルメットを装着している。車を走らせながらバックミラーに目をやって立ちのぼる煙を探したが、それらしきものは見あたらなかった。

警察署裏の駐車場は空《す》いていた。ヴィスティングは通用口にできるだけ近い場所に車をとめて署内に入った。

　地階にいる夏期の臨時職員ふたりと挨拶を交わしたものの、名前は思いだせなかった。上階へ上がると、どの階もひっそりしていた。行方不明事件に大きな進展があったわけでも、なにか別の件で劇的な展開があったわけでもなさそうだ。

　ビョルグ・カーリンの個室の前まで来ると、ヴィスティングは入り口に立って声をかけた。

「捜査資料が届いていますよ。机に置いておきました」ビョルグ・カーリンはヴィスティングの個室のほうを目で示した。「それと、ポットに淹《い》れたてのコーヒーがありますよ」

　ヴィスティングは笑顔で礼を言った。「カップを取ってきます」

　戻ってみると、ビョルグ・カーリンは自分のカップにコーヒーを注いでいた。

「署の様子はどうです」

「なんとかやっていますよ」ビョルグ・カーリンはうなずいた。「ただ、クリスティーネ・ティーイスが病欠してしまって。昨日もお休みだったので、法務担当がいない状態なんです」

　ヴィスティングは立ったままカップに口をつけた。「深刻な病状なんだろうか」

「そういうわけではなさそうですよ。病院で診《み》てもらって、数日安静にするように言われたそうです。ハンメルに御用なら、あいにく会議でドランメンへ行っています」

「いや、今日は昔の捜査資料を見るために来たんでね」

ビョルグ・カーリンは腰を下ろしてコンピューターの画面に目を戻した。

「火災現場はどこかわかりますか」ヴィスティングは訊いた。

「クライセル家ですって」

「また?」ヴィスティングは驚いて訊き返した。

ビョルグ・カーリンは画面の表示を切り替え、通信指令室の通報記録を呼びだした。「二十分前、ふたたび火の手があがったと通報が入っています。ずっとくすぶっていたんでしょうね」

アントーニア・クライセルの自宅の火災は、ヴィスティングが休暇前に捜査を担当した最後の事件だった。鑑識の話では家屋の老朽化による漏電が出火原因とのことだったが、報告書はまだあがっていなかった。出火は夜明け前で、夫に先立たれた八十二歳のアントーニア・クライセルの遺体がベッド脇の床で発見された。

ヴィスティングはビョルグ・カーリンにコーヒーの礼を言ってその場をあとにし、自室に入った。机の上は最後に部屋を出たときと変わらず片づいているが、大型の文書保存箱が新たに置かれている。

蓋をあけて中身を取りだすと、そこには緑の表紙のフォルダーが計六冊、黒ずんだ輪ゴムでまとめられていた。フォルダーの表紙にはそれぞれ被疑者の名前が上書きされている。ブロック体の大文字で姓、続いて小文字で名が記されている。モムラク、ダン・ヴィーダル。

各フォルダーにはローマ数字でⅠからⅤまでの番号が振られている。Ⅱのフォルダーは捜査の端緒である行方不明者報告書をはじめ、被害者に関する情報をまとめたものだ。Ⅲのフォルダー二冊には鑑識調査結果、Ⅳのフォルダーには関係者の供述調書、Ⅴのフォルダーには被疑者に関する情報のすべてが収められている。

Ⅰのフォルダーには関係各部の回覧・署名がなされた各種書類のほか、地方裁判所および控訴裁判所の判決書も含まれている。ヴィスティングは最終ページを開いて判決と量刑に目を通した。

被告人は復讐《ふくしゅう》という明白な動機を有し、現在に至るまでなんら悔悟の念を示していない。犯行はきわめて自己中心的であり、冷酷無残な手口が用いられている。被告人の供述は信憑性《しんぴょうせい》に欠け、情状酌量の余地は認められない。検察官は公訴事実に対し被告人の有罪を主張し、禁固十七年の刑(未決勾留日数中百六十八日をその刑に算入)を求めている。当裁判所の判決は検察官の求刑通りとする。

匿名の手紙の主が示唆しているのは未解決事件か、あるいは冤罪《えんざい》の疑いのある事件だろうと想像していたが、この判決は完全かつ明快で、十分な根拠に基づいたものに思える。いずれにしろ刑期が十七年ならば、モムラクはすでに仮釈放されているだろう。データベースで所在と職業は調べがつくはずだ。

コンピューターを起動させたとき、部屋の入り口に立つ人影が目の端に入った。ヴィスティングは顔を上げ、そこにいるマーレン・ドッケンを笑顔で迎えた。

「休暇は終わりですか？」

「ほんの数分寄っただけだ」

マーレン・ドッケンは手榴弾《しゆりゆうだん》の爆発で重傷を負い、パトロール課から犯罪捜査部へ異動した。左耳の前あたりの頰の傷痕は下ろした髪で隠されている。だが肩の負傷は深刻で、左腕はいまも動きがぎこちなく、重労働を伴う職務は難しい。刑事職への異動は単純な人事上の配慮だが、組織再編による署内の人員不足に悩むいま、チームにとっても増員は歓迎だった。そのうえマーレンは有能だった。三十数年前、ヴィスティングは彼女の祖父の下で働いていた。マーレンは祖父の根気強さと緻密さを受け継いでいる。さらに、複雑な大事件の流れを把握し、細かな点に着目して手がかりを見出す能力にも長《た》けていた。

「行方不明事件の調書かい」ヴィスティングは相手が手にした書類を示して訊いた。

マーレンはうなずいた。「みんなかかりきりです」

「いまはどの線を追っている？」

「夫の線を」

「なにかつかめたのか？」

「とくにはなにも。ただ、引っかかる点があるんです」

ヴィスティングは続きを聞こうと背もたれに身を預けた。

「夫は三度供述を行っています。最初は行方不明の連絡を受けて出向いたパトロール警官に対して、それから二度の事情聴取の際に。その内容が毎回同じなんです」

ヴィスティングは首をかしげた。通常は被疑者が供述内容を変えることこそが疑わしさの表れだからだ。

「その、一字一句そのままなんです。同じ話を何度かすると、普通はちょっとした違いが出てきますよね。細かな言い漏らしがあったり、別の話が加わったり。表現も変わるはずです。〝十時ごろ〟が〝十時前後〟になるとか、そういった具合に。エーリク・ロルの供述はそっくりそのまま同じで、丸暗記したみたいなんです。言いたいこと、わかっていただけます？」

ヴィスティングは納得した。作り話を繰り返すのは難しい。そのため嘘《うそ》をつく者は、事情を説明する際に同じ表現に固執しがちになる。取調官に供述の矛盾を突かれるのを避けるためだが、違和感を与えないためには演技力が必要とされる。

「ふたりの口論の理由はなんだった？」新聞記事の内容を思いだしてヴィスティングは訊いた。「アグネーテが先に帰るきっかけになったという喧嘩の」

「お金です。バーの勘定をどちらが払うかで揉《も》めたのをきっかけに、家計の苦しさのことで言い争いになったとか」

たいていの場合、理由はどちらかだ、金か嫉妬かの。

廊下の奥で電話が鳴った。「わたしにです」マーレンは言ってドアの外へ飛びだした。目の前の書類の束に向きあうと、ヴィスティングはいちばん手前の文書を手に取った。行方不明者報告書を。事件の端緒を確認するのはつねに興味深い作業だ。

報告書の作成者はカーテ・ウルストルップという所轄署の警官だった。トーネ・ヴァーテランの両親からの通報について簡潔に記してある。前夜の八時半にアルバイト先を出たのを最後に娘の行方がわからないという内容で、報告書が作成された時点で十八時間近くが経過していた。

当初の事情聴取によって、トーネが消息を絶ったのはアルバイト先の軽食スタンドとルートヴェットのダムスティエン通りの自宅をつなぐルート上であることが確認された。距離にしてわずか三キロほどだ。店の従業員によればトーネはいつもと同じ時刻に退勤したが、帰宅する姿を目撃した近所の住民はいなかった。

はじめのうちトーネ・ヴァーテランは溺死《できし》と考えられたようだ。トーネが帰宅途中にしばしば湖に寄って泳いでいたとの情報がすぐに浮上したためだ。湖岸には衣服も自転車もリュックサックも発見されなかったが、捜索は開始された。失踪から二日後にようやく遺体が発見され、同時に殺人事件の捜査へと切り替えられている。

ヴィスティングは内容に集中できずにいた。なにかが引っかかっている。窓の外を眺めやると、湾に入ってくる大型の帆船が見えた。

椅子を引いて立ちあがり、ビョルグ・カーリンの部屋へ向かった。「火は消し止められたのかな」

ビョルグ・カーリンがコンピューターの画面を切り替えて確認した。「消防隊が鎮圧したと記録されていますね。詳細はわかりませんが」

ヴィスティングは小さくうなずいて謝意を伝えると自室に戻った。目を通していたフォルダーを閉じ、輪ゴムをかけて文書保存箱に戻す。そして箱を抱えて家路についた。

6

遠くに煙が見えた。ひと筋の白煙が目じるしのように薄青の空に立ちのぼり、しんとした空気にゆっくり溶けこんでいる。前回の火災では、もうもうとあがる黒煙がヴィスティングの自宅からも見えた。火事の通報があったのは午前六時前で、ヴィスティングが起床して窓の外を覗いたときには、すでに出火から一時間が経過していた。

それから一週間、ふたたび同じ古い未舗装路を走ることになった。イングリが生きていたころはたまにこのあたりに散歩に来て、クライセル家の前を通りすぎたものだった。近くにはハーブを栽培する古い農園があり、イングリはそこの直売所でお茶やスパイスミックスやハーブビネガーを買うのが好きだった。

クライセル家の建物は古い二階建てのログハウスで、地下室とベランダ、出窓と広い庭を備えていた。敷地の周囲には何世代にもわたりクライセル家が所有してきた森が広がっている。アントーニアとゲオルクのクライセル夫妻がログハウスを建てたとき、あたりは完全なる未開の地だった。一九九〇年代、子供のいない夫妻は開発業者の勧めで所有地の一部を売却し、そこに住宅地が建設されたが、古いログハウスが見える場所には一軒の家も建っていない。

現場に到着すると家の前に近所の野次馬が集まっていた。ヴィスティングはパトカーの後ろに車をとめて外へ出た。一度目の火災のあと家の半分は焼け残ったが、今回は全焼を免れそうにない。屋根全体が焼け落ち、南側の壁がかろうじて倒れずにいるだけだ。

前回は焼けた家の周囲に柵が巡らされていた。いまはそれらが立ち入り禁止テープの残骸とともに散乱している。

そこかしこにまだ炎があがっているが、消防隊員たちは傍観するばかりだ。

ヴィスティングは消防隊長に歩み寄って状況を尋ねた。

「到着したときには、すっかり火がまわっていました。前回はできるだけ家を守ろうとしたんですが、今回は火勢を制御しながら燃えつきるのを待つつもりです」

「あれから一週間たつ」ヴィスティングは指摘した。「いまごろ再燃などするんでしょうか」

「どうやらそのようですね」

最後に残った壁がゆっくりと崩れはじめ、燃えさかる木材がきしみをあげたかと思うと、耳を聾《ろう》する轟音《ごうおん》とともに焼け落ちた。黒煙が巻きあがり、火の粉と熱気が空へ舞いあがる。

ヴィスティングは髪をかきあげた。「消火をお願いしたい。できるだけ速やかに」

消防隊長がヴィスティングを見た。「警察本部の許可は得ていますが」そう言って二名の制服警官を目で示す。「鑑識作業もすんで、漏電が原因とのことです。家に資産価値は残らない。全焼させても保険会社から文句は出ないはずだ。むしろその逆でしょう」

「だが、別の可能性もある」ヴィスティングは答え、それ以上の説明を省いて携帯電話を出した。

消防隊長は怪訝そうにしながらも隊員に声をかけ、新たな指示を出した。消防車の発電機がフル回転をはじめ、隊員たちがホースを構えて放水を開始する。木材がシューッと音を立て、灰混じりの水蒸気が立ちこめる。

ヴィスティングはわずかに下がり、携帯を耳にあてた。マーレン・ドッケンが応答した。

「いまクライセル家にいるんだ」

「また出火したそうですね」

「ここからアグネーテ・ロルの家まではどのくらいある？」

　間があった。

「アグネーテの遺体がクライセル家にあるということですか」マーレンが訊き返した。

　ヴィスティングは自分の問いにみずから答えた。「森を突っ切れば、ほんの五、六百メートルのはずだ」

「捜索隊が調べたあとですが。少なくとも森は。家のなかも確認したはずです」

「念入りに？」

「それはわかりません。現場にいた担当者にたしかめてみないと」

「いずれにせよ、それから何日もたっている。あとから運びこまれた可能性もある」

　一台の消防車が前に進みでて屋根に設置された放水砲を発射した。扇状に広がった水流が絨毯《じゅうたん》と化す。

「一時間ほどで完全に鎮火されるはずだ。今日の夕方には火災現場を捜索できる」

　マーレン・ドッケンの躊躇《ちゅうちょ》を感じとり、ヴィスティングはニルス・ハンメルに電話しなかったことを後悔した。経験が浅いマーレンは決断を下し指示を出すことより、命令に従うことに慣れている。

「いまいる警官たちに、消火がすみ次第ここを立ち入り禁止にするよう指示しておく。そのあとはきみに任せる」

「鑑識に連絡します」通話を終えたときには、マーレンの声から迷いが消えていた。

ヴィスティングは散乱した柵の外側を通って燃えつづける家の裏にまわった。芝は伸びすぎているが、それを除けば、庭は焼け落ちた家とは対照的な姿を保っている。緑豊かで手入れが行き届き、そこかしこに小道や石像が配されている。

黒い錬鉄の柵が庭と森を区切り、門が半開きになっている。爪先で押しあけると蝶番《ちょうつがい》が耳ざわりな音を立てた。門の外には草むした小道が森の奥へと続いている。そこを進んでみようかと考えたものの、ヴィスティングは思いなおした。そして車へ引き返した。

7

一九九九年七月六日、九時八分

「死体を探してるんだよ」フレドリクは言った。「死んだ女の人を」ほかのふたりに伝わるように、そう付け足した。

近所に住む三人の子供たちは、自転車のハンドルにもたれて道路の反対側にいる捜索隊を眺めた。長い棒やトランシーバーを手にした人たちが横一列に並んでいる。ひとりは犬を連れている。総勢百人近くはいるだろうか、赤いつなぎ服姿で側溝沿いに列を組み、木々の奥へと消えていく。

「あんなところ探したって無駄よ。溺れたんだから」イーダが言った。

「湖はもう捜索したんだ」フレドリクは答えた。「ダイバーたちが。見つからなかった」

トレーラーが轟音をあげて通りすぎ、道路の粉塵《ふんじん》を巻きあげた。横風で服が煽《あお》られる。

「母さんがあの人を知ってるって」トレーラーが遠ざかるのを待ってスティアンが言った。

「教え子だったから」

三人ともしばらく黙りこみ、やがてフレドリクが自分たちも探してみようと言いだした。

「どのへんを？」イーダが訊いた。

フレドリクはサドルの上で背筋を伸ばした。「旧道のほうを」そう言って、赤十字の捜索隊とは逆の方角へペダルを漕ぎだした。

新しい高速道路が建設されて二十年になるが、曲がりくねった旧道もまだ一部は残っていた。三人は何度も自転車でそこを走ったことがあった。長さは三百メートルほどしかなく、どこにも続いていない。水路に突きあたっていきなり終わっている。

灰色のアスファルトの割れ目や穴ぼこの下から雑草が顔を覗かせていた。茂みや木の枝が道路の両脇から迫《せ》りだしている。頭上にはところどころ大きな枝が天蓋をこしらえ、その下を走ると緑のトンネルを通り抜けるようだった。

相談した結果、フレドリクとイーダが道路の右側を、スティアンが左側を探すことにした。

自転車を走らせるには注意が要《い》った。空き瓶の欠片《かけら》が散乱しているからだ。

以前にフレドリクとスティアンが旧道へ来たとき、スプレー缶で道路に落書きをするティーンエイジャーの集団に出くわしたことがあった。車のなかでキスするカップルを見かけたことも。だがたいていは誰とも会わなかった。

旧道のなかほどにペッテルセン家のガレージが建っていた。灰色のレンガ造りの古い建物で、二カ所に出入り口がある。オーラフ・ペッテルセンはフレドリクの家の二軒隣に住んでいた。もう引退しているが、昔は運送会社を経営していた。高速道路の建設に伴ってペッテルセンは道路局から代替地を用意され、そこに新しく大型のガレージを建設した。古い方の建物は放置されて廃屋になっている。壁はすでに傾き、窓ガラスも大半が粉々に割れて、残ったものには鳥の糞《ふん》や泥が飛び散っている。

フレドリクは自転車を降りた。「このなかじゃないか?」

鬱蒼《うっそう》とした梢《こずえ》から差しこんだ木漏れ日が黒ずんだレンガに斑《まだら》模様を描いている。木立の向こうから高速道路を走る車の音が聞こえてくる。

「かもな。でも、入るのは危なそうだよ」スティアンが言った。

三人ともそこに入ったことはあったが、ずっと昔のことだった。初めてのときにはスティアンが朽ちた床板を踏み抜き、水の溜まった空洞に落ちこみそうになった。そこは整備用の地下ピットで、ペッテルセンが車の裏側を下から修理するためのものだった。

イーダが自転車を地面に寝かせ、出入りできる場所があるガレージの裏へまわった。ガラスが割れた窓が板でふさいであるが、固定されているのは上の部分だけだった。板を押しあげれば隙間からもぐりこむことができる。窓の真下の地面にコンクリートブロックが積んであるので階段の代わりになる。

窓の横の金属製のドアはいつも施錠されていたが、たしかめてみると鍵はあいていた。

「誰かが入ったんだ」とフレドリクは声をひそめて言った。

ドアを大きくあけると、ひびだらけのコンクリートの床に四角く光が差しこんだ。三人はドアの前に立ち、フレドリクが蠅を追い払いながらなかを覗きこんだ。先頭にいる自分が先に入るしかない。

内部にはひんやりと湿った空気がこもり、鼻を突く悪臭が漂っている。壁際の作業台と隅っこに積まれた古タイヤ以外にはなにもない。

見上げると屋根は穴だらけで、大小の鎖が梁《はり》からぶら下がっていた。奥にはペッテルセンの事務室があり、机もまだ残っている。

机に向かって三人が歩きだすと足音が壁にこだました。床にはビールの空き瓶がごろごろ転がり、机の上にも蠟燭《ろうそく》の燃え殻がいくつも放置されている。

もう出ようとスティアンが言った。「ここにはいないよ」とドアのほうへ引き返そうとする。

「ピットのなかを調べてみないと」フレドリクは引きとめた。

ピットのまわりに立ってみると、床板はいくつか残っているものの、なかはほぼ上まで水が溜まっていることがわかった。

フレドリクは床に転がったコンクリートの塊を拾ってそこに投げ入れた。ポチャンと音がして真っ暗な水の底に沈んでいく。

「棒切れを探すんだ！」

イーダが外に出て、小枝を持って戻った。

「それじゃ短すぎるよ」

フレドリクはそう言って、ふたりを連れて外へ飛びだした。カバの木の枝を折り、小枝を払って棒状にしてからなかへ戻った。スティアンとイーダに見守られながら棒をピットの底まで差し入れ、小刻みにつついて探りはじめる。

「ここになにかある」

棒の先でピットの壁にそれを押しつけ、どうにか水面まで持ちあげたところで落としてしまった。

「手を貸して」二度目に挑戦しながらフレドリクはスティアンに声をかけた。

スティアンが汚い床に腹這《はらば》いになるのと同時に、重みでたわんだ棒がふたたびなにかを捉えた。水面の上にそれが顔を出した瞬間、スティアンがつかんだ。

それは古いキルティングジャケットだった。水を滴らせるそのジャケットをスティアンは床に投げ捨てた。「ずっとまえからここにあったみたいね」とイーダが言った。

フレドリクはもう一度棒で水の底を探ってみたが、なにも見つからなかった。しかたなく棒をピットに捨てた。「行こう」

自転車にまたがった三人は、遠くから聞こえてきたヘリコプターの音に顔を上げた。木々に邪魔されて機体は見えないが、回転翼が熱風を切る音がパタパタと近づいてくる。

「ヘリでも捜索するみたいだな」スティアンが言った。

リズミカルな音が騒々しさを増し、ヘリコプターが頭上を低く横切った。フレドリクはあとを追おうとペダルを漕ぎだした。前輪を持ちあげ、後輪だけで数メートル走ってから、前輪を地面に戻した。

最初に気づいたのはイーダだった。道路沿いの土手の茂みから自転車のハンドルが突きだしている。枝に覆われていて、かろうじて見える程度だ。日の光が金属に反射しなければ見逃していたにちがいない。

イーダはほかのふたりを呼んだ。

「あの人のかもしれないな」スティアンが言った。

フレドリクはアスファルトに自分の自転車を横倒しにすると、よく見ようと急いで近づいた。

「女物の自転車だ」茂みにはまりこんだ自転車をどうにか引っぱり起こそうとしてみる。「ずいぶんおんぼろだけど」

近づいてきたイーダがあたりを見まわすあいだもフレドリクは格闘を続けた。ようやく絡まった枝から自転車を引きはがせたものの、バランスを失ってよろめいた。なんとか身体を支えたとき、イーダが脇腹をつついて指差した。

8

自宅の前に車をとめたヴィスティングは、古い捜査資料が詰まった文書保存箱を車の屋根に置いて郵便箱をたしかめた。空《から》だ。

箱を抱えてどうにか玄関の鍵をあけ、キッチンのテーブルにそれを置いた。

冷蔵庫にはポークチョップが入っている。本当はテラスでバーベキューをするつもりだったが、フライパンのほうが手っ取り早い。

肉に火が通るあいだに、ポテトサラダとほかの付け合わせも二、三用意してテーブルをセッティングした。そして捜査資料の箱からフォルダー六冊を取りだして卓上に並べた。資料によれば、どこかの時点でステン・クヴァンメン主任警部が捜査の担当を引き継いだようだ。ここ十数年のあいだに、クヴァンメンとは事件の捜査ではなく会議や研修で何度か顔を合わせたことがある。ヴィスティングが知るかぎり、この殺人事件から数年後に国家犯罪捜査局《クリポス》へ異動になったはずだ。

焼けた肉を皿に取って席につき、一九九九年の事件の鑑識調査結果がまとめられたフォルダーを選んだ。まずは現場報告書からだ。あらゆる殺人事件の捜査において要となる資料のひとつであり、犯人と事件を結びつけ、有罪の根拠となる証拠物件がそこに示されている。

ヴィスティングは食事をしながらそれに目を通した。遺体発見の通報は七月六日午前十時三十分。行方不明の通報からおおよそ二十時間後、最後に目撃されてから四十時間後のことだった。

トーネ・ヴァーテランは、少年少女三名によって全裸で土手の茂みに倒れた状態で発見された。現場は高速道路近くの人けのない旧道沿い。遺体には後頭部に打撲創、背中と四肢に擦過傷が認められた。旧道上に血痕が検出されたため、犯人はそこで被害者を強姦《ごうかん》し殺害、そののち遺体の隠匿を図ったものの、失敗に終わったと考えられた。同じ場所で糸と繊維片が付着したボタン五個も収集されている。被害者の自転車も土手に放置されていたが、着衣は発見されていない。自宅とアルバイト先を自転車で往復する際に使っていたリュックサックも行方不明のままだった。

自転車の後輪はパンクした状態で、車に追突された可能性があるが、塗膜片は発見されなかったと報告されている。また、自転車の指紋採取も行われている。

ヴィスティングは大きく切った肉を咀嚼《そしゃく》しながら、指紋係の報告書を繰った。採取された指紋はトーネ・ヴァーテランのものだった。そのほか、遺体発見者のひとりの十歳児の指紋も検出されている。

目の前の皿はじきに空になった。それを脇に寄せて検死解剖の報告書に目を通す。一連の情報とともに死亡推定時刻が示されている——七月四日二十時三十分から翌四時三十分。数種類の外傷が記録され、最も顕著なものとして後頭部の打撲による頭蓋骨の線状骨折が挙げられているが、脳挫傷の記載はない。死因は絞殺だった。

検死解剖時、膣《ちつ》内に残留精液が認められている。ヴィスティングは報告書を繰って別のページを確認した。精子のDNA型はトーネの元恋人であるダン・ヴィーダル・モムラクのものと一致している。

ヴィスティングは椅子の背にもたれた。やはり疑う余地のない事件に思われ、誰かが注目させたがる理由がわからない。判決は二審を経て確定したものであるし、これまで見落とされていたなんらかの不備があるならば、事件番号以上のものが必要だ。

卓上を片づけてから、引きつづき調査結果の記録を順に読み進めた。図画や写真をまとめたもう一冊のフォルダーには遺体発見現場の詳細な写真が収められ、裏表紙に地図が二枚挟まれている。一枚目はバンブレ地域の二都市のランゲスンとスタテッレ、およびトーネとダニーが住んでいたルートヴェットの町をカバーしたものだ。高速道路18号線が地図上を斜めに横切っている。北東の角にはブレーヴィクとスタテッレをつなぐ橋、そこから続く道路が丘陵を貫くトンネルをくぐり、ルートヴェットを経由したのち、南西のクラーゲレー方面へとのびている。

二枚目の地図は一枚目を部分的に拡大したもので、遺体発見現場とトーネが働いていた軽食スタンドとの位置関係を示している。二地点間の距離は二キロメートル足らずだ。

次はダニー・モムラクの所有車両の鑑識報告書だった。赤のフォード・エスコートがダニーの逮捕後に押収されている。重要なのはトーネ・ヴァーテランの自転車との衝突を示すタイヤ痕やそれに類する痕跡の有無だが、そういったものは発見されていない。トーネの毛髪と指紋が車内で採取されたものの、証拠としての価値は低い。消息を絶つ三日前にトーネがその車の助手席にすわったことが確認されている。事件後に洗車や車内清掃が行われた形跡はないが、その車が遺体の移動に用いられた証拠は見つかっていない。

さらにダニー・モムラクが母親と住む家の自室の捜索報告書もある。少量のハシシと携帯電話、二週間前に盗難届が出されていたカーステレオシステムが押収されている。

トーネ・ヴァーテランは携帯電話を使用していなかったが、一九九〇年代末にはすでに携帯電話が普及していた。ヴィスティングもこの事件の二年前には公用の携帯を支給されている。

ダニー・モムラクの携帯電話の通話記録に加え、移動記録と連絡を取った相手をまとめた報告書も添えられている。事件について知るべきことがあまりに多く、じっくり読みこんでいる余裕はない。

それでも、一時間もすると調査結果にはひととおり目を通すことができた。ダニー・モムラクの靴の付着物と犯行現場の土壌の成分が一致するか否かは断定されていない。車のタイヤのゴムからガラス片が発見されているが、こちらも遺体発見現場の路上に散乱したガラス片と同一のものであると確認されるには至っていない。三百メートルに満たない行き止まりの旧道からは七本の吸殻も採集されている。ダニー・モムラクが捨てたものであるかを調べるために分析した結果、そのうち一本から彼のＤＮＡ型が検出されている。

さらに〈シェル〉のガソリンスタンドに設置された防犯カメラの静止画像もいくつか保存されていた。ヴィスティング自身も南部へ向かう際に何度かそこを利用したことがある。地図によると、スタンドは遺体発見現場から直線距離で約三百メートルの位置にある。

防犯カメラは主として給油機まわりを撮影し、給油中の車両の登録ナンバーを記録するために設置されたもののようだ。画質は粗いが、ダニー・モムラクの赤いエスコートを確認するには十分だった。二十時十三分、ダニーは給油エリア脇の駐車スペースに車を乗り入れ、そのまま降りることなく十分近くそこに留《とど》まっていた。つまりダニーは犯行時刻に現場から極めて近い場所にいたということだ。ただし、運転者が本人であるならば。

ヴィスティングは書類をフォルダーに戻し、音を立てて輪ゴムをかけた。資料を読むかぎり、ダニー・モムラクの犯行を示唆するデータは数多いものの、物的証拠と言えるものは検出されたDNA型のみであるようだ。

テーブルの奥にフォルダーを押しやってから、ヴィスティングはiPadを手に取った。《エストランズ・ポステン》紙がクライセル家の火災を報じている。一週間前に大きな火災が起きた現場からふたたび出火、とあっさりまとめられている。火はあらためて消し止められたとのことだ。

行方不明事件については新たな記事が見あたらなかった。

ヴィスティングはグラスに水を注ぎに行き、テーブルに戻ると〝V〟と記されたフォルダーを開いた。被疑者のフォルダーだ。

ダニー・モムラクはトーネ・ヴァーテランの失踪が通報された日に参考人として事情聴取を受けている。はじめにダニーはトーネとの交際について説明している。馴《な》れ初《そ》めと別れた理由とを。ふたりは幼馴染《おさななじみ》で、小・中・高と同じ学校へ通った。学年はダニーのほうがひとつ上だった。前年の夏にふたりはティーンエイジャーのパーティーで偶然顔を合わせた。どちらもそれまでは長期間の真剣な交際の経験はなかった。別れを告げたのはトーネだった。理由は合わなくなったからだという。それ以外の理由は自分も思いつかず、彼女に新しい相手ができたわけではないはずだ、とダニーは聴取にあたった警官に述べている。最後にトーネに会ったのは、ダニーが振られた七月二日金曜日の朝だったという。

続いてトーネ・ヴァーテランが消息を絶った日のダニーの行動が語られている。午後一時ごろに起床し、四時前後に外出。車でランゲスンへ行って友人たちと会い、七時ごろに帰宅して自室でテレビを見ながら夜を過ごしたという。同居の母親が帰ったのは十一時ごろだったが、自分が帰宅した時刻は隣人が証言してくれるはずだと述べられている。

七月六日夜の事情聴取においてダニー・モムラクの立場は参考人から被疑者に切り替えられ、〈シェル〉の防犯カメラの映像の件が伝えられた。その時点では虚偽の供述をした疑いでの逮捕に留められたが、これに基づき身柄の拘束および所有車の押収、家宅捜索が行われた。

弁護人にはクリスティアン・ボールマンが指名されている。ボールマンとはヴィスティングも面識がある。大きな事件を担当するのはこれがほぼ初めてだったはずだ。現在は弁護士として長い経験と十分な実力を備えている。

弁護士立会いのもとで行われた初の取り調べにおいて、ダニー・モムラクは供述の内容を変更している。帰宅の途中、〈シェル〉に寄ったことを忘れていたというものだ。とくに用事はなく、暇つぶしに知り合いが来ないかと待っていたという。元恋人の勤務時間も、ちょうどその時分に自転車でそこを通りかかることも知らなかったと述べている。会ってはいないという主張は変わっていない。

その取り調べに先立ち、警察は犯行時刻前後に旧道に赤い車がとまっていたとの目撃証言を得ていたようだ。ダニー・モムラクはその旧道をよく知っていることは認めた。子供のころはそこにある廃ガレージで仲間と遊んだものだが、長いあいだ行っていないと供述している。

翌日、容疑は殺人に切り替えられ、ダニー・モムラクは勾留された。一週間後に次の取り調べが行われた。メディアの報道を受けて、事件の夜に旧道で赤い車を見たとの情報が複数寄せられ、フォード・エスコートの車内に男がひとりでいたとの証言もいくつか出ていた。それに加え、ダニーの帰宅時間は本人の主張する七時ごろではなく九時半ごろだったと証言する隣人も二、三現れた。携帯電話の使用履歴の分析結果も、ダニーが犯行推定時刻に現場付近にいたことを明白に示していた。

ダニー・モムラクはあっさり供述を翻し、旧道に行ったことを認めた。廃屋となったガレージにハシシ五十グラムを隠してあり、買い手が見つかったため、それを取りに行くまえに〈シェル〉へ寄って車内で煙草《たばこ》を吸ったのだという。さらに買い手の名前を明かし、ハシシを届けてから帰宅したのはたしかだと認めた。

二日後、DNA型鑑定の結果が到着している。ダニー・モムラクはさらに尋問を受け、このとき初めて、旧道で採取された吸殻から自分のDNA型が検出された事実を突きつけられた。これに対し、それはハシシを取りに旧道へ行ったという直近の供述を裏づけるものにすぎないと主張している。

被害者の体内から自分の精液が検出されたことを告げられた際には、そんなはずはないと否定するのみでなんの説明もしていない。

ヴィスティングは二、三度ぎゅっと目をつぶり、鼻の付け根を揉んでから続きを読んだ。午後九時には資料の四分の一に目を通し終えた。ほかの犯人の存在やダニー・モムラクの無実を示すものは見あたらない。

ひと休みしようとまたiPadを手に取ったとき、携帯電話が鳴った。マーレン・ドッケンからだ。

「おっしゃるとおりでした。焼け跡から遺体が発見されました」

立ちあがったヴィスティングの頭は、早くも今後の捜査のことで占められていた。

「ハンメルはそこに?」

「いま向かっています」

「わたしも行く」

9　一九九九年七月六日、十時十四分

トーネ・ヴァーテランの捜索は、高速18号線沿いの園芸用品店の駐車場を拠点として行われていた。バンブレ署の女性警官が赤十字の地元支部の責任者に手招きしている。ニンニ・シェヴィクはカメラのレンズをふたりに向けた。ファインダーにぼやけた灰色の人影がふたつ現れ、ニンニは被写体が鮮明に写るようにピントを合わせた。

制服姿の女性警官のことはカーテ・ウルストルップという名前しか知らなかった。赤十字の責任者のほうは元同級生の父親で、トムかトーレといった、シンプルな名前だったはずだ。レンズのなかのふたりはパトカーのボンネットに広げた地図を覗きこんでいる。フィルムが残り三枚なので、ニンニはウルストルップが手振りしたところを狙ってシャッターを切った。おかげで動きのある一枚が撮れた。

捜索活動を捉えた写真でいっぱいになったフィルムが自動で巻き戻りはじめた。それを取りだしてから、ニンニはラベルに書きこみをして新しいフィルムをセットした。撮った写真が掲載されるのは明日になる。夕刊の降版まで一時間を切っているため、重大

事でも起こらないかぎり、今日の紙面に記事を載せてもらうのは無理だ。

戻ってきたヘリコプターが頭上で旋回をはじめた。ストッケヴァン湖の湖面捜索を終えたのだろう。東へ飛び去るまえにその機体も写真に収めることができた。

高く昇った太陽の下、ニンニは車に戻って水で喉を潤し、助手席に置いたプラスチック容器のイチゴも二個つまんだ。

一台の車が駐車場に乗り入れた。少し離れたところにとまり、男性が降りてきた。とまどった様子で、そこに立ったままあたりを見まわしている。

ニンニはそちらへ近づいた。「こんにちは」そう言って名乗り、手を差しだした。「地元紙の《ポシュグルン・ダーグブラ》で記者をしています。行方不明事件についてなにかご存じですか」

「彼女を見たと思うんだ。道路を自転車で走っているところを」

ニンニはうなずいた。同じような目撃証言が数件寄せられていると警察が発表している。

「いつのことです？」

「夜の八時半ごろかな」

「では、生きている彼女を最後に見たことになるかもしれませんね」

男性が目を合わせた。「新聞には載りたくない」

ニンニはそれを無視した。うまくやれば詳しい話を訊きだせるはずだ。「お住まいはこの近くですか」

うなずきが返ってくる。

相手は四十歳くらいだろうか。「彼女のことをご存じでした？　または、家族のことを」

「このあたりじゃ、みんな顔見知りだからね」

パトカーのそばで動きがあった。ウルストルップが車に乗りこんで警察無線で話をしている。

ニンニはもう一度カメラを構えてズームアップした。ウルストルップがマイクをフックに戻して運転席を降り、赤十字の責任者と短く言葉を交わしてから地図をたたんで車内に戻った。土埃《つちぼこり》を巻きあげて車が駐車場を出ていき、青い警光灯とサイレンとともに18号線を走り去った。

あとを追うべきだろうかとニンニは迷った。代わりにトランシーバーでしきりに話している赤十字の責任者に近づいた。捜索隊に戻るようにと指示を出している。

「なにがあったんです？」

答えるのをためらうように相手の視線が注がれる。少しの間のあと、返事があった。「発見されたんだ」

ニンニはパトカーが走り去ったほうへ目を向け、「助かったんですか」と慎重に訊いた。

相手は首を横に振った。

10 一九九九年七月六日、十一時三十八分

車はミョーサ湖にさしかかった。ラジオが低く流れている。オーダ・ヴァーテランは夫のほうを向いた。吐き気がして胃が痛む。

「トイレに行きたい」

夫はうなずいてバックミラーを確認した。

夜どおし走るために交代で運転しているものの、どちらもろくに眠れていなかった。とまりたいのはトイレのためだけではなく、バンブレの地元署の担当者と最後に話をしてから二時間以上が経過したせいでもあった。捜索はすでに二日目を迎えていた。

オーダの頭にはさまざまな想像が浮かんでいた。前日はトーネが溺れたことをなによりも恐れていた。泳ぎは得意だが、岩に頭をぶつけたかもしれないし、スイレンの茎が絡まったのかもしれない。溺死は楽な死に方だと聞いたことがあるけれど、そんなはずはない。ひどく苦しいにちがいない。必死に息をこらえても、やがては空気を求めて水を飲んでしまう。パニック。死の恐怖。そして、もう助からないと気づく。

けれども娘は湖では見つからなかった。

あるいは、車にはねられた可能性もある。走ってきた車に道路からはじきだされたのかもしれない。たとえば巨大なトラックに。そう考えるとしばらくは希望が持てた。トーネは気を失って側溝のどこかに倒れているのかもしれない。ヘルメットはかぶっていなかったから。けれども道路沿いにも見つからなかった。

アルネが車を脇道に入れてガソリンスタンドにとめた。

「電話してみてくれる?」オーダが訊くと、アルネはうなずいた。

ふたりで売店に入り、アルネはレジに、オーダはトイレに向かった。公衆電話がトイレの外の壁に設置されている。

トイレはしばらく清掃されていないようだった。汚物入れはあふれ、洗面台も汚れている。オーダはトイレットペーパーを千切って便座に敷いてから腰を下ろした。お腹《なか》にガスが溜まっている。ストレスのせいだ。

胃がきゅっとよじれ、胸にも刺すような痛みが走る。足音が聞こえて外に人がいるのがわかったが、気にしてはいられない。低いうめきとともにガスを放った。

薄い壁の向こうにいるのはアルネらしい。電話ボックスの受話器が上げられ、硬貨が投入される音が聞こえた。じきに不安が消えるのでは、そんな淡い期待が頭をもたげる。ようやく安心できるのでは。

アルネが名乗り、担当警官のウルストルップと話したいと告げるのが聞こえた。しばらく待つように言われたようだ。オーダは便座の上で身を乗りだし、うつむいて床のタイルのひび割れを見つめた。

アルネの声がまた聞こえてきたが、今度は言葉を聞きとりにくい。現在地と帰宅までの所要時間を伝えているようだ。相手の返事を聞いているのか、また間があった。

なにかを言いかけたアルネが声を途切れさせ、最初から言いなおした。

それ以上聞かずにすむようにオーダは音を立ててトイレットペーパーを引っぱったが、壁の外で受話器が下ろされる音が耳に入った。

便座の上で頭を抱えて目を閉じたまま、時間だけが流れた。アルネがドアをノックしてオーダの名を呼んだ。声が震えている。

オーダは答えられなかった。

少ししてアルネがふたたびノックした。「そこにいるのかい」

どこにもいたくない、そう思いながらオーダはじっとしていた。

11

一九九九年七月六日、十九時五十三分

エステル・モムラクはキッチンの窓辺に立っていた。ダニーが地元の警察署へ行ってから四時間が過ぎている。すぐに帰ると言ったのに。

外の通りを車がゆっくりと通りすぎた。ヨンセンだ。運転席から家を覗き見ている。エステル・モムラクは姿を見られまいと二、三歩奥へ引っこみ、テーブルに置いた新聞に目を落とした。配達の順番はいつも最後に近い。家が配達ルートの後ろのほうにあるせいだ。おまけに夏場は配達係の少年が仕事をはじめる時間が遅いらしく、郵便箱に夕刊が投函されたのは四時半近くだった。

トーネ・ヴァーテランの写真が第一面にでかでかと掲載されていた。午前中に女性の遺体が発見されたと報じられている。身元は未確認だが、トーネの捜索は打ち切られたという。ほかに重要なことは書かれていなかった。記事の残りは、ダイバーがストッケヴァン湖に潜り、捜索隊が高速18号線沿いの森を調べたといった捜索の模様を報じている。

トーネのことは好きだった。分別のある礼儀正しい女の子で、ダニーのこともいくらかまともにしてくれた。息子はたしかに変わった。夜遊びも週末のパーティー三昧もやめた。トーネとふたり、ビデオを借りて地下の自室でのんびり過ごすことが多かった。

別れたことはダニーから聞かされていなかった。ヴァーテラン夫妻は北の避暑地に滞在中なので、トーネのアルバイトが休みの日にはダニーがヴァーテラン家を訪れることもしばしばだった。数日前までは。

ダニーはトーネの失踪のことに触れようとしなかった。新聞記事によると、最後に目撃されたのは日曜日の夜とのことだった。ダニーは金曜日以降トーネと会っていない。本人から訊きだせたのはそれだけだった。

ただ待つのは耐えがたかった。地下室に下りて、息子が帰るまでにぴかぴかに掃除しておこうかと考えた。あるいは、誰かがなかへ入ることになったときのために。

代わりに息子との夕食用にピザを焼くことにした。材料を揃《そろ》え、生地を混ぜるためのフードプロセッサーを戸棚から引っぱりだした。小麦粉を計量しているところへ警察の車が現れた。地元署の覆面パトカーだ。左右のドアが開いて男女が降りてきた。

エステル・モムラクはとまどった。ダニーが乗っていない。窓辺に立ったまま、玄関へ近づいてくるふたりをただ見ていた。二度目のベルでようやくドアをあけに行った。

「はい？」

警官二名が名乗った。カーテ・ウルストルップとヴィーダル・タンゲン。エステル・モムラクは会釈した。ふたりともすでに知っている。

「入らせてもらっても?」タンゲンが訊いた。

「どうぞ」

ふたりをキッチンへ通した。「ダニーは?」

「警察署です」ウルストルップが答えた。「虚偽の供述をした疑いで逮捕しました」

エステル・モムラクは言葉を失った。

「家宅捜索令状を取ってあります」ウルストルップが続けた。「ダニーの部屋を中心に調べますが、そのほかよく使う場所も見せてもらいます」

エステル・モムラクは後ずさり、キッチンカウンターで身を支えた。「どういうことでしょう……」

ウルストルップが令状を手渡した。「息子さんがトーネ・ヴァーテランの死について真実を述べていない疑いがあります」

12

「来てくださらなくてもよかったのに」とマーレン・ドッケンが言った。「休暇中なんですから」

ヴィスティングは苦笑いした。「新聞で読む手間が省けるからね」

フードつきの白い鑑識服と防塵《ぼうじん》マスク姿の鑑識員が二名、焼け跡で作業を進めていた。前回の火事の際に確認したため、家の間取りはヴィスティングの頭にも入っている。鑑識員が作業中の場所は一階の主寝室だったところだが、いまや完全に焼け落ちている。

日が落ちて薄暗いため、焼け跡の両脇に投光器が設置されている。灰のにおいがきつく立ちこめ、あちこちで黒焦げの木材から蒸気があがっているのが見える。煙突と壁の一部だけがかろうじて立っているが、それ以外はすべて地下へと崩落している。

ヴィスティングとマーレンは土台の残骸のそばに立つニルス・ハンメルに近づいた。現場検証のために焼け焦げた建材の山が取り払われ、ねじくれた人間の死体が露《あら》わになっている。皮膚と着衣は焼きつくされ、頭蓋骨が割れているようだ。

「捜索隊は家のなかを調べたんだろうか」ヴィスティングは尋ねた。

ええ、とハンメルが答えた。「小道と周辺の森をくまなく捜索した際に。家の周囲に柵と立ち入り禁止テープが巡らされていたんですが、男性二名がなかへも入ってみたそうです。一階部分はたしかめたものの、地下室と二階へは行かなかったとか。一度目の火事で階段が焼けたんで。そもそも、捜索の際にはアグネーテ・ロルの遺体がどこかに隠されていることは想定されていなかった」

「遺体はずっとここにあったのかもしれませんね」マーレンが言った。「それとも、火を点ける直前に運びこまれたのか」

「放火と断定されたのか」ヴィスティングは訊いた。

「ついさっきまで警察犬がいたんです。数カ所で液体燃料が探知されました。試料を分析にまわします」

ハンメルが写真撮影中の鑑識員に合図した。黒焦げの焼け跡のなかを足もとに注意しながら鑑識員が近づいてくる。そばまで来ると、防塵マスクを押しあげて土台の上に立った。ヴィスティングとは面識のない若い男だ。手袋を脱いで男が自己紹介した。

「ダーヴィド・アイクロートです」

ヴィスティングは相手と握手を交わし、初めましてと挨拶した。

「去年の冬に配属になったんです。でも、このあたりの現場はめったに来ることがなくて」

ヴィスティングはうなずいた。警察組織の再編以前は警察署ごとに専属の鑑識員が在籍していたが、現在は全員が北部のひとつの組織に集められた。専門性の高い環境が整う一方、初対面同士の捜査員が事件を扱うという事態も生じている。

「なにがわかった?」ハンメルが訊いた。

あまりお役には立てませんがという顔でアイクロートはため息をついた。「女性のものだと思われます」とあらたまった声で告げる。

ヴィスティングは遺体に目をやった。皮膚もその下の臓器も熱で萎縮《いしゅく》している。腱や筋肉も収縮しているせいで四肢はよじれ、全身が胎児のように丸まっている。陰部の損傷が比較的軽いために性別はかろうじて判別できる。

「右手に指輪を嵌《は》めています」ダーヴィド・アイクロートが続けた。

「結婚指輪ですか？」マーレンが訊いた。

「おそらくは。まだ外していないので、刻印は確認できていません」

「急いで頼む」ハンメルが指示した。

ヴィスティングは顔を上げて遺体発見現場を見渡した。放火現場はほかの犯罪現場とは異なる。火による被害のみならず、消火活動もかなりのダメージをもたらすためだ。

「遺体はどの階に？」とヴィスティングは訊いた。

アイクロートが鑑識員らしく慎重に答える。「おそらくは一階かと。瓦礫《がれき》の撤去は層ごとに行っています。屋根材の残骸と、二階の床までは取り払いましたが、一階の床は手つかずなので」

そして、振り返って焼け跡に目をやった。

「遺体はクロゼットのなかに隠されていたようです。少なくとも、それらしき残骸が周囲から発見されています。蝶番とハンガーの欠片が。家の間取りがわかれば詳しいことをお伝えできるはずです」

ヴィスティングは歩幅で距離を測り、遺体の位置をたしかめた。記憶が正しければ、そこはアントーニア・クライセルが発見されたのとほぼ同じ場所のはずだ。アントーニアが倒れていたのは寝室のドアの前で、造りつけのクロゼットが壁の一面を覆っていた。

「彼女をここへ運びこんだ者は、焼け跡の上を歩いたはずだ」ヴィスティングはそう言い、マーレン・ドッケンに向かって続けた。「夫の靴を入手する必要がある。すすと灰が付着していないか調べてくれ」

すでに思いついていたらしい顔でマーレンがうなずいた。「ですが、証拠としての価値はあまりないかもしれません。アグネーテの失踪を届け出た際、エーリク・ロルは自分でも方々を探したと話しています。クライセル家もたしかめてみたと」

ニルス・ハンメルが地面に唾を吐き、上唇の内側にもぐりこんだすすを指でこすり落とした。「用心深い野郎だ」

ヴィスティングは両手をポケットに突っこんで、投光器に群がる羽虫を眺めた。

マーレン・ドッケンが重苦しい沈黙を破った。「死因は？　なにかわかりました？」

アイクロートは首を振った。「解剖がすむまではなんとも」

そして鑑識車両のところへ行き、黒い遺体袋を持って焼け跡に戻った。包装を破りあけると、ほかの鑑識員たちの手を借りて袋を地面に広げ、そこに硬直した遺体をのせた。

すぐそばの大木の梢を風が吹き抜けた。じきに午後十一時だ。ヴィスティングはしばらくそこに立っていたあと、車へ引き返した。

13

一九九九年七月六日、二十時十一分

階下の電話が鳴った。ベッド脇の椅子にすわったクリスティアン・ボールマンは、枕の上の小さな頭に目をやった。娘の呼吸は深く、どうやら寝入ったようだ。

妻のトーリルが階下で電話に出た。話は聞きとれないが、お待ちくださいと相手に告げたのはわかった。

ボールマンは本を閉じてベッドサイドテーブルに置き、立ちあがった。

カーテンの裏に捕らわれた蠅が逃げだそうと必死に窓にぶつかっている。ボールマンは指で遮光カーテンをわずかに開いた。それは蠅ではなく大きな胴に四枚の羽を持つ気味の悪い昆虫だった。窓ガラスを押しあげると虫は夕闇に飛び去った。

階段の踏み板がきしんだ。「クリスティアン?」

すぐには返事をせず、ボールマンは明かりを消して静かに部屋を出てからドアを閉じた。

「寝てくれたよ」と妻に笑みを向ける。

「電話よ。警察から」

携帯電話は最新型のノキア3210を持っているが、夜は電源を切るようにしている。フックから外された受話器を取って耳にあてた。「クリスティアン・ボールマンですが」

「ステン・クヴァンメン、警察の者です」かけてきた相手が名乗った。

クヴァンメンならよく知っている。ポシュグルン警察犯罪捜査部の主任警部だ。

「署からかけているのですが、あなたに弁護を依頼したいという者がいましてね」

「誰です?」

「ダン・ヴィーダル・モムラクです」

ボールマンは腰を下ろした。ダニー・モムラクのことは二度ほど面倒を見たことがある。理由はおもに、彼の母親にも何度か手を貸してきたためだった。一度目は、過去の結婚生活でもうけた子供数人に関する少しこみいった相続の相談。その次は、銀行に自宅の差し押さえを通告された際だった。エステル・モムラクのことは子供のころから知っていた。同級生であり、ひと夏の恋の相手でもあった。

「なんらかの容疑をかけられているということですか」

初めてダニーと顔を合わせたのは、ノーヘルメットでモペッドにふたり乗りして警察に補導された際だった。二度目は万引きで逮捕されたときだが、ボールマンの交渉で起訴には至らなかった。それから一年以上になる。

「刑法第一六三条違反です」クヴァンメンが答えた。

ボールマンは両眉を吊《つ》りあげた。それだけでは事情がわからない。

「虚偽の供述をしたということですか。それなら明日でもかまわないのでは?」

「今夜のうちに話をしたいとのことです。聴取を再開するまえに」

「どういった件でしょう」

「トーネ・ヴァーテランの失踪です」

心臓がいきなり締めつけられた。動悸《どうき》がして息が詰まる。「なるほど。彼の身柄はどこに?」

「ここの署内です」

ボールマンは立ちあがった。「二十分で伺います」

通話を終えると寝室に向かい、昼間も職場で着ていたスーツとシャツを身に着けたが、ネクタイは省略した。

トーリルが部屋の入り口に現れた。「なにごと?」

「トーネ・ヴァーテランの事件だ。男が逮捕された。ぼくに弁護を依頼したいそうだ」

「殺人事件の? 殺人事件なんて扱ったことがないのに?」

あえて訂正はしなかったが、公式にはまだ殺人事件ではない。だがダニー・モムラクに対する容疑が切り替えられるのは時間の問題だろう。

そう考えると笑みを禁じ得なかった。トーネ・ヴァーテランの事件はすでに大手メディアも含め、大々的に報道されている。これはキャリアアップのチャンスだ。

トーリルも笑みを浮かべ、頬にキスをしてボールマンを見送った。

警察署には十分で到着した。署内の窓という窓に明かりが灯《とも》り、出入り口に近い駐車スペースはどこも埋まっている。

一台の車のドアがあいて顔見知りの若い女性が降りてきた。ニンニ・シェヴィク、地元紙の記者だ。

ボールマンは歩幅を狭めて足取りを緩め、相手がカメラを構えて写真を撮るのを待った。

「トーネ・ヴァーテランの件でここに?」ニンニ・シェヴィクが訊いた。

ボールマンは眉をひそめてみせた。「依頼人との面会だ」

「ダニー・モムラク?」

ほんのわずかに首肯する。相手はすでに状況を把握しているようだ。ダニーが署内へ入った際に居合わせたのかもしれない。

「彼が殺人の容疑者なんですか」

ボールマンは入り口のドアハンドルに手をかけた。現時点ではトーネ・ヴァーテランが殺害されたと確定はしていない、そう指摘することも考えたが、最初のうちは極力情報を伏せるほうが賢明だ。

「ノーコメント」そう答えてドアを引いた。

署内の受付カウンターへ向かうと、ステン・クヴァンメンと、首からストラップで身分証を下げた若手刑事とに迎えられた。ボールマンはふたりと握手を交わした。「捜査資料を拝見できますか」

「コピーを用意しました」クヴァンメンが答えてカウンターの奥から書類の束を出した。

「先に目を通しますか、それともすぐにモムラクのところへ？」

ボールマンは渡された書類の重さをたしかめた。「三十分ください。どこかですわって読んでも？」

クヴァンメンがうなずくと、若い刑事がボールマンを空いた個室に案内し、ドアをあけ放ったまま立ち去った。ボールマンは椅子を引いて腰を下ろした。

資料は未分類で、行方不明者の捜索に関連して作成された文書が日付順にざっと並べられている。

一枚目は留置録だった。ダニー・モムラクが自身の行動について虚偽の供述をしたこと以外はなんの情報も含まれていない。

それを脇に寄せ、トーネ・ヴァーテランの行方不明者報告書に軽く目を通した。遺体発見現場に最初に到着したパトロール警官による報告書も流し読みする。図や写真を含む詳細な現場報告書が別にあるはずだ。次に前日の事情聴取で作成されたダニー・モムラクの最初の供述調書を手に取った。五ページを超える内容のうち、冒頭三ページはトーネとの交際について述べられ、末尾の二ページにトーネが失踪した日のダニーの行動が説明されている。これといった行動は取っていないが、かなり詳細に供述されており、何時にどこへ行き、誰に会ったかが明かされている。

二回目の事情聴取は四時間前に開始され、ダニー・モムラクは前日の供述とおおむね同じ内容を繰り返している。そのあとで、ランゲスンにいたと主張している時刻にガソリンスタンドに車をとめていたことを示す防犯カメラの映像を突きつけられた。これに対して説明ができなかったため聴取は中断され、ダニーは虚偽の供述をした疑いで逮捕された。

さらに書類を繰ると、モノクロ印刷された防犯カメラの静止画像が現れた。その一枚に車の登録ナンバーが写っているが、運転者の顔までは判別できない。だとしても意味はない。ダニーの供述ではその時刻に車でランゲスンへ行っていたはずだからだ。

遺体発見時の報告書をあらためて確認すると、発見現場とダニーがカメラに捉えられた場所は直線距離にして三百メートルほどしか離れていないことがわかった。撮影時刻もトーネ・ヴァーテランの身に異変があったと推定される時間帯におさまっている。厳しい状況だ。

書類をまとめてブリーフケースにしまうと、ボールマンは席を立った。

若い刑事がふたたびドアの前に現れ、ダニー・モムラクの待つ個室へとボールマンを案内した。

ダニーは喫煙を許されていた。目の前に置かれたコーヒーカップは吸殻であふれ、室内ににおいが充満している。

ボールマンは気にする素振りを見せず、「やあ、ダニー」と手を差しだした。「ぼくが力になるよ」

ダニーはその手を取ったものの、立ちあがろうとはしなかった。ボールマンは刑事に向きなおった。「ふたりだけで話がしたい」

「三十分ほどにしてもらえますか」と刑事が提示した。

「必要なだけ時間はとらせてもらいます」そう返事をしたのは、もっぱら自分に主導権があることをダニーに示すためだ。

ドアが閉じるとボールマンは席についた。ダニーは目を上げたが、なにも言おうとしない。

「お母さんに変わりはないかい」

「別に」

「いまごろ心配しているはずだ。よければ、あとでこちらから電話しておこうか」

ダニーがうなずく。

「いまはエスコートに乗っているようだね。マツダはどうしたんだい」

「売った」

ボールマンは手帳を出し、まずは信頼を得るためにいくつかなにげない質問をした。トーネ・ヴァーテランの名前は出さずにおく。

「ガソリンスタンドの写真は見たかい」

ダニー・モムラクが目を合わせた。「おれはやってない」

ボールマンはそれには答えずに防犯カメラの静止画像のプリントアウトを取りだした。

「運転していたのがきみかどうかを訊かれるはずだ」

「あそこに寄ったのを忘れてただけなんだ」

「あそこでなにをしていたかも問題にされるだろう」

「なにもしてない。すわってただけだ。一服やりながら。暇だったから。そのあと家へ帰った」

「ほかにはなにもしなかったかい」ボールマンは確認した。「よく考えるんだ。言わずにいることがあとから判明したら、そこを追及される」

「ほかのことって？」

「警察は事件の時系列を確認しようとする」ボールマンはそう説明しながら、画像のプリントアウトの隅を指差した。二十時三十二分と時刻が表示されている。「このあとまっすぐ帰宅したなら、家の前に車をとめるのを近所の住民や通行人が見ているかもしれない。九時十五分前ごろということになるが、もしほかにも寄り道をしたなら、そのことに言及しておく必要がある。もっと遅い時間に隣人たちに目撃されているかもしれないから」

ダニーはテーブルに指で模様を描いた。「車でちょっと走ってから帰ったかもしれない」

「誰かに会ったり、どこかで降りたりは？」

「いや、そんな覚えは」

「覚えていないとか、曖昧だったりする場合は、そう言っておくことも重要なんだ」ボールマンは身を乗りだした。「時刻を覚えておくのは難しい。誰でも過去のことを完璧に思いだせるわけじゃない。厳密な時刻を告げるより時間に幅を持たせるほうが望ましいことを頭に入れておいてくれ。たとえば、九時半ではなく、九時から十時のあいだに帰宅したというように」

ダニーはうなずくとドアを目で示した。「これがすんだら帰してもらえるかな」

「それはなんとも言えないね、ダニー。念入りに確認する必要があるだろうから。少なくとも明日までは留め置かれるものと思っておいたほうがいい」

「ここに？」

「ポシュグルンの拘置所に移送されることになると思う」

ダニー・モムラクは身をこわばらせ、それからどさっと椅子の背にもたれた。動揺が表れている。

「いや、確実というわけじゃないんだ、ダニー。とにかく、できるかぎりのことはする」

「どうなると思う？」

ボールマンは咳払いで笑みをごまかした。「まだわからない」

そうは言ったものの、結果は見えていた。ダニー・モムラクの供述に信憑性があるとは言いがたい。捜査の方向性を変えるような事実が出てこないかぎり、このまま起訴され、殺人罪で裁かれることになるだろう。

14

ダニー・モムラクの事件の資料がキッチンテーブルの上で待っていた。外は闇が濃さを増している。天井灯を点けてから、ヴィスティングは椅子を引きだして背もたれに両手をついた。火災現場のにおいが服にしみついている。帰りの車内でもアグネーテ・ロルのことが頭にまとわりついて離れなかった。

資料を読みはじめるまえに、自分が取ったメモにざっと目を通した。トーネ・ヴァーテランがアルバイト先から自宅へ自転車を走らせていたころ、ダニー・モムラクはランゲスンに住む元同級生にハシシを届けに行っていたと供述している。買い手の名はヨーナス・ハウゲル。

その名前は関係者のリストに見つかった。ダニーの供述の翌朝に事情聴取を受けているが、取引の事実を否定した。七月四日にダニー・モムラクと会ったのはたしかだが、昼過ぎのことだったという。薬物は買っておらず、犯行時刻前後のダニーのアリバイも証言できないと述べている。

さらにメモを確認するうち、事件当時のイメージがつかめてきた。リュックサックを背負ったトーネ・ヴァーテランが自転車で走る姿を数人が目撃し、旧道へ入るところも確認されている。帰りがけに湖に泳ぎに来たトーネがU字型の岩があるスイミングスポットにひとりでいる姿もカヌーの上から目撃されている。トーネ・ヴァーテランは道端にとめた自転車のところへ戻ったところで襲われた、すべてがそう示していた。

遺体発見現場の写真を収めたフォルダーをあらためて取りだす。そこに写った五個のボタンはすべてトーネの衣服から引きちぎられたものだ。ボタンの穴から白い糸が垂れさがり、着ていたブラウスを剝ぎとられたことが窺える。

警察に寄せられた証言のなかで気になるものはほぼ見あたらないが、マリア・ストランの話は例外だった。マリアはトーネ・ヴァーテランの小学校時代からの親友で、トーネが信頼を寄せ、すべてを打ち明けてきた相手だった。マリアの説明によってトーネとダニーが別れた理由が明らかにされている。

原因はダニーによる性行為の強要だという。ダニーはふたりでポルノを見てその内容を真似《まね》したがった。トーネの気が進まないことまで強引にやらせた。車の運転中に性器に触れさせたり、オーラルセックスをさせたりといったことだ。スリルを味わうために、人目につく危険のある駐車場の車のなかでセックスをすることもあった。ふたりが別れた日にトーネはマリアの家を訪ねている。トーネの両親が留守のあいだは家を自由に使えるため、ダニーは泊まりがけで来るようになった。両親の寝室で寝て、トーネをベッドの支柱に縛りつけた。ダニーは満足したが、トーネには苦痛だった。翌朝ダニーはトーネのいるバスルームに入ってきて、シャワーのなかで強引にセックスをした。そのあと口論になり、結果的にトーネが別れを告げ、激怒したダニーは家を飛びだしたという。

ダニーはセックスしか頭になく、荒っぽく暴力的で嫉妬深い性格だとマリアは評している。トーネの女友達の多くが同様の証言をしている。

蚊に首を刺された。手でぴしゃりとやると蚊は見事につぶれた。背後で冷蔵庫のモーターがうなりだした。

ヴィスティングは関係者の供述調書の残りを脇へ押しやった。最後まで目を通しても意味はなさそうだ。ダニー・モムラクに注目させようとする者の狙いは、刑事手続きの不備を調べさせること以外にあるのかもしれない。ダニーは有罪判決を下され、刑期を終えた。匿名の手紙の主は、殺人者が自由の身になったことを知らせたかったのかもしれない。となれば、気になるのはダニー・モムラクの所在と近況だ。

ヴィスティングはテーブルを離れてキッチンのシンクでグラスに水を注いだが、ふた口飲んだだけで下に置いた。

カウンター脇の窓の前に立ち、街灯の光が木々の影を落とした隣家の庭を眺める。リーネの家は暗闇に包まれている。娘もアマリエもあと四日は帰らない。

この半年、リーネは二歳年下のセデリク・スミスと交際していた。離婚歴があり、アマリエと同じ年の娘がいる。出会いのきっかけはドキュメンタリー映画の制作プロジェクトだった。セデリクの自宅はバールムにあるが、オスロフィヨルドの東側にある両親の別荘にリーネとアマリエを招待したのだ。

初日には携帯電話に何枚もの写真が送られてきた。一枚目は庭に張られた子供用テントにいるアマリエの姿、それから波打ち際に立つ母娘《おやこ》の姿。三枚目では四人がテーブルを囲んでいた。

ヴィスティングはセデリクがリーネの家へ来た際に二度会ったきりだった。たいていはリーネがヴィスティングにアマリエを預けて向こうの家を訪れている。

ゆっくり話をする機会もなかったため、セデリクの人となりは見きわめられずにいた。快活で思慮深そうではあり、容姿はリーネが過去に付きあった男たちにどことなく似ている。髪と目の色は黒。三十歳は過ぎているので、安定した関係を望んでいるはずだ。

車の音が聞こえ、ヴィスティングは首を曲げて通りを見やった。薄暗い車のヘッドライトが通りの先に消えるまで目で追った。

じきに人生の伴侶を得るには遅すぎるときが来る。それは認めざるを得ない。今年でイングリが亡くなって十年になる。六年前、スターヴェルンでカフェを経営する女性と付きあいはじめ、絆《きずな》を深めていこうとしたものの、望まぬ結果に終わった。それが最後だ。ひとり寝の夜がもう五年も続いている。

ヴィスティングは水の残りを流し、卓上の資料を最後に一瞥《いちべつ》してから明かりを消して寝室へ向かった。

ベッドに入るまえに窓を少しあけて部屋に空気を入れた。外の梢で風がざわめいている。天気予報によれば未明には空模様が変わり、気温が急降下して雨が降りはじめるらしい。

蚊に刺された首が疼《うず》きはじめた。横向きに寝てみたが、落ち着く体勢が見つからない。そのとき表で音がした。郵便箱の蓋が閉じたときのような、カチャンという金属的な音だ。

ヴィスティングは身をこわばらせた。室内に目を凝らしたままベッドのなかでじっと待ったが、それ以上はなにも聞こえなかった。

時刻は午前零時十七分。

ベッドを出てキッチンの窓のところへ行き、外を覗いてみたが、なにも見あたらない。ズボンに脚を通し、玄関に置いたクロッグシューズを履いて上半身裸のまま外へ出た。

ひんやりとした夜気のなか、芝生が露をまとっている。

少し先で交差する通りで車のエンジンがかかる音がした。それで寝床に入るまえに家の前を通った車のことを思いだした。ヴィスティングの自宅があるヘルマン・ヴィルデンヴェイ通りは、シグナル通りから分岐してまた同じ通りに戻る半円形の街路だ。通りに建つ家々のほかにはどこにも通じていないため、通過するだけの車は皆無に等しい。先ほどの車には見覚えがなかった。たしかヘッドライトが角型だったはずだ。

郵便箱の蓋をあけると白い封筒が入っていた。しばらくあたりを見まわしたあと、ふたたび封筒に目を落とし、二本の指でつまみあげた。

今度もかっちりした書体が使われているが、書かれているのはヴィスティングの氏名だけだった。宛先の住所もなければ切手も貼られていない。それを家のなかに持って入り、食器洗い用の黄色い手袋を嵌めてナイフを手に取った。

前回の手紙と封筒はまだ別々のポリ袋に入れてカウンターに置いてある。

新しい封筒を開くと、中身は前回と同様のものだった。折りたたまれた紙に事件番号が記されている。

11－1883／01。

古い分類システムにおける第十一管轄区域は、ヴィスティングの所属する警察署を指す。ここに示された事件は二〇〇一年、トーネ殺害から二年後に発生したものということになる。

四桁の番号から見て、夏も終わりに近い八月半ばごろの事件だろう。

二〇〇一年八月。

思いあたる事件はひとつ。ヴィスティング自身が担当したものだ。

15

二〇〇一年八月十七日金曜日、十七歳のパニッレ・シェルヴェンが失踪した。二日後、強姦され殺害されたパニッレが発見された。四日にわたる徹底的な捜査の結果ヤン・ハンセンが逮捕され、六カ月後に殺人罪で有罪を宣告された。

ヴィスティングはキッチンテーブルの上の古い捜査資料に目をやった。類似は明らかだ。パニッレ・シェルヴェンもまた、交通量の多い道路を自転車で走行中に消息を絶った。毎日のように通っていたパウレルの厩舎《きゅうしゃ》からの帰りだった。自宅はラルヴィク中心部からすぐのヴェルドレにあり、厩舎からは自転車で十五分の距離だった。道路沿いのバス停にいた乗客がパニッレを目撃している。その道路こそが二年前にトーネ・ヴァーテランが自転車で走った高速18号線だった。当時はその道がノルウェー南部の主要な移動手段だった。三十キロ南下すれば、トーネの遺体発見場所に到着することになる。

ヴィスティングのむきだしの上半身は鳥肌に覆われていた。セーターを出そうかと思ったものの、時間が惜しい。ある考えがゆっくりと形をなしつつあった。匿名の手紙の意図が見えてきた気がする。

テーブルにつき、関係者の供述調書をまとめたフォルダーを取りだした。表紙と一ページ目、さらに見開き二ページにわたって、関係者の名前と事情聴取の日時がリストアップされている。リストにはざっと目を通してあった。いくつか調書を読んだ際、そこに挙げられた人名を確認したためだ。あらためて指先でリストをたどっていく。

探していた名前は最終ページに見つかった。上から五列目に〝ハンセン、ヤン〟とある。この国で最も多い名前のひとつだ。パニッレ・シェルヴェンの殺害犯とは同姓同名の別人かもしれないが、そうは思えなかった。二通の手紙が送られたのには訳がある。

調書を開いて生年月日と住所、勤務先を確認したところ、やはり同一人物だとわかった。パニッレ・シェルヴェンの拉致殺害時、ヤン・ハンセンはデザイナー家具を扱う家具店の運送設置係を務めていた。ラルヴィクを拠点とする会社だが、配送エリアはエストラン地方全域にわたっている。二〇〇一年八月十七日金曜日の午後、ヤン・ハンセンはクラーゲレーのコテージにソファとテーブルのセットを配達した帰りだった。

パニッレの失踪時、二件の重要な目撃証言が寄せられた。一件目はヤン・ハンセンの車の後ろを走行していた男性からのものだった。パニッレの自転車を追い越した直後、配送車がバスの停車帯に入るのを見たと証言している。もう一件は、バス停で男が少女に話しかけているのを見かけ、道を訊いているのだと思ったという内容だった。犯行の瞬間を目撃した者はいないが、配送車の発見後、空の荷室が強姦と殺人の現場であったことが判明した。ハンセンはパニッレの遺体と自転車を週末のあいだそこに放置したのち、遠く離れた場所に遺棄したものと思われた。トーネ・ヴァーテランと同様、パニッレも発見時に全裸だった。衣服と自転車はその一週間後に発見されている。

ヤン・ハンセンは自白を拒んだが、決定的な証拠を突きつけられることになる。配送車の荷室からパニッレ・シェルヴェンの毛髪と指紋が発見され、彼女の体内からはヤン・ハンセンの精液が検出されたのだ。

そしてその二年前、ヤン・ハンセンは別の殺人事件で聴取を受けていた。現在のコンピューターシステムを用いれば調べがついたはずだが、当時は両事件のつながりに気づくすべは皆無だった。バンブレ署の捜査員が聴き取りを行った際、ヤン・ハンセンには犯罪歴がなかった。捜査の初期段階で事情聴取の対象とされたのは、トーネ・ヴァーテランのアルバイト先の常連客だったからにすぎない。事件当日にトーネが最後に担当した客のひとりだったのだ。車の運転席で食事をしていたときにトーネが自転車にまたがるのが見え、その数分後、道路を走行中に追い越したとハンセンは供述している。名前が挙がったのは支払いに銀行カードを使用したためだった。決済時刻がトーネの退勤時間と一致したのだ。

とくに変わったことには気づかず、捜査に役立ちそうな情報はないとヤン・ハンセンは述べている。聴取の担当者はカーテ・ウルストルップ、トーネ・ヴァーテランの行方不明の通報を受け、捜索活動を指揮したのと同じ所轄署の警官だ。事件が殺人の捜査に切り替えられたのに伴い、ウルストルップはより重要度の低い任務にまわされたようだ。ヤン・ハンセンの供述は型どおりに作成されたその他の調書とともに分厚いファイルに収められ、二度と取りだされることはなかった。

数々の証拠がダニー・モムラクの有罪を示していることに変わりはない。トーネに振られたばかりだったこと、気性が荒く暴力的だったこと。犯行時刻に現場近くにいたことを示す防犯カメラの映像。取り調べでの嘘、供述の変更。そしてなによりも遺留されたDNAによって犯行と結びついている。

しかしその一方、ヤン・ハンセンのDNA型が規定に従いDNA型データベースに登録された際、五歳児に対する未解決の性的暴行事件の登録データと一致することが判明している。トーネ・ヴァーテランを最後に見た人物のひとりが凶悪な強姦犯だと捜査員たちが知っていたなら、公判の行方は異なる様相を呈していたかもしれない。

ヤン・ハンセンの勾留中、さらに六件に及ぶ未解決の性的暴行事件の再捜査が行われたが、いずれも関与を証明するには至らなかった。だが起訴された二件だけでも、法の定める最も重い量刑が科されるには十分だった。

ヴィスティングは首を掻《か》いた。ヤン・ハンセンのような犯罪者は強制的に止める必要がある。でなければ、なに食わぬ顔で社会に溶けこみ、飢えた獣のように徘徊《はいかい》を続ける。厳罰が下され、ヤン・ハンセンは人に危害を加えることがなくなったまま一年前に死亡していた。

16

午前三時近くに雨が降りはじめ、まもなくヴィスティングは眠りに落ちた。目覚めたあとも胸のざわつきは消えなかった。ダニー・モムラクの事件には盲点があった。一九九九年の時点では捜査員も弁護士も裁判所も知り得なかった情報があったのだ。時の経過によって初めて明るみに出た情報が。

ヴィスティングは窓の外に目をやった。雨は降りやまず、細かな霧のヴェールが地面を覆っている。

なによりも気になるのは、事件の捜査に穴があった可能性に気づいた人物が匿名で接触してきたことだった。当然ながら目的は、ヴィスティングにモムラクの事件を再捜査させることだろう。

正体不明のその人物は、通常のルートで問題を訴えてもまともに取りあわれることのない者にちがいない。なんらかの言い分があるものの、話を聞いてもらい、真剣に受けとめてもらえるだけの信用を欠いた者。考えられる候補はダニー・モムラク本人しかいない。

モムラクの名前をネットで検索してみたが、トーネ・ヴァーテランの殺害犯としていくつかの古い記事に触れられているだけだった。各種の人名簿にあたってみたものの情報は得られない。電話番号も住所も、SNSのアカウントも見つからない。禁固十七年の判決を受けたということはすでに仮釈放ずみだと思われるが、だとしても電子的な痕跡は一切残っていない。

朝食のまえにヴィスティングはニュースサイトをチェックした。クライセル家の焼け跡から遺体が発見された件が報じられ、行方不明のアグネーテ・ロルとの関連が示唆されている。ラルヴィクへ出るまえに郵便箱を覗いたが、なかは空だった。

運転席に乗りこみ、ファンをフル回転させてフロントガラスの曇りを取った。車を走らせると路面の水がホイールアーチに跳ねあがった。

警察署の前では通行人の男が上着を頭からかぶって通りを渡っていた。建物裏の駐車場に車をとめ、ヴィスティングは地下駐車場を抜けて書庫へ向かった。天井の蛍光灯が一度、二度と瞬いたあと、鋭く寒々しい光が書棚の列を照らした。
二〇〇一年の捜査資料が収められた区画を探し、事件第一八八三号に関する六個の文書保存箱を見つけだした。すっかり埃をかぶり、長いあいだ触れられていないようだ。一箱目を開いてフォルダーを一冊取りだすと、それは署名入りの文書をまとめたものだった。

さらに別のフォルダーを開き、最初の数ページをぱらぱらとめくった。

ヤン・ハンセンの死を知らせてきたのはオスロ警察の刑事だった。パニッレ・シェルヴェンの両親へはヴィスティング自身が連絡し、娘の殺害犯が釈放される心配はなくなったことを伝えた。

ヤン・ハンセンは獄中で前立腺がんの診断を受け、その時点でがんはすでにリンパ節と骨に転移していた。幾度もの入退院と刑務所病棟での長期療養ののち、矯正局の仮釈放が正式に認められ、ウレヴォール病院の緩和ケア病棟に移されてまもなく死亡した。それが昨夏のことだ。その際にヴィスティングは、ヤン・ハンセンとの面会を十年にわたり続けていた恋人の存在を知った。相手の名前や馴れ初めまではわからなかったが、意外に思うこともなかった。以前にも同じようなことがあったからだ。凶悪事件を起こし、長期にわたり服役中の男に惹《ひ》かれる女性たちがいる。冷酷な犯罪であり、センセーショナルな事件であればあるほど魅力は大きいらしい。心理学ではこれをハイブリストフィリアと呼ぶ。ハイブリストとは〝ヒュブリス〟から来ていて、これはギリシャ神話に由来し、神々の定めた限界を超えようとする人間の傲慢《ごうまん》さを意味する言葉である。

ヴィスティングはフォルダーをしまって箱を戻した。もはや後戻りはできない。すでにダニー・モムラクの事件の資料は取り寄せた。それを開いてなかにあるものを野に放ってしまったのだ。パンドラの箱のように。いまさら手は引けない。

外の廊下でドアが閉じる音が響き、あわただしく足音が通りすぎた。まもなく車のエンジンがかかり、ガレージを出ていく音に続いてサイレンが聞こえはじめた。

廊下へ出たところで出動する警官二名と鉢合わせした。なにごとかと尋ねると「交通事故です」と返事があった。

ヴィスティングは階段をのぼって犯罪捜査部に入った。自室への通り道にはニルス・ハンメルの部屋がある。マーレン・ドッケンが入り口に立ち、机の奥のハンメルと話をしていた。ハンメルがドアの外にちらりと目をやり、マーレンが振りむいた。

素通りするわけにもいかない。「なにか進展が?」ヴィスティングは訊いた。

「かもしれません」ハンメルがマーレンに目で合図する。

マーレンは腕時計を確認した。「三十分後に男性がここへ来る予定です。オーレ・リンという人で、さっき電話がありました。息子が近所の家の芝刈りを引き受けているそうなんです、ロル家の庭も。十五歳で、夏のアルバイトとしてやっているとか。でも今回、アグネーテが失踪してしまって、その子はロル家に行くのを嫌がったらしいんです。芝生が伸びてきて、雨の予報も出ていたので、父親が昨日代わりに手入れに行ったそうです」

ヴィスティングは廊下に目を走らせてから一歩奥へ入った。

マーレンが続ける。「倉庫にあった芝刈り機で半分刈り終えたところで、タンクの燃料を補充しようとしたところ、燃料缶が倉庫になかったそうです。しかたなくエーリクに尋ねようと玄関にまわってみたものの、留守だったとか」

「いつのことだ？」

「午前十一時ごろだそうです」

「クライセル家の火事は十一時二十三分に通報されています」ハンメルが言った。

ヴィスティングはうなずいた。その時分に自分も消防車とすれ違っている。

「オーレ・リンは家に燃料を取りに戻って残りの作業をすませたそうです。夕方、息子にその話をしたら、燃料缶はいつも倉庫の芝刈り機の隣に置いてあるはずだと言われたとか」

「エーリク・ロルを引っぱるにはまだ弱いな。供述の穴を見つける必要がある」ヴィスティングは言った。

ニルス・ハンメルが黙ってうなずく。

「ところで、どうしてここへ？」マーレンが訊いた。

「部屋にあるものを確認したくてね。すぐにすむ」

ヴィスティングはそう言って歩きだし、自室に入ってドアを閉じた。明かりは点けずにコンピューターの電源ボタンを押し、腰を下ろして起動を待つ。

雨が窓ガラスを叩《たた》いている。鉛色の湾を貨物船が出ていくが、ほかに船は見あたらない。

コンピューターが起動すると、数分とかからず調べはついた。ダニー・モムラクは二年前に仮釈放されている。服役場所はウッレシュモ刑務所。釈放時にポシュグルン郊外のオクルンゲンに住所登録されている。同居人の登録はない。雇用者名簿によれば一時は自動車修理工場で働いていたが、過去六カ月は定職に就いていない。車両登録の記録もなし。最後に犯罪歴を確認する。釈放以降、いずれの事件にも捜査対象とはされていない。

ヴィスティングは住所だけを書き留めた。いずれ話を聞くことになるだろう。

17

一九九九年十二月六日、八時五十一分

法廷脇のドアが開いて手錠姿のダニー・モムラクが入廷した。満員の廷内は水を打ったように静まりかえり、やがて囁《ささや》き声に続いて、ざわめきが波のように傍聴席に広がった。

クリスティアン・ボールマンは被告人を迎えるために起立した。ダニーは青白く生気のない顔をし、重い足取りで歩きながら視線をさまよわせている。誰かが怒鳴り声をあげた。内容は聞きとれなかったが、ボールマンは満場の傍聴席に目を向けた。うなだれたトーネ・ヴァーテランの両親が見える。後ろの列は友人や親戚らしき人々に加え、興味本位の一般傍聴人で埋めつくされている。ダニーの母親はみすぼらしいセーター姿で最後列近くの席にいる。ダニーにもその姿が見えていればいいが。

記者席も混みあっている。何人かの記者とはすでにやりとりをし、勾留期間中から取材に応じ、質問に答えてあった。味方につけられそうな者もいるが、警察寄りだと判断して見切りをつけた者も多い。

手錠が外され、握手を交わせるようになると、ボールマンは依頼人の手を固く握った。

「準備はいいかい」

ダニー・モムラクはかすかに返事をしてうなずいた。

ボールマンも笑みを浮かべてうなずきを返し、相手の手を放すと席についた。さらに三分待ったのち、時計は午前九時を示した。地方裁判所の裁判長が二名の陪席裁判官を従えて入廷した。ボールマンは真っ先に起立し、着席を促されたあとも最後に腰を下ろした。

裁判長が開廷を宣言して冒頭手続きに入った。自身を含めた各出席者を紹介し、公正の原則を口早に諳《そら》んじる。

「被告人は起立してください」

椅子を引く音が響いた。ボールマンは着席したまま待った。これが公判手続きにおいて最も孤独な瞬間だ。依頼人はその場にいる全員の注目を浴びながら、判事の前にひとりで立たなければならない。ダニーが膝を震わせているのにボールマンは気づいた。

裁判長がダニーに氏名と生年月日、住所、職業を尋ね、検察官に起訴状の朗読を求めた。ダニー・モムラクは両手を前で組んで立っている。検察官が起立し、書見台の角度を調節したのちに書類の歪《ゆが》みを直し、咳払いをしてから朗読をはじめた。ボールマンは目の前に置いた起訴状の一字一句を目で追った。罪名と公訴事実が簡潔に述べられる。

「いま読みあげられた起訴状の内容について」と裁判長が続けた。「被告人は有罪を認めますか、無罪を主張しますか、あるいは一部について有罪を認めますか」

ダニー・モムラクは驚くほど断固とした口調で答えた。「無罪を主張します」

18

ヴィスティングはコンピューター画面から目を上げた。強風が大粒の雨を窓ガラスに叩きつけ、小石を投げつけたような音を響かせている。

ダニー・モムラクの弁護人についても詳細がわかった。クリスティアン・ボールマンは第一審・控訴審ともに敗訴したものの、トーネ・ヴァーテラン殺害事件を契機に刑事弁護士としての華々しいキャリアをスタートさせている。負けは不可避だったにせよ、有能な刑事弁護士であることを大いに知らしめたのだ。経営する法律事務所は急成長を遂げ、現在は十八名の人員を擁するまでになり、犯罪事件や児童保護案件を専門に扱っている。ボールマン自身はシーエンの本部を拠点としているが、ほかにテンスベルグとオスロにも支部を構えている。二年前、ボールマンはフレドリクスタで発生した殺人事件において依頼人に無罪を勝ちとったことでメディアに大きく取りあげられた。その後の詳細なインタビューに際し、過去に扱った事件のなかで、有罪が下されたものの、今回のように依頼人の無実を確信していたケースがあったかとボールマンは尋ねられている。それに対し、ベテラン弁護士ならば誰でもひとつは心当たりがあるはずだと答えているが、どの事件かは明らかにしていない。

ステン・クヴァンメンもまた、トーネの事件後に目覚ましい昇進を遂げている。当時からすでに犯罪捜査部の主任警部を務めていたが、たしか現在はクリポスの国際警察間協力部門のトップにいるはずだ。出世の階梯《かいてい》をのぼる過程でクヴァンメンは法学学士号を取得し、管理職養成研修に参加し、いくつかの警察で署長を務め、警視正に昇任している。現在は次期警察庁副長官および国際部長の候補に挙げられているところだ。

クヴァンメンの連絡先は調べがついている。今回の発見を誰かに知らせて意見を聞くならば、最もふさわしい相手は当時の捜査責任者だろう。

番号にかけようとしたときドアがノックされた。マーレン・ドッケンがノートパソコンと書類の束を持って入ってくる。

「まだいらしたんですね」

「そうなんだ。芝刈り機の男性の話はどうだった？」

「別の人がいま聴き取り中です。わたしは供述の穴を探してみたんですけど」

ヴィスティングは背もたれに身を預けた。

「ひとつ見つけたかもしれません。少しお時間いただいても？」

ヴィスティングは詳細を尋ねた。マーレンが机の奥のヴィスティングの隣に椅子を移動させ、ふたりで画面が見られるようにノートパソコンを置いた。

「アグネーテとエーリクがバーを出る姿は、どちらも店の防犯カメラに映っています」マーレンが静止画像を示す。「アグネーテが店を出たのは二十三時五十二分、夫のほうは三十数分後の零時二十四分です」

キーボードが操作され、別の画像が表示される。足首までのサマードレス姿の女性が、うつむき腕組みをして狭い舗道を歩いている。画像は粗く、顔は判別不能だが、衣服はアグネーテが店を出たときのものと同じに見える。

「スターヴェルンの町なかに設置された防犯カメラはごくわずかで、どこにもアグネーテの姿は映っていません。これはブルンラ通りに路駐された車のドライブレコーダーの映像です。

動体検知機能つきの。場所は店から千百メートル。アグネーテがひとりで帰宅する姿です」

ヴィスティングは画面に目を凝らした。記録された時刻は零時四分。二台のカメラの時間設定に狂いがなければ、十二分かけて歩いたということだ。

「通常の歩行速度です」考えを読んだようにマーレンが言った。「ゆうべ同じ道筋を歩いてみました。同じペースで家まで歩いたとすれば、十五分で着いたはずです」

「跡をつけていた者は？」ヴィスティングは画面を指差して訊いた。

マーレン・ドッケンは首を振った。「次の録画は二分後に通ったタクシーです」

「夫のほうは？　レコーダーに映っているのか」

「そこに穴がありそうなんです」マーレンはそう言って次の画像を示した。

同じ場所で撮られたものだ。男がポケットに両手を深く突っこんで歩いている。バーでのエーリク・ロルと同じく、シャツの袖をまくりあげている。

「たしかに――零時四十九分か」ヴィスティングは所要時間を暗算した。エーリク・ロルは同じルートを歩くのに妻の二倍の時間をかけている。「どこかへ寄ったんだろうか」

「バーの外で友人と二分ほど話したそうですが、ほかには誰とも会っていないと言っています。ベイクドポテトやホットドッグを買って食べたりもしていないようです。もっと早く確認すべきでした」

マーレン・ドッケンはエーリク・ロルの供述調書を繰った。「本人は店を出た時刻は覚えていないものの、帰宅したのは午前一時ごろだったと言っています」

「ひと休みしただけかもしれない」ヴィスティングは指摘した。「小便でもして、ベンチにすわって頭を冷やすとか、そんな具合に」

「供述にはありません」

「本人には訊いたのか？」

マーレンが首を振る。「ですが、十三分の空白です。途中で用を足すくらいならそんなにかからないはず」

たしかに、とヴィスティングはうなずいた。「だが、夫の方が遅れて出たわけだから、空白の時間を使って妻に危害を加えることは不可能だ」

「それでも、なにをしていたのか突きとめようと思います」マーレンは言ってノートパソコンの蓋を閉じ、腰を上げた。

「たしかに穴だな」ヴィスティングは認めた。「それをこじあける必要がある。なにが隠されているかたしかめるために」

マーレンがドアのほうへ向かった。「すみません、お邪魔してしまって」

ヴィスティングは微笑《ほほえ》んだ。「いつでもかまわんよ」

ドアが閉じられると、ヴィスティングは書き留めた番号に電話した。ステン・クヴァンメンはほぼ一瞬で応答した。

「古い事件について話したいんですが」ヴィスティングは身分を告げてから切りだした。

「あなたが刑事をされていたころの」

「どの事件かな」

「トーネ・ヴァーテラン殺害事件です」

すぐには思いだせずにいるような間があった。だが、わざとらしくも感じる。

「ダニー・モムラクか」ようやく返事があった。「ずいぶん昔の話だ。なぜいまごろ？」

「事件のことで二件の情報提供があったもので。あの事件に関しては、一九九九年には知り得なかった事柄があるようです」

「ダニー・モムラクの件はあらゆる角度から捜査を行った。わたしが関わった事件のなかでも、あれほど疑いの余地のない判決は珍しい」

「証拠が覆されるとか、そういった話ではないのです。むしろ、情報提供の方法についてお話しできればと」

「というと？」

「電話で話すのは難しい。ぜひ見ていただきたいのですが。お会いできますか」

「どこで？　いまは休暇中なんだが」

「自宅ではない？」

「そう、別荘にいるんだ。バンブレの」

「そちらへ伺います。なんなら、二時間後にでも」

クヴァンメンは黙りこんだ。躊躇するのも当然だろう。顔を合わせれば巻きこまれることになる。クヴァンメンにとってダニー・モムラクの事件は過去のことだ。捜査に誤りや不備があったとすれば、関わりたいはずはない。しかし好奇心が勝《まさ》ったらしい。

「午後一時に。道順を送る」

19

一九九九年十二月八日、十二時三十分

「証人は真実のすべてを明かし、いかなる偽りも述べないことを誓いますか」

ステン・クヴァンメンは右手を挙げた。「誓います」

裁判長がうなずいた。「着席してください」

クヴァンメンは横手にいるダニー・モムラクに目をやってから、証言台の椅子に腰を下ろした。法廷ではいつも緊張を覚える。試験に臨み、全問正答を求められるような気分だ。発言はすべて審査され、判定を下される——判事によって、弁護人によって、そしてメディアによって。手もとにはとくに重要な捜査資料や自分の覚書をまとめたフォルダーを用意してあるが、参照しないほうが説得力のある印象を与えられる。

尋問を促された検察官が型どおりの質問をはじめる。クヴァンメンはみずからの立場と職責を述べた。続いて、トーネ・ヴァーテランの行方不明の通報から立件に至るまでの捜査の流れについて説明を求められた。質問の内容は前日に打ちあわせてあり、的確な回答となるよう準備を重ね、わかりやすく簡潔にまとめてある。一時間二十分後、検察官が尋問の終了を告げた。

裁判長はメモを取ってから顔を上げて弁護側に目をやった。「ボールマン弁護人。証人に質問はありますか」

クヴァンメンも横を向いて弁護人を見た。

「はい、ありがとうございます」ボールマンが答えた。すぐには続けず、メモを取り終えてから顔を上げる。「ダン・ヴィーダル・モムラクの名前が捜査線上にあがったのはいつのことですか」そう訊いて、指先でペンをまわした。

クヴァンメンは少し間を置き、言葉尻を捕らえられないよう用心しながら答えた。「彼は被害者の元恋人で、二日前に別れたばかりでした」

ボールマンがペンを下に置いた。「それは承知しています。わたしが訊いたのは、彼の名前が捜査線上に浮かんだのはいつかということです」

廷内で小さな笑いがあがる。

ボールマンが一枚の資料を手に取った。「娘が行方不明だと通報した際に、被害者の母親が彼の名前を出したのでは？」

「かもしれません」

「ここに記録があります」ボールマンは書類を掲げ、裁判長を仰ぎ見た。「読みあげても？」

裁判長がうなずく。

ボールマンは眼鏡をかけて読みはじめた。「通報者は娘と一歳年長のダニー・モムラクとの交際を以前より案じていた。娘は七月二日に交際を終わらせたものの、相手がつきまとい、別れを拒んだのではと通報者は懸念している」

ボールマンは眼鏡を外して証言台に目を向けた。「間違いありませんか、クヴァンメン警部」

「ええ」

「つまり当初から」とボールマンが続ける。「最初の通報に基づいて報告書が作成された時点から、依頼人の名前が挙げられていたということですね」

クヴァンメンは椅子の下でそわそわと足を動かした。

「ええ、事件に関連する情報として」

ボールマンが資料を掲げて振ってみせる。「ここに事件に関連する人名はほかにも挙げられていますか」

クヴァンメンは証言台上のフォルダーを引き寄せたが、それを開かずに答えた。「母親は隣人や友人に連絡を取ってから警察に通報したと述べているはずです」

「いかにも。隣家に住む老夫婦、アーナとトールフィンのクラウセン夫妻。そして、被害者と同じ〈バンブレ軽食スタンド〉で働いていたイェンニ。これらが行方不明者報告書に記された名前です、ダニー・モムラクのほかに」

ボールマンが思わせぶりに間を置く。「ほかにはどういった人物に注目しましたか」

「どういう意味でしょう」

「どの程度広く網を張ったのかということです。たとえば、ほかに何名のアリバイを確認しましたか」

「聴き取りを行ったのは三百名近くです。資料に……」

答えは途中でさえぎられた。ボールマンがリングバインダーを掲げる。「ここにあります。すべての供述調書が。二百九十四名の関係者の」

バインダーが音を立てて机に置かれる。「得られた情報をどのように扱いましたか」

クヴァンメンの背中に冷や汗が滲《にじ》んだ。「大半はトーネ・ヴァーテランの目撃情報でした。道路の通行車やその他からの。記録を取って一覧を作成しましたが、まもなく事件は行方不明者の捜索から殺人事件の捜査へと切り替えられました」

「なるほど」ボールマンがまた眼鏡をかける。「このうち五名が、トーネ・ヴァーテランが消息を絶った時間帯にリュックサックの男が高速18号線沿いを歩いていたと供述していますね。身元の確認は行いましたか」

「そのように指示はしました」

「身元はわかりましたか」

「いいえ」

「メディアに公表して、名乗りでるように呼びかけましたか」

「いいえ」

「なぜです？」

「関連性はないと思われたので」

「どういう理由で？」

「その時点では、ほかに優先すべき状況があったということです」

「その時点ですでに、ダニー・モムラクを優先していたということでは？」

クヴァンメンは挑発を感じとった。「モムラクは初回の事情聴取で虚偽の供述を行っています。その点を追及する必要がありました」

「虚偽ですか、それとも不正確だったのですか」

「はい？」

「ダニー・モムラクは虚偽の供述を行ったのか、あるいは供述が不正確だったのか」

「虚偽の供述を行った容疑で逮捕されています」ボールマンが指摘する。

「起訴状の内容には含まれていませんが」ボールマンが食いさがる。

「容疑が殺人に切り替えられたためです」

「ですが、虚偽と不正確の違いはおわかりですね」ボールマンは返事を避けた。

揚げ足取りに持ちこもうとしている、そう察してクヴァンメンは返事を避けた。

「虚偽の供述とは、実際に起きたことを隠すために話を捏造《ねつぞう》することです」ボールマンが続けた。「一方、不正確な供述とは、時間や場所を間違えたり、うっかりなにかを言い漏らしたりすることです。そういった経験はご自分にもあるのでは?」

クヴァンメンは椅子の上で身じろぎした。検察官が質問に対する異議を申したてるはずだ。

ボールマンがここぞとばかりに攻めたてる。「間違いを犯したことはありませんか、クヴァンメン警部」

検察官が咳払いをして判事に異議を申したてた。「裁判長、目撃証言には関係のない質問で……」

失礼、とボールマンが片手を挙げる。「こちらの間違いです。目撃証言の件に戻りましょう。迷彩服を着た男を四名が目撃している。これに間違いはありませんか」

クヴァンメンは苛立《いらだ》ち、ため息を漏らした。弁護人の表現は正確ではなく、わざと何者かが森に隠れていたような印象を与えようとしている。

「ええ、ミリタリージャケットですが。間違いありません」

ボールマンが書類を覗きこみ、目撃者の供述を読みあげた。「緑色や茶色の斑模様をしたミリタリー風のジャケットに、緑色のズボン、黒いブーツ」

そして目を上げた。「これは迷彩服と呼べるのでは？　まるで人目を避けていたようだ」

クヴァンメンは顎の筋肉をこわばらせた。みすみす追い打ちの機会を与えてしまった。

「先ほどのリュックサックの男と同一人物である可能性もあります」

ボールマンはお辞儀でもするように大仰にうなずいた。「そう、可能性はある。しかしたしかめようがない。身元を特定しなかったせいです」

クヴァンメンは回答を避けた。次の一手は想像がつく。

「トーネ・ヴァーテランが消息を絶ち、のちに死体で発見された付近で、カメラを持った男を見たという証言も複数出ています。その人物の身元は判明していますか」

「いいえ」

「どのような手段を用いて探しましたか」

クヴァンメンは音を立てて息を吸いこんだ。口のなかが乾いている。

「通常の捜査手順に従って」

「メディアに公表は？」

「いいえ」

「犯行時刻前後に現場付近で写真を撮っていた人物に話を聞くのは、非常に意味のあることでは？」

クヴァンメンは同意せざるを得なかった。相手が言わんとすることは明らかだ。

「つまり、犯行時刻前後に現場付近には身元不明の男性が少なくとも三名はいたということになる」

「供述内容をよく読めば、同一人物の可能性が高いことがわかると思いますが」

「可能性、ですか」ボールマンがぴしゃりと切り返す。「なぜ身元特定に力を注がなかったのでしょうか、三名なのか一名なのかをはっきりさせるために」

クヴァンメンはすかさず弁護側の弱点を指摘した。「現場から発見された証拠物に注目していたためです」台上の水差しを手に取る。「ダン・ヴィーダル・モムラクのものと一致する遺留DNA型が検出された証拠物二点に」

そう言って水を注ぎ、裁判長を見上げながら、うまいかわし方だとうなずく検察官を目の端で確認した。

「なるほど」ボールマンが言った。「遺留DNA型の証拠物二点とは……」資料を繰り、「証拠物一覧表に含まれる鑑定報告書に記載されたものですね」と目を上げる。「お手もとにありますか」

クヴァンメンはフォルダーを引き寄せた。「ええ」

ボールマンが裁判長に向かって言った。「裁判長のお手もとにもありますか。証拠書類番号七および八、被害者の膣内容物を採取した綿棒《スワブ》と、遺体から約百メートルの場所で発見された煙草の吸殻の鑑定結果です」

裁判長が配布された証拠書類のフォルダーを開き、陪席裁判官にもそれを求めてから、ボールマンに続けるよう合図した。

「鑑定を行ったのは？」ボールマンが訊く。

「オスロの法医学研究所です」クヴァンメンは答えた。「被害者の体内から採取された精液と、煙草の吸殻に付着した唾液に含まれた皮膚細胞を分析したものです」

「ええ、どうも」とボールマンが手を挙げてさえぎった。「伺いたいのは、法医学研究所のどの分析員が担当したかということです」

クヴァンメンは裁判長に向かって言った。「回答が必要ならば、資料を確認する必要があります」

うなずきが返されるのを待って、フォルダーをさらに引き寄せ、二件の鑑定報告書に目を通した。「レギーネ・メフィヨールです」

「どちらの鑑定も？」ボールマンが尋ねる。

クヴァンメンはもう一度確認した。「はい」

「鑑定の実施日は？」

クヴァンメンは資料に目を落とした。「七月七日です」

「それでは、二点の試料は同じ日に同じ分析員によって扱われたということですね」

「そのとおりです」

「ほかにもDNA型鑑定は行われましたか」

「ええ」

「なにを対象としたものですか」

「犯行現場と付近一帯で発見された吸殻と空き瓶数点です」

「結果は?」

「陰性でした」

「陰性とは」ボールマンが訊き返す。「どういう意味でしょう」

「遺留量が不十分でDNA型が検出できなかったか、あるいは身元不明のDNA型だったということです」

「身元不明のDNA型。では、犯行現場および付近一帯で採取されたそれらの試料から、身元不明の男性二名のDNA型が検出されたということですね。ビールの空き瓶と煙草から」

クヴァンメンはやむなく認めた。

「つまり、犯行現場にはほかに三名の人間がいた可能性があると。三名の身元不明の男性が」

「三名とも事件当時にいたとは考えにくいですが。収集した証拠物が現場に残された日を特定するのは不可能ですから。瓶も煙草も、あの場所が犯行現場になるよりもずっと以前からあったのかもしれない」

「誰がいつ捨てたものでもおかしくないと？」

「ええ、まあ」

「しかし、なぜか……」ボールマンが続ける。「検察はダニー・モムラクの吸殻から採取したDNAをトーネ・ヴァーテラン殺害の証拠物に加えている。その吸殻も以前からそこにあったのでは？」

クヴァンメンは答えに窮して身じろぎした。

「その可能性も大きいのでは？」ボールマンがたたみかける。「ダニー・モムラクは、現場近くの廃ガレージに麻薬を隠していたと自供しています。吸殻は隠し場所への行き帰りの途中で捨てられたものでは？」

「その他の証拠も併せて考慮する必要があります」クヴァンメンは自分の声に苛立ちを感じた。

「たしかに。すべてを考慮に入れるべきです」

ボールマンがさらに資料を繰る。「ダニー・モムラクが所有する車両を捜索した際ですが、DNA型鑑定も行いましたか」

しがつきはじめた。

「はい」

ボールマンが続きを待つように凝視する。なにを指摘するつもりか、クヴァンメンにも察しがつきはじめた。

「タオルなど、何点かについて鑑定を行いました」

「取り調べの際、依頼人から説明がありましたか。そのタオルの用途について」

「トーネ・ヴァーテランと車内で性交渉を持つ際に使っていたと」

「ふたりが交際中に？」

「ええ」

「使われたのは一度ですか、複数回ですか」

「複数回です」

検察官が割って入った。「質問の意図が不明です……」

裁判長が直接ボールマンに質《ただ》した。「その質問になにか意図はありますか」

「いまご説明します、裁判長」ボールマンはそう答えて一枚の書類を取りだした。「ここに鑑定報告書があります。資料4-56です」

裁判長がフォルダーを開いた。コピーは含まれていないようだ。

「予備があります」ボールマンが資料を差しだす。

裁判長がうなずくと、廷吏が進みでてそれを裁判官席に運んだ。

「鑑定結果はどうでしたか」ボールマンが訊く。

クヴァンメンは資料を見ずに答えた。「ダン・ヴィーダル・モムラクのDNA型がタオルに付着した精液から検出されました」

「鑑定はどこで行われましたか」

「法医学研究所です」

「担当者は？」

クヴァンメンは担当者名を確認した。「レギーネ・メフィヨールです」

「鑑定の実施日は？」

「七月七日です」

ボールマンはペンを口にくわえ、考えこむような素振りを見せた。「つまり、被害者の膣内容物を採取したスワブと、旧道で発見された煙草の吸殻と、車内のタオルの鑑定が同じ分析員によって同日同時刻に行われたということですか」

クヴァンメンはうなずいた。「法医学委員会からは、鑑定の結果にも方法にも疑義が出てはいません」

「DNAの交差汚染についてはご存じですか」

「ええ」

「説明はしていただかなくて結構です。わたしからアメリカでの事例を紹介しますので。現地の警察が強姦殺人の被害者の爪のあいだから採取したDNA型が、前科のある男性のものと一致しました。ところが問題がひとつ。事件発生時、被疑者は交通事故に巻きこまれて病院にいたのです。最終的に、事故現場から負傷者を病院へ搬送した救急救命士が、その後に殺人事件の被害者を運んだことが明らかになりました。怪我をした男性のDNAが偶然にも遺体に付着したというわけです」

検察官が異議を申したてようと起立した。「ここはアメリカではありません。それに憶測でものを言うべき場でもない」

「質問は次で最後です」裁判長の返事を待たずにボールマンが言った。「いまの話は、刑事事件の証拠として遺留DNA型がいかに脆弱《ぜいじゃく》であるかを示す例を挙げたまでです」

「いいでしょう、では質問を」

「ありがとうございます、裁判長」

ボールマンは机に身を乗りだした。「さてここで、精液にまみれたごわごわのタオルが、証拠物七および八と同じ研究室で扱われたことが明らかになりました。そこに付着したDNAが鑑定の過程でほかの証拠物を汚染した可能性はないのでしょうか」

クヴァンメンはグラスを口に運んだ。クリスティアン・ボールマンは切り札を切ったつもりだろうが、かえって素人ぶりを露呈しただけだ。三人の判事はたんなる仮説に惑わされはしないだろう。手練れの弁護人は一審で手札を見せはしない。陪審員団が誤審の可能性を評議する控訴審まで待つはずだ。陪審員相手ならば疑いの種を植えつけることもできただろうが、ボールマンがいかなる根拠をもとに弁護を展開するかはすでに明らかだ。対策を練り、回答を用意することができる。再度鑑定が行われるかもしれない。

さらに水で喉を潤してから、クヴァンメンはグラスを置いてボールマンに目をやった。

「その点に関しては、あなたと同様、意見を述べる立場にありません」

裁判長はしばらく間を置いたのち、ほかに質問はないかとボールマンに尋ねた。

「ありません、裁判長」

検察官も補足の質問を辞退した。裁判長が二名の陪席裁判官に目をやったが、意見は出なかった。

「ありがとうございました、クヴァンメン主任警部。十分の休廷ののち、次の証人尋問に移ります」

20

未舗装路の穴に前輪がはまりこみ、茶色い泥水をはねあげた。二度も方向を間違えたあと、ヴィスティングはようやくステン・クグヴァンメンに教わった道を見つけた。丘を越えて曲がりくねった道を海へと下りると分岐に出た。左の道には私有地につき立ち入り禁止の標示が出ている。ここを入ればいいらしい。

別荘は海沿いに建ち、小さな入江によって風雨から守られていた。かつての船長の邸宅に似た造りで、白壁に鎧戸《よろいど》の青が映えている。

クヴァンメンは前庭に立っていた。本人もいま着いたばかりのように見える。メルセデスの四駆車の荷室をあけるとつややかな黒い毛並みの犬が飛び降り、行儀よく足もとにすわった。まだ仔犬《こいぬ》のようだが、ケージのサイズから見て大型犬らしい。

ヴィスティングは匿名の手紙を入れたクリアファイルを手にして車を降りた。

雨はあがったが、海岸には霧が立ちこめ、茫洋《ぼうよう》とした風景に銀の彩りを添えている。

「道はわかったようだね」クヴァンメンが言った。

ヴィスティングは笑みを浮かべた。「休暇中に恐縮です」

かまわない、とクヴァンメンは手を振った。「完全な休みなどないようなものなんだ。いつもなにかしら予定が入るものでね」

ふたりは海に面した側にまわり、ベランダの庇《ひさし》の下に入った。オイル塗装の床板は雨に濡れてすべりやすくなっている。室内へ続く引き戸が半分開かれると、犬がなかへ入って寝そべった。

「ここで話そう」クグァンメンはガーデンチェアを示した。「コーヒーを淹れるよ」

ヴィスティングは立ったまま待ち、霧と塩気を含んだ重い空気のなかで打ち寄せる波を眺めた。

ベランダから続く階段の先に小さな桟橋があり、小型のヨットが係留されている。波に揺られて上下するたびにロープがきしみをあげる。

クグァンメンがコーヒーポットとマグカップを手に戻ると、ふたりは腰を下ろした。「さあ、はじめてくれ」クグァンメンはコーヒーを注ぎながら言った。「トーネ・ヴァーテラン殺害事件についてだったな。なにか気になる点でも？」

この男は相手をリードし、話の主導権を握ることに慣れている。目を合わせたヴィスティングはそう悟った。自分のほうは、単刀直入に訊くというやり方しか知らない。「犯人がほかにいた可能性はないでしょうか」

クグァンメンはマグを手に取り、きっぱりと首を振ってから口をつけた。「疑う余地のない事件だった。DNAに防犯カメラの映像、通信記録に目撃証言、すべてがダニー・モムラクの犯行を示していた。やつには動機も時間も機会も意思もあった」

音を立ててマグをテーブルに置く。

「昔に比べていまは、徹底的な証拠固めが行われる。電子的な痕跡はいまや多岐にわたり、DNA型鑑定も飛躍的に進歩した。たしかに、過去の事件には疑義が生じる可能性のあるものは多いが、この件は別だ」

「そうですか」ヴィスティングはそう言って小さな入り江に目を転じた。

鉛色の霧が水面を覆っている。白鳥のつがいが五羽の雛《ひな》を引きつれて桟橋のほうへと泳いでくる。

「疑いを持ったきっかけは？」クヴァンメンが訊いた。

一羽の白鳥がくちばしで羽づくろいをはじめる。

「火曜日のことですが、匿名の手紙を受けとりました」ヴィスティングはポリ袋に個別に保管した一通目の封筒と手紙を取りだした。

二枚の袋をテーブルごしに押しやると、クヴァンメンが身を乗りだした。

「書いてあるのは事件番号のみです。一九九九年の、トーネ・ヴァーテラン殺害事件の」

犬が身を起こして低くうなった。静かに、とクヴァンメンが声をかける。

「昨夜、さらに一通が届きました」ヴィスティングは話を進めた。「別の事件番号が書かれたものが」それを卓上に置く。「こちらはわたしが二〇〇一年に担当したものです。ヤン・ハンセンが十七歳のパニッレ・シェルヴェン殺害容疑で有罪となりました。ふたつの事件にはいくつも共通点があります」

「性犯罪はたいてい似ているものだ」クヴァンメンが指摘する。「十代の少女が襲われ、レイプされて殺される」

「それでも調べてみることにしました。ヤン・ハンセンはトーネ・ヴァーテラン殺害事件で事情聴取を受けています。生きているトーネを最後に見た者のひとりとして」

続いてヴィスティングは、ヤン・ハンセンがトーネのアルバイト先の軽食スタンドの常連客だったこと、彼女が退勤した直後に車で店を出たことを説明した。

ステン・クグヴァンメンは首を振った。些末《さまつ》な内容のため覚えていないせいか、あるいは聞かされた話にひどく驚いたせいだろうか。

「どこでそのことを？」

「捜査資料です」

「それで、その捜査資料はどこで？」

「一通目の手紙が来た際に書庫から取り寄せました」

クグヴァンメンが両眉を吊りあげる。「独断で再捜査をはじめたと？　法的拘束力のある判決が下された事件を？」

湿った空気が喉の奥にもぐりこみ、ヴィスティングは顔をそむけて咳《せき》をした。「二、三調べてみたところです」

「ほかに時間の使い道はないのかね。行方不明者の捜索から殺人の捜査に切り替わった事件はどうした？　ちょうど記事を読んだところだが」

「じつはわたしも休暇中でして。手紙は自宅に届いたのです」

クヴァンメンが目つきを鋭くする。「なにかわかったのか」

「ヤン・ハンセンはすでに故人です。獄中でがんと診断され、昨年の夏に亡くなりました」

クヴァンメンがまたマグに口をつける。「では、追っているのは幽霊ということか。だったら調べても意味がない」

ヴィスティングは手を伸ばして二通の手紙を引き寄せた。「意味があると考えている者がいるのはたしかです」

「ヤン・ハンセンはもう問題じゃない。二度と人に危害を加えられんのだから」

「ダニー・モムラクは十五年のあいだ獄中にいました」

クヴァンメンが手紙を指差す。「十五年のあいだにそれを思いついたんだろう。間違いなくやつの仕業だ」

「その可能性はあります」

「ほかに誰が？」クヴァンメンが鼻で笑う。「まんまと操られてどうする。判決に不服があるなら、弁護士を立てて訴えでればいい。そのための制度があるんだから。刑事事件再審委員会への申し立てが。いずれにせよ、すっぱり忘れることだ。すでにやりすぎだろう、きみの権限をはるかに逸脱している」

霧に煙《けぶ》る海のどこかで、湾に入る船の霧笛が響いた。クヴァンメンがコーヒーを飲みほした。ヴィスティングは口をつけてさえいない。

白鳥たちが桟橋に泳ぎついた。最も大きな一羽が首を伸ばして翼をはためかせ、あたりの様子を窺う。

椅子から腰を上げたクヴァンメンは手すりに近づいてきつくつかんだ。「モムラクはいまなにを？」

「一時は自動車修理工をしていたようです。刑務所で職業訓練を受けたのかもしれません」

「住まいは？」

「オクルンゲンです。新たな犯罪歴はありません」

ステン・クヴァンメンは振り返って手紙を指差した。「これが送ってこられた理由はわかっているだろう？　なぜいまなのか」

犬が立ちあがって主《あるじ》のほうへ近づいてきた。今度はじゃれつくのを許される。

ヴィスティングは続きを待った。

「新たな法制度のせいだ、不当な刑事訴追に対する補償についての。モムラクは経済的損失に対する補償として一日あたり最低千五百クローネを受けとる権利を得ることになる。総額いくらになる？　一千万近くだ。さらに、同額の損害賠償も請求できる」

船の霧笛がまた鳴った。深く単調なその響きは霧のなかをゆるゆると漂い、やがて消えた。

「トーネ・ヴァーテランの両親と連絡は取っていましたか」ヴィスティングは訊いた。「裁判のあとも」

クヴァンメンは首を振った。その問いを怪訝に思ったようだ。ヴィスティングはパニッレ・シェルヴェンの両親を思い起こした。娘の殺害犯の死を告げて以来、ふたりとは話していない。

「では、モムラクの釈放をふたりが知っているかどうかもわかりませんか」

「異動になったものでね。クリポスに配属され、国際部門の担当になった」

ヴィスティングは手紙の入った袋をファイルに戻した。「警察庁の新人事が決まるのはいつです？」告知中の空きポストのことを思いだしてそう訊いた。

「夏の終わりだ。有力候補が何人もいる」

過去の担当事件に対する冤罪の疑いなどという不安要素は、この時期のクヴァンメンにとってはなにより避けたいものだろう。

クヴァンメンが時計に目をやった。話を切りあげるためのあからさまな合図だ。ヴィスティングは立ちあがって手つかずの冷めたコーヒーを押しやった。

21

ヴィスティングはステン・クヴァンメンとの対面をすでに後悔していた。無駄足だったとしか言いようがない。来るときに〈バンブレ軽食スタンド〉の前を通ったことを思いだした。店はまだ営業していた。帰りがけにそこへ車をとめた。

作業服の客がふたり窓口に並んでいた。自分の番が来るとヴィスティングはハンバーガーを頼んだ。注文を受けたのは年配の女性店員だった。年格好から見てトーネ・ヴァーテラン殺害事件当時にもここで働いていたかもしれない。

ヴィスティングは買ったものを持って店の裏の空いたピクニックテーブルについた。そこからは店を出入りする従業員の姿が眺められる。壁に立てかけられたトーネ・ヴァーテランの自転車と、近くにとめられていたはずのヤン・ハンセンの配送車を頭に描いた。

ハンバーガーはひどい味だった。それを咀嚼しながら、ヴィスティングは一九九九年に起きたことに考えを巡らせた。ヤン・ハンセンの名が浮上したからといって、犯人に決まったわけではない。確固たる証拠があったからこそダニー・モムラクに有罪判決が下されたのだ。まんまと操られ、独断で捜査するよう仕向けられているというクヴァンメンの言葉はもっともかもしれない。それでも、せめて手紙の主だけは突きとめたかった。依然として候補はダニー・モムラク以外見つからない。

すべての証拠がダニー・モムラクの有罪を示しているが、真実を知るのは本人だけだ。それにもしも有罪であるなら、なぜいまさら事件に注目を集めようとするのか。古い話を持ちだしたところで得るものはないはずだ、潔白を証明する目処《めど》が立ったのでないかぎり。

紙ナプキンで口を拭い、ヴィスティングは立ちあがってそれをゴミ箱に捨てた。

ダニー・モムラクが無実であるなら、当然ながら真実を知る者はひとり——真犯人だ。しかしヤン・ハンセンは死んだ。

軽食スタンドの裏口のドアが開いて、先ほど窓口にいた女の店員が現れた。ヴィスティングに笑みを向けてから、ゴミ袋をゴミ容器に捨ててなかへ引っこんだ。

車に戻ったヴィスティングは高速道路に入り、トーネ・ヴァーテランが自転車で通った道を走りはじめた。

道路の両脇に広がるトウヒの森を霧が包んでいる。夏はいきなり終わりを告げたか、でなければ少なくとも休止中のようだ。リーネがいる場所もあまり快適ではないだろう。

後続車が車間距離を縮め、スピードを上げろとヘッドライトで合図した。ヴィスティングは速度を保ったまま、旧道への分岐を見つけてそこへ入った。

鬱蒼と茂った両脇の木々が道を狭めている。アスファルトは木の根に押しあげられ、突き破られて、ひびや穴だらけになっている。さらに走ると倒木が道をふさいでいた。

車をとめて外へ出ると、傍らの木立から鳥の群れが飛び立った。

目の前に右へとのびる小道がある。トーネ・ヴァーテランが泳ぎに寄ったスイミングスポットに通じているかもしれない。そこへ入り、道端に実ったラズベリーを摘みながら奥へ進んだ。想像したとおりだ。湖面は霧に覆われ対岸は見えない。タオルが置き忘れられているところを見ると、地元民がいまもよくここへ来るのだろう。

車のところへ引き返したあと、草むした旧道の先へ足を踏み入れた。路肩にはゴミが散乱し、ガラスの破片を踏むたびに音が響く。

捜査資料に記された廃ガレージはいまもそこにあり、よく茂った広葉樹の大木に囲まれている。屋根はなかば朽ち、灰色のレンガの壁も蔓延《はびこ》ったツタやコケに覆われて崩壊しつつある。車両用の出入り口のシャッターも崩れ、洞窟の入り口のような穴があいている。

捜査資料の写真や地図なしには位置関係を確認するのが難しいが、少し離れたところにトーネ・ヴァーテランの遺体発見場所と思われる土手が見つかった。茂みをかき分けて土手にのぼり、反対側の草むらを覗きこんでみる。かつての犯行現場から読みとれるものはなかった。すべてがとうの昔に自然に還っている。

軽食スタンドを出るまえに便所へ行っておくべきだったとヴィスティングは気づいた。その場ですます気にはなれず、木立の奥へ入ってファスナーを下ろした。

そのとき携帯電話が鳴り、用を足してから画面を見た。リーネからの画像つきメッセージだ。アマリエが小さなイソガニをてのひらにのせ、怯《おび》えと喜びの入り混じった興奮の表情を浮かべている。よく捕まえたな、ただしカニに鼻を挟まれないように気をつけるんだぞとヴィスティングは返信した。

引き返すまえに、携帯のカメラでかつての犯行現場の写真を撮った。車に戻る途中で廃ガレージも写真に収めた。

新しいメッセージが着信する。リーネだ。〝明日帰るね、こっちは雨ばっかり〟

続いて小さな傘と黒雲と稲妻の絵文字が届いた。ヴィスティングは笑顔と立てた親指のマークを返した。

車の側面を枝にこすられながらバックで旧道を出た。車を転回させたが、すぐには走りださなかった。自分の書いたメモを繰って一九九九年当時のダニー・モムラクの弁護士の電話番号を見つける。

クリスティアン・ボールマンはほとんど間を置かずに応答した。ヴィスティングは名乗り、警察からかけていると告げた。

用件を切りだすまえにボールマンが言った。「ちょうど休暇中でして。事務所の番号をお伝えします」

「いまはご自宅ですか」

「なぜです?」

「以前あなたが扱った事件に関して明らかになったことがあるのですが、それについて会ってお話しできないでしょうか」

「どの事件でしょう」

「ダニー・モムラクの」

回線の向こうに沈黙が流れた。「なるほど」ようやく返事がある。

「今日のご都合は？」

「自宅にいます。住所はご存じですか」

「ええ。三十分で伺います」

また沈黙が流れる。

ようやくボールマンが口を開いた。「誰かから連絡があるのではと予想していたんです。それで、とうとう来たかと思いましてね」

22

一九九九年十二月十日、十三時三十分

ボールペンのインクが切れ、手帳に書いた文の末尾は筆圧の凹みだけになった。ニンニ・シェヴィクはバッグをあさって新しいペンを取りだした。裁判を担当するのは初めての経験だった。審理は一日も欠かさず傍聴し、他社の記者たちとも意見を交わしていた。誰もが判決を確信している。ダニー・モムラクの有罪を。

ニンニ自身は判断がつかずにいた。捜査員やさまざまな分野の専門家が証言台に立ったものの、未解明な点が残っていた。記者たちに疑問をぶつけてみても、耳を貸してはもらえなかった。

ダニー・モムラクに不利な証拠となるDNA型が検出されていたが、DNAの議論は難解で不明な点だらけだった。たとえば、精子の生存期間はどれほどなのか、DNAはどのくらい容易にほかの物に付着するのか。さらには、事件の一連の流れもはっきりしなかった。公判開始にあたって自分なりに時系列表をこしらえ、ダニー・モムラクの行動をそこにあてはめようとしてみたが、トーネ・ヴァーテランが殺害された時刻自体が不明のままだった。遺体発見までに少なくとも三十六時間が経過していた。そのことが検死の妨げになり、死亡推定時刻は二十時三十分から翌四時三十分までと、八時間の幅を持たせたものとなっていた。その大半において、ダニー・モムラクにはアリバイがあった。

ニンニ・シェヴィクは廷内を見まわした。公判最終日の今日はいつにも増して多くの傍聴人が詰めかけている。最後列にはダニー・モムラクの母親の姿もある。

裁判長が弁護人のボールマンに発言を促した。黒い法服の歪みを直すと、ボールマンは最終弁論を行うために起立した。犯行現場付近で目撃された三名の男性について言及したのはボールマンひとりだった。リュックサックの男と、カメラを持った男、そして迷彩服の男だ。ニンニはそれを新聞で報じ、さらに別の記事で彼らに名乗りでるよう呼びかけた。連絡してきた者はいなかった。少なくともニンニや新聞社には。

「裁判長」とボールマンがはじめる。「本件における検察側の主張は筋の通ったものに思えるかもしれません。しかしながら、なによりも注目すべきは、本件の捜査がいかに不適切なものであったかという点にあるのです。警察は本件におけるきわめて重要な要素を解明するための努力を怠りました。捜査方針に沿わない手がかりを追うことを放棄したのは明らかです。そのため検察官は事件の全体像を十全に示したとは言えないのです」

ニンニ・シェヴィクは裁判官席に目をやった。裁判長は無表情で椅子の背にもたれ、両手を胸の下で組んでいる。

「どのような不備があるかをご説明しましょう。まずは最重要の証拠から。検察側はDNAを決定的な証拠としてたびたび強調していますが、鑑定結果は本当に信用に足るものなのでしょうか」

ボールマンが交差汚染に関するさまざまな証言を要約する。おもな内容は、研究室内でのDNAの交差汚染防止を目的とした新たな規則に関するものだった。鑑定試料の個別保管と使い捨て器具の使用を定めたものだ。ダニー・モムラクの事件の鑑定が行われたのは、この新たな規則の導入前のことだった。

二日前に鑑定の担当者が証言台に立たされていた。鑑定は適切な環境で行われ、結果も正確であると分析員は証言した。それでもニンニの見るところ、ボールマンはいくらかの疑念を植えつけるのに成功したようだった。

続いてボールマンは、警察が身元を割りだせずに終わった三名の男性の件を指摘した。

「そもそもダン・ヴィーダル・モムラクに容疑がかけられたのは、警察がこの三名の発見に至らなかったためです。すなわち、真犯人の発見に至らなかったのです」

弁論を続けるうち、ボールマンの声はかすれ、しわがれはじめた。目の前に水が置いてあるが、手をつけようともしない。

「先日、被害者と同じ年頃の友人や知り合いたちが証言台に立ち、ダニー・モムラクに関する噂や憶測について語りました。誰かから聞いたり、話題にのぼったりした話について。なかにはきわめて暴力的で深刻な内容も含まれています。警察はそれらの非難を検証しませんでした。噂の出所やその真偽を明らかにしようとはしなかったのです。なにもせず放置したため、それらはいまもたんなるゴシップと中傷の域を出ないものに留まっています。つまり、証拠としての価値はなんら持ち得ないのです」

検察官は弁護人の向かいにすわっていて、ニンニのいる席からは横顔しか見ることができない。弁護人の追及にもまったく動じていないように見える。

ボールマンが弁論の締めくくりに入る。「これらの不備を総合的に考慮に入れた結果、合理的な疑いの余地が残ると言わざるを得ません」そしていくつもの条文を挙げ、それらが適用された判例を示し、〝疑わしきは被告人の利益に〟の原則を強調した。

「したがって、被告人ダン・ヴィーダル・モムラクの釈放を求めます」

ボールマンが着席したあとも廷内は静まりかえっていた。異様な空気が傍聴人席を覆った。目には見えず耳にも聞こえないが、いわく言いがたい気配が漂っている。

裁判長が背筋を伸ばした。「ありがとう、ボールマン弁護人」咳払いをして続ける。「検察官、発言すべきことはありますか」

結構です、どうも、と検察官は首を振った。弁護人の主張など取るに足らないと言わんばかりに。

「被告人には最終陳述が認められます」と裁判長が続ける。「なにか申し述べたいことはありますか」

クリスティアン・ボールマンが隣にいる依頼人に身を寄せ、ふたこと三こと耳打ちした。さらに短いやりとりのあと、ダニー・モムラクが起立した。

被告人は硬い表情のまま抑揚のない声で無実を訴えた。最後の言葉はほとんど聞きとれないほどかすかだった。「おれは殺してない」

23

クリスティアン・ボールマンの自宅の壁は塗り替えの最中で、褪《あ》せたグレーの半分がまばゆい白へと変わっていた。玄関脇に移動式の足場が設置されているが、いまは誰も見あたらない。

ヴィスティングが車を降りると、音に気づいた弁護士が戸口に現れた。黒髪にペンキが散っているところを見ると、自分で壁塗りをしているようだ。

「ペンキ塗りが好きでね」とボールマンは言った。「進み具合が目に見えてわかるうえに、完成図も予想しやすい。たいていの仕事はそうはいかないのでね。あいにくいまは天気のせいで中断しているんですが」

ボールマンはヴィスティングを広々とした半地下の仕事部屋に案内した。リングバインダーや書籍や書類の束が棚にも机の上にも積みあがっている。ブラインドが下ろされた室内は薄闇に包まれ、洞窟を思わせる。片隅に応接スペースがあり、ふたりはコーヒーテーブルを挟んで向かいに腰を下ろした。

「最近もダニー・モムラクから連絡はありますか」ヴィスティングは訊いた。

「この一年ほどはありません。もっと長いかもしれない」

「しかし、なんらかの連絡があることを予期していたのでは？」

弁護士はうなずいた。「ただですまないとは思っていました。ただ、文書で通知が来るものと思っていましたが」

ヴィスティングはとまどった。なにやら話が嚙《か》みあっていないようだ。

「事件がほじくり返されるのを喜ぶ人間ばかりでないのはわかっています」ボールマンが続ける。「資料を人手に渡したことで、わたしにもお咎《とが》めがあるんでしょうね」

「おっしゃっているのは、一九九九年のトーネ・ヴァーテラン殺害事件のことですね」確認のためにヴィスティングは尋ねた。

ボールマンは怪訝そうに首をかしげたが、間違いないと認めた。「あの事件のことは気になっていたんです。納得のいかない点が残っていたのに、それに取り組む方法も時間も見つけられずにいた。誰かに任せるほうが楽だったんです、まっさらな目で見ることのできる誰かにね」

「誰かとは？」

ボールマンは口もとをこわばらせた。「失礼、その件で来られたとばかり思っていましたが。あのジャーナリストから警察に伝わったのだと」

ヴィスティングは首を振った。「その件は知りません。ここへは自分の判断で来ました。じつは、当時の捜査で明らかにならなかった情報がつかめたかもしれません。それによって別の角度から事件を見ることができるかもしれない。その情報が、あなたから見た事件の全容にうまく収まるかどうかを伺いたいんです。誰よりもよくご存じでしょうから」

ボールマンは背筋を伸ばした。「情報とは？」

「先にジャーナリストのことを聞かせていただきたい」

「では、彼女と話したわけではないと？」

ヴィスティングは首を振った。

「いきなり事務所に現れたんです。ニンニ・シェヴィク、フリーのジャーナリストだそうです。過去に扱った事件についての取材依頼はこれまでも何度かありました。最近は実在の事件を題材にするのが流行《はや》りですから。実録犯罪ものというやつです。本や新聞記事、それにポッドキャストやテレビシリーズにするんだとか。ただ、ニンニ・シェヴィクは地元の出身で、事件との関わりもあった。当時の彼女のことも覚えていますよ。まだ若くて、少々青臭いところがあったかな。ダニーの無実の可能性を主張して、ベテラン記者たちに笑われていましたよ。それでも捜査の行方を丹念に追い、公判にも毎日来ていた。そしてわたしと同じく、ずっと疑問を抱えていたそうです」

家の奥で電話が鳴り、かすかな女性の声が応答したが、話は聞きとれない。

「彼女は事件を徹底的に調べていた。ふたりで重要な点について意見を交換したあと、わたしは資料を彼女に託したんです」

「警察の捜査資料を？」

ボールマンが片頬を歪めて笑う。「まあそうですが、別に警察の所有物じゃない。彼女が受けとったのはわたしの分の資料です。すべて保管してあったので。リングバインダー六冊分をね」

ヴィスティングはうなずいた。自宅にあるものも同じく六冊だ。自分の手もとにあるのと同じ資料をジャーナリストが読んだとすれば、手紙の主の候補が増えたことになる。

「うちへ訪ねてきたあと、数週間のあいだに何度か電話もありました」ボールマンが続けた。

「ところで、そちらが事件に興味を持った理由は？　一九九九年には事件の担当ではなかったと思いますが」

匿名の手紙の件を明かしたくはないが、なんらかの説明は必要だろう。

「二〇〇一年に類似の事件を担当したんです。トーネ・ヴァーテランと同じ年頃の娘が誘拐され、強姦されたのち殺害されました。犯人はヤン・ハンセン。名前に聞き覚えは？」

「なぜです」

「ヤン・ハンセンは昨年の夏に刑期を残して他界しています。一九九九年当時、ハンセンは目撃者として聴取を受けているんです。生きているトーネ・ヴァーテランを最後に見た者のひとりとして」

それを聞いたボールマンは身を乗りだした。「あの事件の目撃者が類似の殺人事件を起こしたと？　ダニー・モムラクが有罪判決を受けて服役したあとに」

ヴィスティングはうなずいた。

「ハンセンの特徴がわかるものはありますか」

ヴィスティングは質問の意図を測りかねた。「資料にはありませんが、犯行当時は三十四歳、身長百七十五センチほど、普通体型でした。逮捕時は金髪を刈りこんでいました、もちろん二年後のことですが」

「服装は？　迷彩柄のジャケットを持っていませんでしたか」

なるほど、とヴィスティングは納得した。身元不明の男性数名の目撃情報が寄せられていたはずだ。

「調書に記載はなかったと思いますが、たしかめてみます」

ボールマンはペンを持って手近にあった紙になにか書きつけている。「いや、ないはずだ。あればわたしも気づいたでしょうから」そう言ってさらに少しメモを取ってから目を上げた。

「これからどうするつもりです？」

ヴィスティングは椅子の上で身じろぎした。「はたしてできることがあるかどうか。ここまでは非公式に調べてみただけです。公式に再捜査するかどうかは上の人間の判断になる。

どのみちわたしが担当することはないでしょうが、気づいた点は当時の捜査責任者に伝えてあります」

「ステン・クヴァンメンに？」

ヴィスティングは首肯した。「それに、こうしてあなたにも」

「クヴァンメンが動くはずはない」ボールマンが断言する。「出世の妨げになる。警察庁幹部のポストを狙っていますから。ちょうどいま人選中でしたね」

ヴィスティングはうなずくに留めた。候補に挙がっているのは三名だが、経歴から言えばクヴァンメンが最も適任だろう。みすみす評価を下げるような真似をするはずがない。

「そちらはどう動くつもりですか」

ボールマンは首をかしげた。「まずはニンニ・シェヴィクに連絡を取らなくては。なにかつかめたのかを確認します。いま伺ったことと併せれば再捜査に持ちこめるくらいの事実を突きとめられたのかを」

ヴィスティングは帰り支度をはじめた。「ただし、トーネ・ヴァーテランが強姦ののち殺害され、あなたの依頼人のＤＮＡがその体内から検出された事実は変わりませんが」

「公判では試料が汚染されていた可能性を指摘しました」

「それでもダニー・モムラクの犯行を示唆するものであることに変わりはない」

「当時の雰囲気や状況から言って、いずれにせよ有罪判決は免れなかったでしょう。ＤＮＡ

が検出されればつねに犯人とみなされ、検出されなくても疑いは晴れない。警察が発見できなかったことを示すにすぎないからです」

ヴィスティングは答えずにおいた。公判における弁護側の役割は依頼人が有罪でない可能性を示すことだが、再審請求では委員会に対し無罪である根拠を示す必要がある。はるかに多くを求められるものであり、現段階で明らかになった情報だけでは到底不十分だ。だがこれで終わりではない、そんな予感がしてならなかった。

24

一九九九年十二月二十日、十二時三十八分

その日の紙面はすでに印刷にまわり、まもなく売店や購読者のもとへ発送されようとしていた。ニンニ・シェヴィクの記事は第一面に大きく掲載されている。アイダンゲル在住の老人の自宅フェンスに除雪車が突っこんだことを報じる内容だ。クリスマス前のコンサートの記事も担当した。小さな地元紙に載るのは、そういった些細《ささい》な日常の出来事ばかりだ。

ニンニは自分の席を離れて廊下へ出ると編集長室のドアをノックした。どうぞと返事がある。

ライフ・グリニが煙草の火を揉み消して目を上げた。

「ダニー・モムラクの裁判の判決が明日出ます」とニンニは腰を下ろした。

編集長がうなずく。

「意見記事を書いてみました」ニンニはそう言って手にしたプリントアウトを示した。

見せてみろ、と編集長が手を突きだす。ニンニはそれを渡した。

「念のためにと思って」

見出しは〝自由の身〟だ。

編集長が眉をひそめ、二段落も読まないうちに口をひらいた。「なんて無駄な真似を」と首を振る。「問題はダニー・モムラクが有罪になるかどうかじゃない、何年の刑を食らうかだ」

記事には捜査の不備を強調し、無罪判決に至った理由を要約してあった。警察を批判したうえで、答えを得られないままのトーネ・ヴァーテランの遺族と、裁判によって精神的苦痛を被ったダニーとその家族に対する同情も書き添えた。

ライフ・グリニは椅子から立ちあがり、最後まで読みもせずに原稿を突き返した。

「わが社では、起きたことを書くために勤務時間を使う。願望や期待じゃない、公平で客観的な事実を書かなきゃならないんだ。事件をさまざまな角度から報じるのは結構だが、もう十分だろう。わが社がなんらかの意見を表明するなら、書くのはわたしだ。わたしはダニー・モムラクの有罪を信じている。あの男が非情で冷酷な殺人犯だと。明日の社説にはそう書くつもりだ、判決が下ったあとで」

25

帰路の途中に雨がまた降りだした。ヴィスティングは自宅の前庭に車を乗り入れてエンジンを切り、雨粒がフロントガラスを伝い落ちるさまを眺めた。

リーネが明日戻るなら、それまでに室内の鉢植えに水をやってこなければ。

予感めいたものを覚えながら郵便箱に近づいた。

蓋をあけると箱はチラシ広告とパンフレットで半分埋まっていた。まとめて取りだすと、白い封筒の角が目に入った。また手紙だ。今度も同じかっちりした筆跡でヴィスティングの名前が記されている。住所も切手もない。

雨粒がぱらつき、封筒にしみこむ。郵便物の束の下にそれをもぐりこませて急いで玄関を入った。

封筒の中身は紙が一枚。ほかの二通と同様、丸められたあと平たくのばされているが、今回は二行にわたってなにかが書かれている。一行目は文字のあとに番号、二行目はインターネットのアドレスのようだ。

G－11

L2W.no/vi8

サイトの内容が気になりつつ、先に文字と番号の組み合わせのほうに注目した。これは証拠品番号かもしれない。警察が収集した遺留物や証拠品の可能性があるものにはすべて登録番号がつけられる。どこでなにが発見されたかがわかるように、採取場所別に文字が割りふられる。〝A〟が犯行現場、〝B〟が被疑者の所持品、〝C〟が車両、〝D〟は自宅の部屋とされることが多い。

ヴィスティングはテーブルに置いたままの捜査資料をあさり、目当ての報告書を見つけた。〝G〟はトーネ・ヴァーテランの検死解剖における採取物を意味している。G－11は膣内容物の検査で得られたスワブだった。

つまり、決定的な証拠品を指している――ダニー・モムラクの精液試料を。

充電切れ寸前のiPadに急いでアドレスの前半部分を入力した。〈L2W.no〉は長ったらしいURLアドレスを短縮してくれるサイトだ。

アドレス全体を入力すると、医学ニュースと健康情報をまとめたアメリカのサイトに飛んだ。表示された記事は女性体内での精子の寿命について述べたものだった。精子の質によって幅はあるものの、研究によれば性交渉から最長八日間生き延びることもあるという。最後まで読みとおすまえに、ヴィスティングは事件の時系列をまとめた紙を取りだした。トーネ・ヴァーテランは七月四日日曜日に行方知れずとなり、二日後に発見された。検死解剖の報告書を確認したところ、証拠品G–11は七月七日水曜日に採取されていた。殺害の三日後に。

別のフォルダーを手にしてページを繰り、関係者のひとりの供述を探しだす。トーネの親友のマリア・ストランが、トーネとダニーが七月二日金曜日に別れたと供述している。その前夜にベッドをともにし、翌朝もシャワー内でセックスしたという。五日。精液が採取される五日前に、トーネ・ヴァーテランとダニー・モムラクは性交渉を持っている。

DNAが検出されたことは、ごく自然な結果だったのかもしれない。その可能性を弁護士は考慮に入れられず、捜査側は一蹴したのかもしれない。トーネ・ヴァーテランをレイプした犯人がなんの痕跡も残さなかったことになるからだ。

ヴィスティングはサイトの記事を頭から読みなおした。シーツやカーペットや紙などに付着した精子は乾燥とともに死滅するが、湿度と温度と暗さが保たれた女性の膣内は生存に最適な環境だとされている。ただし精子が死滅したあともDNAは残存する。死んだ皮膚や血液の細胞からDNA型を特定できるのと同じだ。

iPad画面が真っ暗になった。充電が切れたのだ。それを置いてバスルームに入り、便座の蓋を上げた。尿の色が普段よりも濃く見え、痛みもある。ヒリヒリ、チクチクとしたかすかな痛痒《いたがゆ》さは排尿がすむまでしつこく続いた。かかりつけ医は休暇中だが、月曜日には診療所に電話して代理の医師に診てもらったほうがよさそうだ。

充電器は居間にあった。それに接続してから腰を落ち着けてiPadを膝にのせた。

ダニー・モムラクのDNAを採取したスワブの証拠品番号は、厳密に言えば捜査資料でしか知ることのできない細かな情報だ。一方で最も重要な証拠物件のひとつでもあるため、文字と番号の組み合わせがダニー・モムラクの頭に刻まれていた可能性はもちろんある。ほかの人間が知り得たならば、それは資料にアクセスできた者ということになる。

ニンニ・シェヴィクについてはネットでたやすく調べがついた。現在は三十九歳、オスロ在住。丸顔で青い目、鼻筋の通った女性で、髪は長さもスタイルも色も写真によってまちまちだ。検索結果はさまざまなメディアで彼女が書いた記事が大半となっている。フリーランスとして働いてきたようだが、一時的に《ダーグブラーデ》紙に正規雇用され、そののちノルウェー国営放送《NRK》の地方支局にいたこともあるようだ。扱うテーマは幅広く、刑事事件を報じた記事もいくつかある。現在はテレビ番組制作会社所属らしいが、制作スタッフに名を連ねている番組は見つからなかった。同じジャーナリストのリーネなら名前を知っているかもしれない。同じ週刊誌や月刊誌に記事を書いたこともあるようだ。

まずはニンニ・シェヴィクに会ってみたいところだ。電話番号はネットに公表されている。とはいえ手紙を届けに来たかと尋ねること以外に用件が思いつかない。やめておいたほうがいいだろう、いまはまだ。

その件は脇に置いてニュースサイトの記事を読むことにした。アグネーテ・ロル事件に進展はないようだ。遺体の検死が行われたが、死因を特定できる段階ではないらしい。

地元紙にはアグネーテの遺体が発見された夜の火災現場の写真が掲載されている。ヴィスティングが帰ってから撮影したもので、マーレン・ドッケンが鑑識員と話をしている。

路駐車両のドライブレコーダーのことをふと思いだした。ほかの事件でも同様の映像を目にすることがある。カメラは小型でコンパクトなものだが、価格の見当がつかない。検索してみると、値段はピンキリで最も安価なものは千クローネほどだとわかった。それを自分の車に設置すれば郵便箱を撮影できるだろう。

ヴィスティングは即座に購入を決めた。最寄りの電器店は午後八時まで営業していた。結果的に予定よりも高級なカメラを抱えて店を出ることになったが、おかげで必要な機能をすべて備えたものが手に入った。店員の助けが必要になる場合を考えて、外の駐車場でさっそく据えつけにかかった。勧められた設置場所はバックミラーの右側だ。

取り付けも使い方も簡単だった。映像はメモリーカードに保存される。背面には操作ボタンと録画映像を再生できるモニターが備えられている。

　エンジンをかけるとカメラが自動的に起動した。さらに駐車中にカメラの撮影範囲内で動きを検知すると録画を開始する機能も備えている。この駐車監視機能は、追突されたり側面に傷をつけられたりした際に相手に逃げられるのを防ぐためのものだそうだ。

　走りだしてすぐに車速を表示する機能にも気づいた。ヴィスティングはハンドルを指先で叩いた。購入した商品にも、それを自力で設置できたことにも満足していた。

26

　ヤン・ハンセンが勤めていた家具店はまだ営業を続けていたが、すでに移転し規模を拡大していた。電器店からの帰り、ヴィスティングは新しい店舗の前を通りすぎた。ヤン・ハンセンの交友関係はかぎられたものだった。大型で重い家具を配達する際、彼は同僚の手を借りることがあった。ポーランド出身のその同僚が、ヤン・ハンセンと最も長い時間をともにした相手だったかもしれない。ヤン・ハンセンを誰よりもよく知り、トーネ・ヴァーテラン殺害事件当時の様子についてなにか覚えているかもしれない男。ヴィスティングはその名前を思いだそうと苦心した。

家具店に電話して確認することも考えたが、代わりに警察署の裏庭に車を乗り入れた。多数の署員の車がまだそこにとめられていた。よその警察署の車両も交じっているのは、おそらく殺人事件の捜査応援のため人員が派遣されているのだろう。

ヴィスティングは通用口の前で通行証をリーダーに通し、暗証番号を入力した。そこから地下の廊下を通って書庫へ入り、古い捜査資料を取りだした。

思いだせずにいた名前はアダム・デューデクだった。ヤン・ハンセンは一九九九年の行方不明事件で目撃者として聴取を受けている。いかにも配送車のなかで話題にしそうな、そしてデューデクの記憶に残っていそうなエピソードだ。

すべての捜査資料を持ち帰ろうかと考えたが、ポーランド人の同僚の名前と連絡先が記された調書の写真を撮るに留めた。

誰にも会わずに帰るつもりだったが、廊下を引き返すと背後でドアが開く音がしてマーレン・ドッケンに呼びとめられた。

ヴィスティングは振り返って二、三歩そちらへ近づいた。「検死がすんだそうだね」と、なんの用で来たのかと訊かれるまえに切りだした。「死因は特定できそうか」

「頭部に損傷がありました。繰り返し殴打されたようです」

「なにか新しい手がかりは？」

マーレンは首を振った。「いえ、あまり。ただ、ドライブレコーダーに映るまえにエーリク・ロルがいた場所がわかったかもしれません」

「ほう、どこだ？」

「アグネーテの携帯電話の通信記録は入手ずみですが、エーリク・ロルのものはありません。いまのところ正式に容疑をかけられてはいないので。でも、付近一帯の全通信記録は手もとにあります、エーリク・ロルの携帯の使用履歴が含まれたものが」

ヴィスティングはうなずいた。重大事件において一般的に用いられる捜査手法だ。電話会社から提供された通信記録によって、犯行時間帯に周辺にいた人物を把握することができる。

「土曜日にエーリク・ロルは、供述のとおりアグネーテを探して共通の友人や知り合いに電話をかけています。その一覧を確認しました。そのなかにベネディクテ・リンイェムという女性の名前がありました。アグネーテと彼女は電話でやりとりをしていません、少なくとも記録が残っているここ三カ月は。フェイスブックやその他のSNSでもつながっていません。ベネディクテ・リンイェムが妻の所在を知っているかもしれないとエーリク・ロルが考える理由が見あたらないんです」

「よく調べたな」ヴィスティングは言った。話には続きがありそうだ。

「ベネディクテ・リンイェムとエーリク・ロルは同僚のようです。ベネディクテは一歳年下で、二年前に離婚していますが、なにより興味深いのは、住まいがスターヴェルンの中心部とドライブレコーダーの映像が撮影された場所を結ぶルート上にあることなんです」

「つまり、エーリク・ロルは帰宅途中にそこへ寄ったかもしれんということだな」

マーレン・ドッケンがうなずく。「見当違いかもしれませんが、とにかくこれから彼女に話を聞きに行くつもりです」

ヴィスティングは車に乗りこんで帰宅し、バックで私道に入ると、カメラの中央に郵便箱が映るように少し角度をつけて駐車した。郵便箱を確認したが中身は空だった。

その後はずっとテレビの前で過ごした。映画を見ようとしたものの筋を追うのに苦労し、ひとしきりチャンネルを切り替えたあと、ラスヴェガスの住宅金融専門会社についての番組に落ち着いた。続いてジョージ・ワシントンを特集した歴史ドキュメンタリーがはじまった。番組が終わったとき、歩数計アプリの確認を思いだした。三千六百十六歩。どのような仕組みでカウントされるのかが気になった。おそらくは内蔵されたGPSをなんらかの形で利用しているのだろう。

散歩に出ようかと少し考えたが、もう遅いと思いなおした。

就寝前にもう一度郵便箱を覗いてカメラが機能していることをたしかめた。寝床に入ったものの眠れず、しかたなく戸外の音を聞いていた。真夜中ごろに雨が激しさを増した。一時十五分前にトイレへ立った。ベッドサイドテーブルの時計に最後に目をやったとき、一時を二十三分過ぎていた。

27

目を覚ましたヴィスティングは喉にむず痒さを覚えた。室内がやけに冷えこみ、胸が苦しい。ずいぶん寝坊をしてしまった。もうじき九時だ。

咳《せ》きこみながらベッドを出ると床の冷たさに驚いた。寝室のカーテンが吹きこむ風に煽《あお》られている。外は雨こそあがっているが、あいかわらず寒々しい。

ヴィスティングは窓を閉じて裸足《はだし》のままバスルームへ入った。小便をするとまだ痛みを覚えたが、前日よりはましだ。洗面をすませてすぐに外へ出た。

郵便箱は空だった。

車に乗りこみエンジンをかけて、カメラのバッテリー切れを防ぐためにアイドリング状態で録画をたしかめた。

カメラは作動したようだ。零時三十二分、濡れそぼった猫が通りを横切っている。ナイトモードは白黒映像で猫は灰色に映っている。一時間後、猫が戻ってきた。

三時三十七分、一台の車が左側から画面に映りこんだ。そのまま通過して通りを走り去っている。ヴィスティングは録画をもう一度再生したあと、目を上げてフロントガラスごしに車が走り去った方向を見やった。木立で視界がさえぎられている。

車を降りて坂の下のリーネの家のほうをたしかめた。車はリーネのものだった。夜のあいだに帰ってきたのだ。

不安が胸に押し寄せた。オスロフィヨルドを横断するフェリーの最終便は午前零時前に出港する。それに乗ってきたのではないはずだ。車で遠まわりをしたか、トンネルを通ってきたにちがいない。なにかが起きて深夜に別荘を発《た》たずにはおられなかったのだろう。様子を見に行こうかと思ったが、おそらくはまだ眠っているはずだ。

残り三件の録画はいずれも夜明けに南から飛んできたカモメが映ったもので、フェンスの支柱にとまり、やがて翼をはためかせて飛び立つ姿が捉えられていた。

キッチンに戻るとヴィスティングは寒気を覚え、思わずセーターを着こんだ。あまり欲しくはないがコーヒーを淹れ、立ったままそれを飲みながらニュースサイトに目を通した。目新しいニュースはない。天気でさえしばらく変わりそうにない。

リーネが顔を見せるかもしれないので、ダニー・モムラクの事件の捜査資料を片づけにかかった。それだけでくたびれてしまった。今日はこのあとアダム・デューデクを訪ね、一九九九年の夏に配送車のなかでヤン・ハンセンからなにか聞いてはいないかたしかめる予定だった。それはやめにして居間へ入り、ソファに横になった。そうしているうち、リーネの家の鉢植えに水をやるのを忘れたことを思いだした。全身が痛みだす。寝返りを打って額に手をやると熱っぽいのがわかった。食べたものが悪かったか、でなければ風邪を引いたのかもしれない。肘掛にかけてある毛布を引きあげてそこにくるまった。

うとうとしていたらしく、玄関ドアの音ではっと目を覚ました。子供の足音がぱたぱたと近づいてくる。

「おじいちゃん!」

ヴィスティングはソファから脚を下ろしてふらつきながら立ちあがり、髪を手で撫でつけた。

そして、「やあ、いらっしゃい!」と孫娘を抱きしめた。「もう帰ってきたのかい」

「うん!」

リーネがあとから入ってきた。ヴィスティングは時計に目をやった。じきに正午だ。二時間も眠っていたらしい。「いつ帰ってきたんだ?」

「朝のうちに。アマリエが七時前に起きたから、早く帰ってきちゃおうと思って」

もっと早くに戻ったのではと訊こうとしたが、思いなおした。自分には関係のないことだ。

「向こうはどうだった?」とだけ尋ねた。

リーネがそばに来てカルヴァドスの瓶を掲げる。「国境を越えてスウェーデンに行ってきた。これ、お土産」

オーク樽《だる》で熟成させたアップルブランデーだ。ヴィスティングは笑顔で礼を言って瓶を受けとった。

リーネがしげしげと見る。「具合が悪いんじゃない？　顔色が冴《さ》えないけど」

「夏風邪を引いたかもしれん」

アマリエが膝のかさぶたを得意げに見せようとする。

「この子にうつらないようにしなきゃ」

「ああ、そうだな」気づけば頭痛もはじまっている。

リーネがアマリエに手を差しのべた。「郵便物をもらいに来たんだけど」

「キッチンに置いてある。鉢植えは枯れてないか？　今日水やりに行くつもりだったんだ」

「大丈夫みたい」

ヴィスティングもキッチンへ入った。リーネは郵便物をまとめて入れた袋を手に取った。

「例のロルって人の事件、なにか聞いてる？　遺体が発見されたそうだけど」

「現場に行ってみたよ」

「休暇中なのに？」

「車で出たついでに火事の様子を見に寄ったんだ」ヴィスティングは瓶をテーブルに置いて片手で椅子の背をつかんだ。「一回目の火事は担当していたからね。水曜の夜に行ったとき、ちょうど遺体が発見されたところだった」

ヴィスティングは頬を緩めた。こういった話も、リーネが《VG》の記者を辞めたいまは気楽にできる。

「新聞で報じられている以上のことはよく知らないんだ。だが状況から見て、遺体をあそこへ運びこんで証拠隠滅のために放火したようだ」

「他殺？」

「きっと夫ね」

ヴィスティングは肩をすくめた。リーネがアマリエの手を取って玄関へ歩きだす。「要るものがあったら言ってね」

ヴィスティングも戸口まで見送りに出た。「ところで、ニンニ・シェヴィクというジャーナリストを知ってるか」

「名前は聞いたことがある。なぜ？」

ヴィスティングは額に手をあてた。汗でべたついている。「昔の事件について問いあわせてきたんだが」これならば真っ赤な嘘というわけでもないはずだ。「ちゃんとした人間かどうか、ちょっと知りたくてね。信用できるか、ということなんだが」

「なんの事件？」

「なにが目的かはよくわからんが、二〇〇一年のパニッレ・シェルヴェン殺害事件だ」

「ヤン・ハンセンね。なにが知りたいって？」

「ちょっと調べてみたいだけだろう、ネタになるかどうかたしかめるために。実録犯罪ものってやつだな。最近はそういう問い合わせが山ほど来るんだ」

「なるほど。面識はないけど、どんな仕事をしてきたか知り合いに訊いてみようか」

ヴィスティングは首を振った。「いや、いいんだ。なにしろ、さっき言われたように、休暇中だからな」

28

ヴィスティングは終日ソファの上で過ごした。ときどき疑問が頭に浮かぶと、立ちあがってモムラク事件の資料を取りに行った。

解熱鎮痛剤を飲んだ以外はなにも喉を通らなかった。ときおりみぞおちに刺すような痛みが走るため、やはり食中毒かもしれない。古くなったポークチョップは食べたが二日前のことだ。あやしいのは〈バンブレ軽食スタンド〉のハンバーガーのほうだろう。ああいったものは食べつけないうえに、年のせいで胃も弱くなっている。

夜はテレビを見ることにした。ニュース番組《ダクスレヴィエン》がはじまる直前にリーネからメッセージが届いた。ニンニ・シェヴィクについてのメールを送ってくれたという。

すぐにそれを開いた。件名は〝ニンニ・シェヴィクと実録犯罪もの〟、ニンニが書いた記事がまとめられている。リーネはノルウェーを含む北欧各国の新聞・雑誌を集めた有料電子アーカイヴを利用している。そのためネットの検索で見つかるものとは段違いに広範なコンテンツにアクセスすることができる。そのいくつかがリーネの手でダウンロードされ、さらにディスカバリーチャンネルが配信しているドキュメンタリー番組のリンクも張られている。ログイン用のユーザー名とパスワードに加え、リーネの個人的な感想も添えられている。

〝よくできてる〟

ヴィスティングはソファに寝そべって番組をiPadで再生した。それは一般人には近づきがたい人々や環境や場所を探求するドキュメンタリー・シリーズの一部だった。テレビで放送された当時、ヴィスティングも何度か見たことがあった。インターネットでは全エピソードがアーカイヴにまとめられている。

このエピソードは二、三年前に放送された回で、ウッレシュモ刑務所の内情を特集したものだった。ヴィスティングははっと身を起こした。番組が制作された当時、ダニー・モムラクとヤン・ハンセンの両名がそこで服役中だったはずだ。番組紹介には、視聴者を刑務所の内部のみならず受刑者の内面にまで案内すると謳《うた》われている。ニンニ・シェヴィクの名前がプロダクション・マネージャーとしてクレジットされている。仕事の内容は見当もつかないが、制作者のひとりとして撮影現場にいたのはたしかだろう。

おなじみの男性レポーターが撮影陣を引きつれて刑務所に入り、何人もの受刑者と話をしている。フルネームと顔を公開している者もいれば、姿が一切映されない者もいる。

番組がはじまって十分が過ぎたあたりで、顔にぼかしの入った男が登場した。画面下に〝ダグ（三十三歳）、刑期十七年〟とテロップが入っている。

ダン・ヴィーダル・モムラク。間違いない。

新たな可能性が浮上した。ニンニ・シェヴィクは服役中のダニー・モムラクと会っていたのだ。

ダニーは模範囚に選ばれていた。受刑者のうち、看守の助手として清掃などさまざまな作業を任される者がそう呼ばれている。画面のなかのダニーはほかの受刑者が家族と過ごしたあとの面会室を掃除していた。ダニー本人を訪ねてくる者はほとんどいなかったらしい。母親は車も運転免許も持たないため、年に一、二度しか会いに来ないという。

五十分にわたって受刑者たちの話は続いた。インタビューは公平な観点から行われ、服役の持つさまざまな側面を引きだしている。受刑者たちはみずからの犯した罪を明かし、獄中生活を語り、悲しみや後悔、希望や夢にも触れている。しかしダニー・モムラクの話は違った。悔いも見せなければ無実を訴えもせず、声の底に絶えず敵意を漂わせていた。話の終わり近くでそれが言葉にされている。〝絶望に押しつぶされそうなときも、恨みだけが支えになった〟

ダニーがぼかしのかかった顔をうつむけ、目を伏せたのがわかった。

〝恨みなんて言葉じゃ足りない。この気持ちはもっと強烈なもの、そう、憎しみに近いかもしれない。おれの人生を壊したすべてのもの、すべての人間に対する憎悪だ。おれ自身も含めて〟

その言葉が示唆するものを推し量るのは難しかった。根深い憎悪は耐えがたい理不尽に対するものともとれるが、この発言は何時間にも及ぶはずの録画映像のごく一部でしかない。そこから安易に深い意味を読みとることはできない。

ヤン・ハンセンは番組に登場しなかった。同じ刑務所に服役していたとはいえ、同じ収容区画にいたとはかぎらない。互いに顔も知らない可能性もある。

ヴィスティングは身体の火照りを覚えて毛布をはぎ、横たわったままいま見た映像について考えを巡らせた。いくつか仮説は立てられる。とくに気になるのは、ニンニ・シェヴィクが番組で取りあげる受刑者を選ぶ際にダニー・モムラクとヤン・ハンセンの両名と知りあった可能性だ。彼女みずからがふたりにインタビューを行ったとも考えられる。彼らが罪に問われた事件について詳しく知ったことで、自分にとってのチャンスだと考えたのかもしれない。

急に寒気と震えに襲われ、ヴィスティングはふたたび毛布をかぶった。その後もそんな具合に火照りと寒気に交互に襲われつづけたものの、風邪らしき症状は現れなかった。

午後十一時ごろに郵便箱を確認に出たが、中身は空だった。ドライブレコーダーの作動をたしかめてから、数分のあいだエンジンをかけたままにした。

Wi-Fi機能つきの高級なカメラを買っていれば、室内にすわったまま録画やリアルタイムの映像を確認できたはずだ。数千クローネの差額を惜しんだことがいまさらながら悔やまれた。

翌日はほぼ終日ベッドを出ずに過ごした。ニュースサイトの記事によれば、警察はアグネーテ・ロルの自宅を再捜索しているようだ。掲載された写真の一枚にはマーレン・ドッケンが白い鑑識服の鑑識員二名と家の前に立つ姿が写っている。

十一時二十分、郵便配達車が来ていることにたまたま気づいた。キッチンに下りたときに赤いヴァンが前の通りにとまるのが見えたのだ。車が走り去るのを待ってヴィスティングは外に出た。

封書が一通、ダイレクトメール二通とともに届いていた。公的文書のようで、窓つき封筒が使われ、料金別納証が印刷されている。差出人の記載はない。別納証のほかに〝優先扱い〟と記されたシールも貼付されている。国際郵便でしか見たことのないものだ。よほど重要度の高い通知らしい。

家のなかに入ってからそれを開封した。送付元は警察庁個人情報保護部。そんな部署があることさえ初めて知った。内容は違反行為に関する警告だった。

あなたが行った中央データベースの検索が、警察保有情報へのアクセスに関する法律に抵触する可能性があるとの報告がなされています。警察庁中央データベースの検索は、職務上必要であり、合法な目的を有する場合のみ許可されます。違法な利用が確認された場合は、刑法第百七十一条に定める職権濫用罪にあたるものとみなされ、罰金または二年以内の禁固刑の対象となります。

ヴィスティングは固く目を閉じ、ふたたび開いた。苛立ちが押し寄せる。法に抵触する可能性――その警告が塊と化して胃の底に沈み、重たい吐き気をもたらした。明示されてはいないが、ダニー・モムラクについての検索を指しているのは間違いない。もう一度強く瞬きをし、唖然《あぜん》としたまま続きを読んだ。

あなたの中央データベースへのアクセス権は一時的に制限されています。再承認が必要な場合は直属の上司に相談してください。

ヴィスティングは警告書を下に置いた。

警察保有情報の使用には厳格な規則が定められているが、その目的は同僚や家族や友人知人、あるいは有名人について調べる行為を防ぐことにある。データベースの使用に独自の法的枠組みが適用されるまでは、ヴィスティング自身もリーネの恋人の犯罪記録を調べたり、住民登録簿で遠い親戚の住所を探したりしたことがあるが、これはそういったものとはわけが違う。

文書には法律顧問のエーヴァ・スティルクの署名がある。文末の説明によれば、個人情報保護部とはクリポスの管轄する組織であり、各種データベースの運用・管理・監視を担う部署であるらしい。いかにも定型文といった文面だが、通常の調査の結果として通知されたものとは考えにくい。ダニー・モムラクの事件を深掘りされるのを望まぬ人物の指示によるものだろう。そうであるなら警告は逆効果だ。捜査のすべてが精査に耐えうるものではなかったという疑いはなおさら強まった。そして誰よりもそのことを伏せておきたい人物は、当時の捜査責任者のステン・クヴァンメンだろう。

かえって闘志をかきたてられただけだ、そう考えながらヴィスティングは警告書をたたんで封筒に戻した。

29

日曜日、ヴィスティングの体調はやや回復した。それでも前夜はあいかわらずの痛みで二度も目が覚めた。明日には診療所に電話して診察の予約を入れなければならない。

天気は予報のとおりだった。気温はさらに何度か下がり、夏空は雨雲に隠れたままだ。ヴィスティングはダニー・モムラクの事件の資料をじっくりと読み返した。殺人事件の呼称は被害者の名前か犯行現場の地名にちなんでつけられることが多い。だが手もとにある捜査資料をヴィスティングは〝モムラク事件〟のものと考えるようになっていた。明日の朝には職場へ行ってそれをシーエン警察の書庫へ送り返すつもりでいるので、調べを進めるうちに必要が出てくれば、正規のルートを通じてふたたび請求しなくてはならない。

一九九九年当時の捜査内容にとくに不備は見あたらなかったが、今回は初読の際とは読む目が違っていた。この数日に知り得た事柄を念頭に読みなおすと、捜査の偏りが容易に見てとれた。弁護士の主張のとおりだ。捜査活動のすべてがダニー・モムラクを対象として行われている。捜査陣はほかの可能性を考慮に入れなかったのだ。

そのことがアントーニア・クライセルを連想させた。自宅の寝室で焼死した老婦人を。遺体はドアのすぐ前の床で発見され、外へ出ようとしていたことが明らかだった。ドアは閉じていたが鍵はかかっていなかった。結婚生活のほぼすべてをその家で送ってきたにもかかわらず、パニックで判断力を失った彼女はドアが内開きであることを忘れた。外へ出ようと必死に押しあけようとしたのだ。

玄関のベルが鳴った。ヴィスティングは立ちあがってキッチンの窓の外を見やった。シルバーのステーションワゴンが外の通りにとまっている。

来客の予定はない。とっさに捜査資料をかき集めて箱に戻した。ベルがふたたび鳴る。

「いま行きます!」と返事をし、箱を廊下の戸棚に押しこんでからドアをあけた。

立っていたのは濡れそぼった髪の女性だった。顔に見覚えがあるが、誰だったかは思いだせない。相手は笑顔で「こんにちは!」と元気に言って手を差しだした。

「ニンニ・シェヴィクといいます。ジャーナリストをしていて、殺人事件のドキュメンタリーを制作中なんです」

ヴィスティングは返答に迷った。

「あなたのことはクリスティアン・ボールマンから聞きました、弁護士の。でも、電話番号は教わらなくて。日曜日にお邪魔してすみませんが、いくつかお尋ねしたいことがあるんです。おもに仕事のためではあるんですが、なにより疑問を明らかにしたいと思って」

「なるほど」ヴィスティングは言った。疑問なら自分にもある。「どうぞ」

ニンニ・シェヴィクは動こうとしない。「カメラを取ってきてもかまいません?」

ヴィスティングは相手の頭ごしに表の車を見やった。「先に話を聞かせてもらいたい」

「わかりました。いちおう伺ってみただけです」

相手をなかへ通してキッチンのテーブルに案内してから、ヴィスティングは自分の席の向かいの椅子を勧めた。

「コーヒーでも?」

「ええ、いただきます」

ヴィスティングはカップとコーヒーマシンのポッドを取りだした。マシンがうなりをあげて抽出をはじめると、ニンニ・シェヴィクがバッグから手帳を出した。

そして話を切りだした。「ボールマンの話では、興味深い事実を突きとめられたそうですね」

ヴィスティングは片方のカップを押しやった。こちらの話を先に聞かせるのは避けたいが、どのみちボールマンに伝えたことは筒抜けだろう。

「たんなる偶然かもしれませんが。二〇〇一年に、トーネ・ヴァーテラン殺害事件と類似点の多い事件を担当しましてね。その事件の犯人が、ヴァーテラン事件の目撃者として聴取を受けていたようです。〈バンブレ軽食スタンド〉の客として、トーネが退勤したときに店にいたという理由で」

「ヤン・ハンセンですね」とニンニ・シェヴィクが先まわりする。

ヴィスティングはうなずいた。「少し調べてみようかと思っただけで、再捜査がどうのといった話じゃない。少なくとも、公式な捜査は」

「なにがわかりました？」

「いや、それ以上はなにも。ボールマンと一九九九年当時の捜査陣のひとりと話してみた程度です」

「クヴァンメンと？」

「ええ」

「事件のこと、どう思われます？」ニンニ・シェヴィクが突っこむ。「証拠は十分だと思いますか」

「二度の公判を経たわけですから」ヴィスティングはそう言ってコーヒーに口をつけた。相手が答えに納得していないのは明らかだ。

「わたしはバンブレ出身なんです。一九九九年には地元紙で事件の記事を書きました。捜査も公判もずっと追っていて、警察が聴き取りをしていない人たちにも取材しました。公判中は、ダニー・モムラクが短気で暴力的でセックスのことしか頭にない人間だという印象ばかりが強調されて、トーネが彼に恋した理由は誰も尋ねませんでした。彼がすてきで優しくておおらかな人だとトーネが思っていたとか、そんなところに惹かれて初めての恋人に選んだのだとか、そういったことは誰も語ろうとしませんでした。誰もかれもがダニーを敵視して悪い面ばかりを強調したんです。極悪人という印象に沿った面ばかりを」

「だが、物的証拠があった」ヴィスティングは指摘した。「それに取り調べで嘘をつき、供述内容を変えている」

たしかに、とニンニ・シェヴィクは認めた。「でも、どんな証拠にも別の説明がつけられます」

「詭弁《きべん》を弄すれば、だ」ヴィスティングは切り返した。「弁護人が公判で試みたように」

「誰も耳を傾けようとしませんでした。ほかの答えを検討しようという意思や雰囲気が皆無だったんです。あのときは、誰もが罪を負わせるべき人間をひたすら求めていた。社会が復讐を要求したんです、調和を取りもどすために」

ヴィスティングは反論しなかった。証拠は証拠だが、ニンニ・シェヴィクの言うこともわかる。時が多くの傷を癒し、感情が取り払われた結果、物事がクリアに見えるようになった。二十年前には警察と検察、そして司法制度に対する信頼ははるかに確固としたものだった。だがそれ以降、多くの誤審が明らかとなった。誤りもありうるという認識がより身近なものとなっている。

「それに当時、弁護人は別の可能性を指摘しただけで、疑わしい人物をほかに挙げることができませんでした。真犯人の可能性がある者を」

「それがヤン・ハンセンだと？」

ニンニ・シェヴィクはため息をついてテーブルを見下ろし、首を振った。「わたしは違うと思います」

「というと？」

ニンニ・シェヴィクは初めてコーヒーに口をつけた。ひと口飲み、考えをまとめようとするようにカップを覗きこんでいたあと、テーブルに置いた。

そして話しはじめた。「裁判のすぐあと母を亡くしたんです。三年後にバンブレを離れました。そのころには殺人事件のことも話題にのぼらなくなっていました。ダニーとトーネのことはほとんど忘れ去られてしまったんです」

どう続けるべきか迷うような間があった。

「だが、きみは違っていた？」

「正直言って、わたしもそうでした。でも、トーネ・ヴァーテランのお墓が母の眠る場所のすぐ向かいにあるんです。水を汲《く》みに行くたびに前を通ることになって。あまり頻繁には行けていないんですが、見るたびに思いださずにはいられないんです」

またカップを口に運ぶ。

「トーネのお墓はいつもきれいに手入れされていて、それはいまも変わりません。一度、ご両親に連絡を取ってみたんです。悲しみや寂しさ、そういった心境を記事にできないかと思って。でもそんな気にはなれないと断られました」

ヴィスティングは話の腰を折らずに聞いていた。

「たまにバンブレに戻ったときに、昔の友人たちに会うんです。近況を伝えあうために。噂話なんかも。誰が誰を振ったとか、そういったことを。去年の夏、クロンボルグ家の娘のヤンネのことが話題にのぼったんです。なんでその話になったのかはうろ覚えなんですが、誰かのお兄さんがヤンネのご両親の家を買ったとか、そんな流れだったと思います。ヤンネのお父さんは認知症で介護施設に入って、お母さんはアパートメントに引っ越したので。じつは、ヤンネは自分で命を絶ったんです。二〇〇一年に。まだ十七歳だったのに。理由は知らなかったんですが、ようやくわかりました。その二年前にレイプされたせいだったんです」

ようやく話の流れが見えはじめ、ヴィスティングは興味をかきたてられた。「二年前?」

「一九九九年です」ニンニ・シェヴィクがうなずく。「相手は十八歳のアメリカ人で、ライオンズクラブ主催の青少年交換プログラムでこちらへ来ていたそうです。ヤンネのお父さんのタリュエは地元支部の責任者でした。一九九九年の夏、その若者はクロンボルグ家にホームステイしていました。ノルウェーの学校に通うために一年間滞在する予定だったんですが、なぜか急に帰国したそうです。理由は伏せられていたものの、おそらくはヤンネをレイプしたせいだと。警察に通報はされず、彼はただちにアメリカに送り帰されたそうです。気になったのは、その事件がトーネ・ヴァーテランの失踪と同じ日に起きたということなんです」

「七月四日に？」

「ええ、わたしが聞いたのは、翌日その彼が家を追いだされて最初の便で送り帰されたということですが。レイプはその前夜に起きたということです」

ヴィスティングは頭のなかの時系列表にその情報を加えた。「トーネ・ヴァーテランをレイプし殺害したあと、ほんの数時間後に家のなかでヤンネをレイプしたというのは考えにくくないだろうか」

「トーネ・ヴァーテランはレイプされたと断定されてはいません。陰部に軽傷が見られましたが、根拠とされたのは発見時に裸だったことです」

「それにDNAも検出されている」

ニンニ・シェヴィクがにっと笑う。「鑑定結果を信用できれば、ですが」

トーネ・ヴァーテランと最後にセックスをしたのがダニー・モムラクであったという事実を考慮に入れると、DNAが検出されたことにはよりシンプルな説明が可能だが、そのことをヴィスティングは言わずにおいた。

「いずれにせよ、性的な動機による殺人だったことはたしかでしょう」ニンニ・シェヴィクが続ける。「そのアメリカ人がトーネ・ヴァーテラン殺害時には欲望を満たせず、帰宅してそれを満足させたとしたら？」

ヴィスティングは同意しかねた。「その説には仮定が多すぎる」

「なんにしろ、そういうわけで少し調べてみることにしたんです。タリュエ・クロンボルグと同じライオンズクラブの支部に叔父がいるので。当時ではなく、いまの話ですけど。叔父の助けを借りてあたってみたら、しっかり確認が取れました」

フォルダーからクリアファイルが取りだされる。「アメリカ人の若者の名前はカーティス・ブレア」ファイルの中身は議事録のコピーのようだ。

ヴィスティングはそれを手もとに引き寄せた。カーティス・ブレアが許されざる行為に及び、会則の定める目的に完全に違反したとの報告を受けて委員会が招集されたと記録されている。ノルウェー国内の他のホストファミリー宅に移すのは論外であり、コネチカットの姉妹支部に連絡を取ったのち、ただちに本国へ戻すことで合意したとされている。さらに航空券代七千五百クローネの支払いが承認され、カーティス・ブレアをガーデモエン空港へ送りとどける役目を委員のひとりが引きうけている。

「カーティス・ブレアを空港に送った人に叔父が確認したところでは、その出来事はクラブ内でのいわば公然の秘密だったとか」ニンニが続ける。

それだけではなんとも言えない、アメリカ人の交換留学生を疑う根拠としては薄弱すぎる。ヴィスティングはそう告げようとした。

だが、口を挟む間もなくニンニが続けた。「運よく写真も手に入りました。カーティス・

ブレアがバンブレに到着した際に開いた歓迎パーティーで撮られたものですが、どこにも公表されていないそうです」

ニンニは一枚をフォルダーから抜いてヴィスティングの前に置いた。早春の戸外で撮られたものだ。木々はまだ芽吹いていない。男女数名と子供たちがたき火を囲み、串に刺したソーセージを焼いている。

「これがヤンネ・クロンボルグ」とニンニがソーダの瓶を手にした金髪の少女を指差した。指が動いて、今度はやや年長の若者を示す。緑色と茶色の斑模様のジャケット姿だ。「こちらがカーティス・ブレア」

ヴィスティングは思わず身を乗りだし、その姿を凝視しながら、わかりきったことを口にした。「迷彩柄のジャケットだ」

「ヤンネのお兄さんのものです。ときどき借りていたみたいです」

ニンニはさらに数枚の写真を並べた。どれも同じ集いで撮られたものだ。その一枚に、望遠レンズつきのカメラを持ったカーティス・ブレアが写っている。「写真が趣味だったそうです。持ってきたカメラでノルウェーの景色や野生生物を撮っていたとか。獣や鳥を」

ヴィスティングはうなずいた。「当時このことをつかめていたら、警察の役には立ったでしょう。だが、ダニー・モムラクの助けになったかどうかはあやしい。参考人としてこの彼を事情聴取くらいはしたでしょうがね、法廷で弁護人に追及されるのを避けるために。それでも、無罪放免にはならなかったはずだ」

ニンニ・シェヴィクは写真を片づけにかかった。「でしょうね」

ヴィスティングはウッレシュモ刑務所のドキュメンタリー番組の件を思いだした。「ダニー・モムラクにこのことは？」

ニンニは驚いたように顔を上げ、返答に詰まった。やがてためらいがちに答えた。「以前、彼と面会したことはあります。刑務所でドキュメンタリーの制作をした際に」

「アメリカ人の留学生の件に気づくまえに？」

「ええ、そうです、それよりもずっとまえのことです」と大きくうなずく。

「事件のことは話しましたか」

「ええ、でも番組では事件そのものに焦点をあててはいませんでした。刑務所生活の現実に注目したものだったので。ただ、自分が事件を報じたことと、公判を傍聴したことは伝えました」

「モムラクはなんと？」

「自分は無実だと。取材した受刑者は大半がそう主張しますけど。その部分はカットしました。被害者への配慮もありますが、なにより伝えたいことではないので」

ヴィスティングは相手の目を見て訊いた。「ヤン・ハンセンと会ったことは？」

ニンニが首を振る。「昨日まで名前も知りませんでした」視線が逸《そ》らされる。「インタビュー記事くらいは読んだはずだと思いますが、興味を引かれる点はなかったんでしょう」

「あの男はウッレシュモ刑務所にいた。きみが受刑者に面会したときにもいたはずだ」

ニンニの眉が吊りあがる。「すでに亡くなっているんでしたね」

ヴィスティングはうなずいた。「カーティス・ブレアの件でほかにわかったことは？」

ニンニは椅子の背にもたれた。「連絡を取ろうとしてみたんです。本人の言い分を聞けたらと思って。でも、簡単ではなくて。居場所が突きとめられないんです」

そしてバッグをまたあさり、記事の切り抜きを取りだした。「わかっているのはこれだけです。古い会報に載ったもので、交換プログラムに参加したカーティスとほかの五人のティーンエイジャーが紹介されています」

ニンニが大きなため息をつく。「これ以上のことを知るには、アメリカまで行かなきゃ」

「今後の予定は？　渡米以外の」ヴィスティングは訊いた。

ニンニ・シェヴィクは手帳を閉じてペンをその上に置いた。「番組のほうはまだ準備段階なんです。まずは企画がテレビ局に売れないといけないので。すでにいくつか興味を示してくれているところはあるんですが。制作の目的はダニーの無実を証明することではなく、捜査の不備を示すことにあります。ダニー・モムラクが公正な裁判を受けるには、確認すべき事柄がまだあったということを。今年の秋には制作に入れたらと思っています。事件の流れを再構築して、当時の関係者に取材する予定です」

そう言って、またペンを取った。「そちらは？　協力していただけるようなら、ヤン・ハンセンの情報も聞かせてもらえません？」

ヴィスティングは話を切りあげようと席を立ってカップをカウンターに運び、洗い桶《おけ》に入れた。

「わたしひとりでは決められない」そういったことに関わるのは避けたかった。「返事はあらためさせてほしい」

ニンニ・シェヴィクも腰を上げた。「この夏はバンブレの父の家に滞在して企画を練っているところです。いつごろはっきりしたお返事をもらえます？」

「少なくとも休暇明けになる」ヴィスティングはそっけなく答えた。

30

ニンニ・シェヴィクが帰ったのは午後五時近くだった。カーティス・ブレアの写真と紹介が載った記事の切り抜きがテーブルに残されていた。ヴィスティングは腰を下ろしてそれに目を通しながら、得られた情報を吟味した。

十分後、リーネがアマリエを連れて顔を出した。アマリエが居間に駆けこんでおもちゃ箱に直行し、リーネはドアの枠にもたれて訊いた。

「具合はよくなった？」

ヴィスティングは個人情報保護部からの警告書とともに切り抜きを抽斗にしまいこんだ。

「かなり楽にはなったよ」

「できれば、アマリエを何時間か預かってもらえない？　オスロに行かなきゃならなくて」

「いまから？」

「そう。セデリクと話があるの。この子抜きで」リーネがアマリエのほうへ顎をしゃくる。

ヴィスティングは気になって訊いた。「うまくいってるんじゃないのか」

リーネが首を振る。「荷物の残りを取ってくるつもり」

「もちろんこの子は預かるよ。だがもう遅い。今夜はうちに泊まったほうがいいな」

「そうしてもらえたらすごく助かる。お客が来てたの？」

「例のジャーナリストだ」

「なんて言ってた？」

「ドキュメンタリー番組をこしらえるらしい。まだ準備段階だそうだが」

「家まで来る必要あるの？　日曜日だし、そもそも休暇中なのに」

アマリエが小さな馬のおもちゃを持って居間から現れ、テーブルの上をギャロップで駆けぬけさせる。

「この子の父親と話すことはあるかい」ヴィスティングはアマリエに目をやった。

リーネもそちらへ目を逸らした。そのことは訊かれたくなかったらしい。アマリエの父親はジョン・バンタムというFBI捜査官でミネアポリスに住んでいる。ヴィスティングは過去にアメリカとのつながりがある事件を扱い、その関係でジョン・バンタムと二名の同僚がラルヴィクへやってきた。ヴィスティングの知るかぎり、ふたりの交際は短期間に終わり、互いにとって大事なものとはならなかったらしい。どちらも大西洋を渡ることをためらい、相談の結果、父親はアマリエの養育に関わらないという条件で別れを選んだ。

「いいえ。なんで？」

ヴィスティングは首を振った。ごくたまに連絡を取りあっているのは知っている。

「すまん。深い意味はないんだ。ただ、二十年近くまえにノルウェーに来ていたアメリカ人を探すつもりでね」

「誰のこと？」

「一度も聴取を受けていないが、目撃者だった可能性のある人物なんだ」

「パニッレ・シェルヴェン殺しの？　それでジャーナリストの彼女が来たの？」

ヴィスティングはうなずいた。「交換留学生だったらしい」それ以上の詳細は伏せた。

「マギー・グリフィンに訊いてみたら？」

その考えはヴィスティングの頭にも浮かんでいた。マギーはノルウェーへ来たFBIチームのリーダーで、捜査において最も関わりの深かった相手だった。「いい考えだ」

「なにか持ってきたほうがいい?」リーネがアマリエを手で示して訊いた。「夕食はすませたとこ」

「いや、大丈夫だ」

リーネは礼を言い、アマリエにじゃあねと声をかけると玄関を出ていった。

ヴィスティングはノートパソコンを開いた。マギーとはやりとりを続けていて、何度か招待も受けていた。今年は誘いを受けようかと夏前までは迷っていたのだ。ノルウェーでの捜査以降、マギーは二度異動になり、現在はニューヨーク支局に勤務している。翌朝になるだろうが、出勤すればメールを読むはずだ。

ヴィスティングは文面の作成にかかり、一九九九年の殺人事件に関して下調べ中であることを明かした。情報はかぎられているが、カーティス・ブレアが一九九九年に十八歳だったことはわかっている。会報の切り抜きに写真とともに掲載された紹介文によれば、出身はコネチカット州ウォーターベリー。それだけわかればマギーなら見つけられるだろう。

アマリエの目下のお気に入りは、おもちゃ箱の積み木で高い塔をこしらえては壊す遊びだった。半時間それに付きあわされたあと、本を読んでとせがまれた。そのあとアマリエはテレビの前にすわってバタートースト二枚を平らげ、九時にはぐっすり眠ってしまった。ヴィスティングはリーネが使っていた寝室のベッドにアマリエを運んだ。

ネットのニュースで目を引くものは天気予報くらいだった。七日後には夏が戻るらしい。

十時半にアマリエの様子をたしかめてから、家の外へ出た。雨はやんでいるが寒い。坂の下のリーネの家に目をやったが、車はまだ戻っていない。オスロへの往復のみならじきに帰るはずだ。

それからマギーに送ったメールのことを考えた。すでに読んだとしても返信が来るには早すぎるだろう。それに依頼したことは、ヴィスティングが紙面で警告を受けた行為と厳密には変わらない。データベースの覗き見だ。

念のためたしかめてみる。返信が来ていた。

〝電話して〟のひとことだけだ。

なにかつかめたが、文字での返信を避けたいのだろう。国際間の情報のやりとりに関しては公的な取り決めが存在する。ヴィスティングはすでにそれを破ったのだ。

頭のなかで時差を計算する。ニューヨークは午後六時近くだ。バスルームに入ってしげしげと鏡を覗きこむ。髭《ひげ》を剃《そ》っておくべきだった。

マギーと話す際にはスカイプを使うことにしている。通常の国際電話ではアメリカ－ノルウェー間の通話料は法外な額になる。

パソコンの前にすわって接続をすませ、マギーの顔が見えるとヴィスティングの心は弾んだ。温かさに満ちたまなざし、相手をなごませる親しみやすさ。緩くカールした短い黒髪も、にこやかな笑みも変わっていない。

「どうも。久しぶりね。お元気？」

「ああ、そっちはどうだい」

「ええ、元気よ、忙しくしてる。代わり映えしない仕事だけど」

さらに少し雑談が続き、ヴィスティングは悪天候の、マギーは熱波の話をした。

「お尋ねの人物が見つかったと思う。扱っているのはどんな事件？」

ヴィスティングは匿名の手紙の件は伏せて二件の殺人事件について説明した。

マギーの笑みが消えた。なめらかな額に気遣わしげな皺が刻まれる。

「こちらで見つけたカーティス・ブレアは、矯正センターに収容されてる」

「矯正センター？」

「刑務所のこと。殺人罪で有罪判決を受けたの」

ヴィスティングははっと息を呑《の》み、画面に身を乗りだした。「殺人とはどういった？」

「詳しいことはわからないけれど、十四年前のことだそうよ」

その可能性は頭にあった。だからこそマギーに連絡を取ったのだ。カーティス・ブレアは過去に強姦事件を起こし、罪を免れている。二度目があってもおかしくはない。

「別人でないのはたしかなのかい」

「確認を取るにはもう少し詳細が必要だけど、これ以上は正規のルートを通さないと。それはまずい？」

「わからない。どう進めるべきか決めかねているんだ」

31

ヴィスティングは朝いちばんにかかりつけの診療所に電話した。運よく午前中に予約がとれ、尿を採って持参するように指示された。

アマリエが起きてくると裏庭に連れだした。そこにイチゴを植えてある。実が熟れるのをずっと待っていたが、そろそろ食べごろのようだ。ふたりでとくに甘そうなものを何個か摘んだ。皿に入れてそれをつぶし、砂糖を混ぜたものを電子レンジで解凍したロールパン二個に塗った。アマリエはふたつとも平らげた。母親の恋人のことを訊いてみようかとヴィスティングは思ったものの、やめておいた。

テーブルを片づけたあと、外に出て郵便箱をたしかめた。空だ。

リーネの車が私道にとまっている。ヴィスティングは自分の車に乗りこんでドライブレコーダーの録画映像を確認した。リーネは午前二時前まで出ていたようだ。レコーダーを録画モードに戻してから家のなかへ戻った。一時間ほどしてリーネがアマリエを迎えに来た。

「彼とは終わったのか」

訊かれたリーネは顔を曇らせた。「どうかな」

さらに詳しく訊きたかった。別れても仕事に影響はないのかと。リーネは非正規のスタッフだが、セデリクは幹部職に就いている。娘の悲しむ顔は見たくないが、その反面、リーネとアマリエが遠くへ引っ越す心配はなくなったということだ。

ひとりになってからヴィスティングはバスルームへ行き、診察に備えて尿を採った。

代診医は若い女性で、二十分かけて診察したのちに、尿検査の結果から感染症だと思われると診断を下した。

「膀胱炎《ぼうこうえん》ですか？　男性もかかるとは知りませんでしたが」

「稀にあるんです」医師は答え、抗生物質を飲めば週末にはよくなるはずだと続けた。

ヴィスティングは安堵した。症状をインターネットで検索したところ、最悪の病名がいくつも出てきたからだ。「なぜかかったんでしょう」

「細菌に感染したんです。性行為で移ることもあります」

うなずいてはみたものの、自分の場合、その可能性は皆無だ。

「ほかの病気が隠れている場合もあります。最後に前立腺の検査を受けたのはかなりまえですか」

「ええ」本当は一度も受けたことがない。

検査は短時間で終わった。「正常そのものですね」

ヴィスティングはまた腰を下ろした。

「もしも抗生物質が効かなければ、また受診してください。膀胱の超音波検査を受けられるように紹介状を書きますから。または、カテーテルで導尿して残尿を測定する方法もあります」

医師はコンピューター画面に向きなおった。「診断書を用意しますね」

「いえ、結構です。休暇中ですので」

「警察にお勤めですよね。公務員でしたら、あらためて休暇を申請できますよ」

ヴィスティングは首を振った。「つつがなく職場に戻れるならそれでかまいません」

「では、処方箋を出しますね。二日ほどでよくなってくるはずです。一週間もすればすっかり元気になりますよ」

ヴィスティングは礼を言ってカードで支払いをすませた。

診療所はラルヴィクのフリッツェ・ブリッゲ・ショッピングセンター内の二階にあった。薬局も併設されているので、薬を受けとり、水を買って一錠目を飲んだ。

次の行き先は警察署だった。ラルヴィクへ出てくるまえにモムラク事件の捜査資料の入った箱にテープで封をし、返送先の宛名を書いておいた。管理部にビョルグ・カーリンの姿はなかったが、箱を机の上に置いて黄色い付箋紙にメッセージを残した。

ニルス・ハンメルの部屋も無人だったが、マーレン・ドッケンは自分の席にいた。声をかけるとマーレンは読んでいた書類を脇に押しやった。

「解決に近づいているかい」

マーレンがにっこりした。「ご自宅で進捗状況をチェックされていると思ってましたけど。コンピューターシステムにログインして」

ヴィスティングは首を振った。「どういうわけかログインがうまくいかないんだ」事実だ、ある程度は。「まあそれに、休暇中だしね」

「じつは、例のドライブレコーダーに映るまでの空白の十三分間のことですが、思ったとおりでした。エーリクは同僚の家に寄っていたんです。ベネディクテ・リンイェムの。彼女に事情聴取しました。ふたりは不倫関係にあったようです。六カ月前に別れたそうですが、その後もエーリクは二度ほど彼女の家を訪ねています。事件の晩にエーリクが来たときにはすでにベッドに入っていたので、窓ごしに話しただけだそうです」

「エーリクはなんと?」

「家に入れてくれと。ベネディクテは追い帰したそうです」

ヴィスティングはマーレンの向かいの椅子にすわった。「エーリク・ロルにはその話を？」

「ハンメルがもう少し待ってみようと。動機としては有力ですね。不倫相手との交際に妻が邪魔だったというのは」

「その場合、最もよくあるのは離婚だろうがね」

「なんにしろ、もう少し待ってみます。もっと証拠をつかむまで」

「なくなった燃料缶の件もあったな」

マーレンがうなずく。「それも本人には確認していません。いまはまだ」

「ほかにはなにか? ロル家の前にいるところをネットのニュースで見たよ」

「エーリクの靴を押収しました。灰が付着していましたが、もちろん本人はすでに、二度目の火事のまえに妻を探してクライセル家に入ったと供述しています。だから証拠品としては役に立ちませんね」

「ほかには？」

マーレンがまたにっこりする。「情報提供がありました」

「誰から？」

「アグネーテ・ロルの友人です。フランスに旅行中だったそうですが、さっき電話をくれました。アグネーテも別の男性と不倫していたそうです」

「相手は？」

「ヤーレ・シュップ。住まいはスターヴェルンです」

ヴィスティングは首を振った。名前に聞き覚えはない。

「わたしたちも初めて聞く名前でした。ふたりはメッセージアプリでやりとりしていたので、携帯の連絡先に登録されていなかったんです」

「アリバイは？」

「これから本人に聴き取りをします。午後から署で行う予定です」

ヴィスティングはうなずいた。

立ち去ろうとすると、マーレンはペンを手にした。

「もう邪魔はしないよ」

「邪魔だなんて、ちっとも」

ヴィスティングは笑みとともにドアを出ていこうとしたが、そこで少し足を止めて返す言葉を探した。だが思いついたのは、励ますように笑いかけることだけだった。

帰りがけに書庫に寄った。前回は捜査資料を持ち帰ることがためらわれ、ヤン・ハンセンの配送車にたびたび同乗していたポーランド人の同僚の情報を入手するに留めた。だが週末のあいだに、一九九九年の事件との関連を探すために資料を一から読みなおそうと決めていた。隅々まで目を通すには一週間はかかるだろうが、これは自分の事件だ。当時の責任者は自分であり、それはいまも変わらない。資料を持ちだした理由を求められても説明に困ることはない。

一、二秒の間を置いて天井の蛍光灯が瞬き、闇を照らした。一本は点滅を続けている。ヴィスティングは書棚に向かって歩きはじめたが、途中で足を止めた。

文書保存箱が六個とも消えている。

地下は携帯電話の電波が弱いが、すぐにもビョルグ・カーリンと話さなければならない。番号につながり、呼出音が鳴るものの、応答はない。

ヴィスティングは携帯を手に立ちつくした。胃の底が締めつけられるのを感じた。不安や悪い予感が溜まりがちなあたりが。

32

カーラジオからシャーリー・バッシーが流れていたが、ヴィスティングの耳には入らなかった。

数日前までは、トーネ・ヴァーテランの殺害時にふたりの殺人犯が現場周辺にいたとは想像すらしていなかった。ダニー・モムラクとヤン・ハンセン。さらにいま、のちに殺人罪で投獄されるアメリカ人が三人目の候補として浮上した。

証拠は依然としてダニー・モムラクの犯行を示している。ヤン・ハンセンとカーティス・ブレアの関与の可能性を示すものは現場近くにいたことだけだ。しかし今回の発見は、一九九九年当時の警察捜査の不備を暴き、指揮官の能力に、つまりステン・クヴァンメンの見識と判断力に疑問を呈するには十分なものだと言える。

中央データベースの使用制限にクヴァンメンが関与しているのは間違いない。どうやら自分は権力争いに巻きこまれようとしているらしい。パワーゲームに。クヴァンメンはノルウェー警察におけるトップクラスの要職の次期候補に挙げられている。警察庁国際部長は長官直属の役職であり、そこから組織の長へはわずか一歩だ。

車内からも二度ビョルグ・カーリンに電話をしたが、やはり応答はなかった。

自宅のある通りに入ったとき郵便配達車とすれ違った。その先の自宅前の路上にも車がとめられていた。ダークグレーのステーションワゴン、典型的な警察の公用車だ。

車内は無人で周囲にも人影は見あたらない。

ヴィスティングはバックで私道に入り、車をとめてドライブレコーダーの角度を調節した。降りるまえにビョルグ・カーリンにもう一度電話したものの、やはり出ない。

通りの先のリーネの家の前あたりから男が近づいてきた。アドリアン・スティレル、クリポスの未解決事件班の捜査員だ。これまで何件かの古い未解決事件の捜査をともにしてきた間柄であり、この突然の訪問も、たまたまというわけではなさそうだ。リーネもこれまでにスティレルの依頼を受け、クリポスの局内報用の図版制作や、犯罪事件の再現映像の撮影といった仕事を引きうけている。

スティレルが手を上げて挨拶した。

ヴィスティングも会釈を返して郵便箱の前へ行った。いつものダイレクトメールに交じって白い封筒が入っていた。これまでと同じ特徴的な書体の宛名が記されている。ヴィスティングの氏名のみで、やはり住所も切手もないが、今回は過去の三通よりもやや封筒に厚みがある。

「仕事中らしいね」ヴィスティングはグレーのステーションワゴンを示して言った。

「たまたま近くに来ましてね。少し話せませんか」

ヴィスティングは封書の上に残りの郵便物を重ねた。「入ってくれ」

スティレルは車からブリーフケースを出してあとに続いた。ヴィスティングはこの男を野心家の刑事と見ている。うわべはにこやかだが計算高く、事件解決のためには周囲を欺くことも厭《いと》わない。しかし有能なのは間違いなく、型破りなその手法も評価に値するものだと考えている。そもそもこの男の職務自体が通常の捜査とは異なり、犯罪現場ではなくフォルダーと文書保存箱を扱うものなのだ。

「湿っぽい夏ですね」キッチンのテーブルにつくとスティレルが言った。

ヴィスティングは郵便物を置いてコーヒーマシンのスイッチを入れた。「来週にはましになるそうだ」そう答えてカップを二客出す。「ここへはどんな用で？」

スティレルはテーブルの上で手を組んだ。「二件の古い事件を調べるようにとの指示を受けたもので」

ヴィスティングは背後のキッチンカウンターにもたれ、天板に両腕を預けて続きを待った。

「事件とは？」

スティレルがにやりとする。「察しはついているでしょうが、ひとつはあなたの事件です。二〇〇一年のパニッレ・シェルヴェン殺害事件。もう一方はその二年前に起きた、トーネ・ヴァーテラン殺害事件」

「なんのために？　誰の指示だ？」

「上司の」

「だが、なぜだ？　どちらも解決ずみの事件だ。有罪判決が下されている。きみが扱うような事件じゃないはずだ、特別な理由がないかぎり」

「指示した側にはもっともな理由があるということでしょう。それにしても、なぜこの二件に興味を？」

ヴィスティングは答えずにカップをテーブルに運んだ。スティレルが水を好むことを思いだし、グラスふたつに注いだ。

「あなたの足跡がいくつか残っていましたよ」スティレルが続けた。「トーネ・ヴァーテラン事件の捜査資料をシーエン警察の書庫から取り寄せようとした際に、あなたのところへ送ったばかりだと言われましてね」

「すでに返したがね」

スティレルは椅子の背にもたれた。「なにかつかめましたか」

ヴィスティングは答えなかった。すでに腹の探り合いが、手札を読ませまいとする心理戦がはじまっている。

「宅配便の集荷は明日になるはずだ」とはぐらかした。「正午までにラルヴィク警察に行けば間にあうと思う」

スティレルはうなずいてコーヒーをひと口飲んだ。ヴィスティングも自分のカップを手に取った。

「ヤン・ハンセンの資料を持ちだしたのはきみか」

「車に積んであります」

「指示を受けたのはいつだ？」

「金曜日ですが」

ヴィスティングがステン・クヴァンメンの別荘を訪れたのは木曜日だ。金曜日なら筋が通るが、スティレルの言葉が事実であればの話だ。いくつかの事件で協力したことで、この男の捜査手法はわかっている。古い証拠を丹念に調べなおすより、新たになにかを引きだすことを好むのだ。往々にして尋常ではない手段で。

ヴィスティングはコーヒーに口をつけた。「手紙の送り主はきみじゃないのか」

「手紙とは？」

ヴィスティングは黙ったまま相手の表情を探った。

返事はないとスティレルは悟ったようだ。「ふたつの事件にはなにか関係が？　表面的な類似点以外にも」

「なにも聞かされていないのか。行って話を聞いてこいと言われただけか？」

スティレルが肩をすくめる。「まあそんなところです。あなたがなにかを探りだし、それが波紋を呼んでいる。誰かが誰かに相談した。事態が重く受けとめられ、公式の捜査が必要となった。それでわたしに声がかかったということです」

「利用されているのをわかっているのか」

「警察庁の空きポストのことですね。現在の候補者はふたり。現職のトーレ・クヴァンデとステン・クヴァンメン。クヴァンデは体制側の代表的存在で安定感がある。クヴァンメンは非の打ちどころのない経歴を持ち、熱心な改革派で、醜聞などが発覚しなければポストを得るだろうと言われています」

「先週ステン・クヴァンメンに会ったんだ。誰かが誰かに話したということなら、出所は彼だろう。しかし事件を新たに調べることはクヴァンメンの得にはならない。むしろ、あれこれ掘り返されたくはないはずだが」

「思惑どおりにはいかなかったということでしょう。クヴァンメンはあなたの動きを封じようとしたが、利害を異にする誰かにそれを阻止された」

ヴィスティングはうなずいた。裏でその手のことが起きているのだろうとは思っていた。

「いずれにせよ」とスティレルが続ける。「われわれにとってこれは、たんなるステン・クヴァンメンのスキャンダル探しなどではない。真相の解明です。そのために協力しあえるのでは？」

それしかないとヴィスティングも思った。自分にはモムラク事件を再捜査する権限がない。職務の範囲を逸脱することになる。やりかけたことを途中で投げださないためには、未解決事件班と足並みを揃えるしかない。

「ふたつの事件に直接的なつながりはない。ただ、ヤン・ハンセンが一九九九年に犯行現場周辺にいたんだ」

続いてヴィスティングは、二〇〇一年の事件の殺人犯が一九九九年の事件の目撃者として聴取を受けたこと、さらにダニー・モムラクの犯行を裏づける証拠に不備が見つかったことについても説明した。さしあたり、ニンニ・シェヴィクの関与と服役中のアメリカ人の件については伏せた。

「調べようと思ったきっかけはなんです？」スティレルが訊いた。

「手紙を受けとったんだ」

　ヴィスティングは立ちあがって三通の手紙をしまってあるキッチンの抽斗の前へ行った。

「誰から？」

「わからないんだ」そう答えて手紙とともにテーブルに戻った。

　スティレルが身を乗りだす。

「一通目がこれだ」ヴィスティングはそう告げ、一通目の封筒と手紙をそれぞれ収めたポリ袋を卓上に置いた。「これは郵便で届いた」

　そして残りの二通を押しやる。「こっちは郵便箱に直接投函されていた」

「G-11とインターネットのアドレスはなにを意味したものですか」

　ヴィスティングは決定的な証拠とされた精液試料に別の説明が可能であることとの科学的根拠を示した医学記事について話した。

「今日、また一通来たんだ」と話を締めくくり、カウンターを目で示した。「まだ開封していない」

33

ヴィスティングはカウンターに置いた四通目の手紙を手に取った。

スティレルが腰を上げる。「指紋採取にまわします」

ヴィスティングは食器洗い用の手袋を嵌めて抽斗のナイフで封を切った。なかには位置座標の書かれた紙と写真が一枚入っている。

北緯五十九度二分二十七秒六
東経九度四十分三十八秒九

写真はプリントショップで現像したもののように見える。おそらくはメモリーカードを挿入するか携帯電話から画像ファイルを送信する方式のセルフプリント機を使ったものだろう。コケに覆われた灰色のレンガの壁を一メートルほどの距離から撮ったもので、一見したところ、なんの意味もない写真のようだ。錆《さ》びついた金属板が壁に立てかけられ、イラクサや種々の雑草が周囲に蔓延っている。

スティレルがさっそく携帯電話を出して座標を入力する。示された場所がどこであるのか、ヴィスティングにも見当がつかなかった。

「犯行現場だ」スティレルが表示させた地図を見てヴィスティングは言った。「トーネ・ヴァーテラン殺害事件の。そこに古いレンガ造りのガレージがある」

「そこで撮られたものでしょうか」

「おそらくは」

スティレルが写真に目を凝らした。「金属板に引っかき傷のようなものが見える」

ヴィスティングは隣の部屋へルーペを取りに行き、明るい場所で見ようと写真をカウンターにのせた。

「ただの傷に見えるが」

「板の奥になにかあるかもしれない」

スティレルがそう言って携帯の地図をたしかめた。「ここからほんの三十分だ。わたしの車で行きますか」

ヴィスティングは外の空を見上げた。また降りだしている。「一件約束があるんだ」

「誰と?」

「ポーランド人のアダム・デューデク、ヤン・ハンセンの手伝いで何度も配送に同行している。おそらくは一九九九年にも。二時に家具店で会う約束なんだ。そちらを先にすませたいんだが」

「了解」

ヴィスティングはキッチンの抽斗の前へ行ってポリ袋を三枚出した。「相手の思うつぼだな」それぞれに封筒と手紙と写真を収める。

「誰の？　ダニー・モムラクですか」

「彼が手紙の主ならばな。こうやって調べさせたいことを指定して、こっちをいいように操っている。気に入らんな」

「モムラクで決まりだと思いますか。たしかに計画を練る時間には事欠かなかったはずだ」

「どうも釈然としないんだ。無駄にややこしすぎる。潔白の証拠でもあるのなら、弁護士に相談して再審請求をすればいい。陰で操るようなやり方じゃなく」

「モムラクには主張に耳を傾けさせるだけの信用がない。だがこうすることであなたの注意を確実に引き、刑事手続きに不備があった可能性に気づかせた。陰で操ると言うと聞こえは悪いですが、効き目があったのはたしかだ」

ヴィスティングはうなずいた。

「それに、ほかに誰が？」とスティレルは続けた。「ステン・クヴァンメンに敵意を持つ誰かとか？」

そしてポリ袋をまとめて持った。「これは今夜提出します。指紋分析の結果は明日には出ます」

ヴィスティングはキッチンの抽斗の前に戻り、もう一枚の袋を取りだした。こちらにはカーティス・ブレアが交換留学生として紹介されたライオンズクラブの会報が入っている。

「これも調べてもらってくれ」と言ってそれをスティレルに手渡した。

スティレルがすぐさま訊いた。「カーティス・ブレアとは？」

ヴィスティングはニンニ・シェヴィクと殺人罪で服役中のアメリカ人の件を話した。「ジャーナリストの指紋がそこについている。ほかのものと一致しないか確認を頼む」

スティレルがさらに問いかける。「殺人罪とはどういう？」

「わからない」ヴィスティングはFBIのマギー・グリフィンとのやりとりをかいつまんで聞かせた。「正式に捜査が開始されないかぎり詳細は入手できない。いや、これで開始されたことになるな」

重く垂れこめるような小糠雨《こぬかあめ》のなか、ふたりは車へと向かった。

「手紙の主が誰だとしても、その人物があなたを監視しているのは間違いない」車に乗りこむとスティレルが言った。「一通目が届いたのが火曜日。投函は月曜日か、あるいは週末かもしれない。送り主はあなたが休暇で留守にしていないことを知っていた」

そしてワイパーを作動させて車を通りへ出した。「すべてが入念に考えられ、計画されている。以前からあなたの様子を窺っていたはずです。家の前を車で通り、郵便箱をたしかめるあなたを見ていたかもしれない」

ヴィスティングは首肯し、二通目の手紙が届いた夜に見かけた車のことを話した。「指紋分析からはなにも出ないだろう。ただ、文字はiPadを使って書かれていると思う。画面の上に紙を置いてなぞる方法で。画面にはたいてい大量の細胞片が付着しているはずだ、指で触れるせいで。それが紙にも付着しているかもしれない」

スティレルはうなずいた。「DNA型鑑定は少し時間がかかりますが、そちらも分析を依頼します」

アダム・デューデクとの待ち合わせ場所の家具店には、約束の二十分近くまえに到着した。ヴィスティングが車内から電話をかけると、まもなく車両用のゲートが開き、デューデクが手招きした。

店内に入ってすぐのところにソファと椅子二脚が置かれた小さな応接室があった。ふたりはソファに並んですわった。

二〇〇一年にアダム・デューデクはヤン・ハンセンに関して聴取を受けている。今回は一九九九年のことを思いだしてほしいとヴィスティングは告げた。

「いったいなんの話ですか」デューデクが訊いた。「ヤンは死んだと聞いてますが」

「どこでそれを知りましたか」ヴィスティングは訊き返した。

「店で話題になっていたので。ヘードルム教会の墓地に埋葬されたんです。店の誰かが墓を見かけたとか」

「ハンセンの服役中に連絡は取りあっていましたか」

アダム・デューデクは首を振った。「なんのために？　なんの借りもないのに。いっしょに働いていたというだけで」

「一九九九年の夏もそうでしたか」

「ここには一九九七年からいるので。ひとりで運べない商品の注文が入ったときは、たいていヴァンに同乗していました。大きくて重たいソファとか簞笥《たんす》とか、そういったものの配達のときには」

「警察の事情聴取を受けたという話をハンセンから聞いたことはありませんか」

「そんな話をおれにするはずがない」

「本人が法を犯したというわけではなく」ヴィスティングは続けた。「行方不明になった少女の事件で、ヤン・ハンセンが失踪前の彼女を最後に見たひとりだったんです」

「それもあいつの仕業だと？」

「そういうわけでは。別の男が犯人として逮捕されています。確認したいのは、ヤン・ハンセンが事情聴取の話をしていたかということなんです」

そんな覚えはないとアダム・デューデクは答えた。「でも、昔のことなんでね。どこで起きた事件です？」

「バンブレで」

「バンブレにもたくさん家具を運びましたよ。ときにはクラーゲレーあたりまで」

ヴィスティングは相手の記憶を呼び起こそうとさらに試みた。〈バンブレ軽食スタンド〉の名前を出し、少女が高速道路沿いを自転車で走っていたことも明かした。事件後にそこを通った際に、ヤン・ハンセンがそのことに触れるのが自然なはずだ。

「ハンセンはよく口笛を吹いていましたよ。自転車に乗った子や歩いている子を追い越すたびに。ハンドルにもたれて口笛を吹くんです。クラクションを鳴らすこともあったな、相手を振りむかせようと」

スティレルが話に割りこんだ。「ほかに覚えていることは？」

アダム・デューデクは配達中の出来事やヤン・ハンセンから聞かされた話をいくつか語った。犬をはねた車が車線を外れて横転したという話がハンセンのお気に入りで、事故の現場を通りかかるたびに口にしていたという。トーネ・ヴァーテラン殺害事件のことは話さなかったらしい。最終的にヴィスティングはそう判断した。

店の奥でベルが鳴り、アダム・デューデクは客の探している商品を取りに行った。

「訊くべきことは訊いたな」ヴィスティングは腰を上げた。

ふたりはまっすぐに車へ戻った。

「どう思いますか」車を走らせながらスティレルが訊いた。「殺人事件の捜査で事情聴取を受けるというのはめったにあることじゃない。普通なら人に話すはずだ」

ヴィスティングも同意見だった。ヤン・ハンセンがそうしなかったということは、ひとつの判断材料になる。

34

雨はやみかけているが、雲が形を変えていた。重く垂れこめていたものが大雨を予兆するように黒々とそびえたっている。

ヴィスティングは罠におびき寄せられているように感じていた。バンブレの事件現場に近づくにつれてその感覚は刻一刻と強くなった。

二十五分で現場に到着すると、ヴィスティングは旧道への道筋をスティレルに告げた。先週来たときと同じ場所で車を降りた。

空気は湿気を含んで重く、アスファルトのひびには水溜まりができている。土手の茂みにカエルが飛びこんだ。

　スティレルが車からカメラを出すのを待ち、ヴィスティングは先に立って歩きだした。緩いカーブを曲がると右側に廃ガレージが見えてくる。かつては灰色のレンガの壁を彩っていた落書きも色褪せ、いまはコケや割れ目を這《は》いのぼるツタに覆われている。

「トーネ・ヴァーテランはここから二百メートル奥に入ったところで発見された」ヴィスティングは説明した。「一九九九年にガレージの徹底的な捜索は行われていない」

「写真は裏手で撮られたもののようですね」スティレルが言った。

　廃屋の周囲にはイラクサや種々の雑草が丈高く茂り、そこをかき分けて進むふたりのズボンに絡みついた。

　地面は傾斜と起伏が多く、ヴィスティングは壁に手をついて身を支えながら裏手へまわった。壁の中央に錆びついた金属板が見つかった。写真で見たとおり壁に立てかけられている。ふたりはその前に立った。周囲の木々が雨粒を滴らせ、鳥がひと声低く鳴いた。

　写真は手紙とともに車内に置いてきたが、撮影時は現在よりも緑が少なかったようだ。ヴィスティングはいま歩いてきたほうを振り返って目を凝らした。草むらには自分たち以外の誰かが歩いた跡は見あたらない。届いた写真は夏のはじめか、あるいは前年に写されたものだろう。

　スティレルが写真を撮るあいだに、ヴィスティングはラテックスの手袋を嵌めて壁に近寄り、金属板を手前に起こした。奥の壁には穴があいていて、正方形の木枠がコンクリートで固定されている。開口部は約二十センチ四方で、ネットがかぶせられている。

「通気口ですね」スティレルが言った。

ヴィスティングは携帯電話のライト機能を使って奥を照らした。クモの巣がきらりと光り、その主があわてて逃げ去ったが、ほかに目につくものはない。内部は狭く、天井高が五十センチほどしかない。ライトは遠くまで届かないが、奥の奥に紐《ひも》かベルトのようなものが見えた。

よく見ようと腹這いになると地面の水気が服にしみこんだ。壁のレンガに顔を押しつけるとどうにか奥が見通せた。

「なにか落ちている。このなかの、いちばん奥に」

穴をふさいでいるネットは大きな平頭釘《くぎ》で木枠に固定されている。枠のまわりのコンクリートはぼろぼろに崩れてきている。枠をつかむと緩んでいるのがわかった。力まかせに引きはがすと、漆喰《しっくい》とコンクリートの欠片が飛び散った。

ヴィスティングはスティレルと目を合わせ、うなずきが返されるのを待って、片腕を開口部に差し入れた。内部の空気は乾いていてにおいもない。

手探りすると、ぐにゃりとやわらかい塊に指先が触れた。なにかの角をつかんで引きずりだすと埃まみれの布が現れた。持ちあげてみると、それはしみだらけで色褪せた紫色のシャツだった。左胸には〝バンブレ軽食スタンド〟の文字が黄色い糸で刺繍《ししゅう》されている。

「被害者のものだ」ヴィスティングは言った。「トーネ・ヴァーテランの。発見時は裸だった」

そして、壁の奥の空洞をもう一度覗きこんだ。「ほかにもなにかある」

スティレルも自分の目でたしかめようと腹這いになる。「あとは鑑識に任せましょう」

ヴィスティングは同意した。衣服が殺人犯の手でそこに隠された可能性は大きい。一九九九年から放置されていたなら、事実の解明につながる痕跡が残っているかもしれない。

雨脚が強まることを予想して、スティレルが元どおりに金属板で穴を覆った。

シャツは丸めて車へ持ち帰った。スティレルがノートを数ページ破りとって後部座席に敷き、ヴィスティングがその上に注意深くシャツを置いた。それから警察本部に連絡して状況を説明し、鑑識班の出動を要請した。

ふたりは車内にすわって待った。ウィンドウの内側が曇っている。スティレルがエアコンをつけ、エンジンをかけたままにした。

特大の雨粒がひとつ、ふたつとフロントガラスを叩き、やがてぱらぱらと数粒が続いた。ヴィスティングはひと粒ずつ目で捉えていたが、じきに追いつかなくなった。

「誰がこのことを知っていたと思いますか、長年にわたって」スティレルが訊いた。

ヴィスティングは急いで考えをまとめた。どう考えても、衣服のことを知っていた人物はひとりしかいない。「服をあそこに置いた人間だろうな」

「つまり、殺人犯だ」スティレルが断言する。

ヴィスティングもそれ以外の現実的な可能性を思いつかずにいた。だとしても、なぜいまごろになって自分が発見するよう仕向けられたのか、そして仕向けたのは誰なのか。納得のいく説明は見つからなかった。

トーネ・ヴァーテランを殺害して着衣をガレージの下に隠したのがダニー・モムラクであるなら、懺悔《ざんげ》のつもりでないかぎり、警察にさらなる証拠を与える理由などないはずだ。むしろ、潔白を訴えつづけるために残った証拠を処分するほうが理にかなっている。

すでに死んでいるが、ヤン・ハンセンがどこかの時点で誰かに罪を告白し、その相手が匿名を望んでいるという仮説はありうるだろう。アメリカ人についても同じことが言える。

雨で視界がぼやけ、スティレルがワイパーのスイッチを入れた。「実際の犯行現場は二百メートル先でしたね」

ヴィスティングはうなずいた。

「では、なぜ服をここに?」

答えが出ないまま、パトカーが背後から現れ、隣に来てとまった。スティレルがウィンドウを下ろして詳細を説明した。

鑑識車もまもなく到着するという。

二名の制服警官が車を降りてレインコートを着た。道をふさいでいる倒木は朽ちて空洞になっており、警官たちがそれを脇へ寄せてガレージの前まで車が入れるようにした。

鑑識班が二十分後に到着した。真っ先に雨除《あまよ》けの作業用テントがガレージの裏に設営された。オープンタイプのテントだが、ヴィスティングとスティレルが入っても作業の邪魔にならないだけの広さがあった。

丈夫なビニールの覆いを雨が打っていた。鑑識員たちは小型のテーブルを設置して手際よく作業に取りかかった。壁の開口部の寸法測定と撮影がすんだのち、壁際の地面が防水シートで覆われた。内部にあるものを採集するまえに、先端にカメラと強力な小型ライトがついたファイバースコープが挿入された。捉えられた映像は手もとの画面に表示される。ヴィスティングを含む四人が画面を覗きこんだ。一瞬、そこに靴らしきものが映った。不鮮明な画像がすぐにクリアになる。紐とボタンのついた布製の小さなリュックサックも見える。そのほかは何種類かの衣服であること以外わからない。

最初に取りだされたのは青いキャンバスシューズの片方だった。紐つきで底の薄いタイプのものだ。紐穴は変色して緑青に覆われているが、それ以外の保存状態はいい。

「内部は暗く乾燥している」鑑識員のひとりが言った。「通気性がよく、黴《かび》や湿気による劣化が少ない。温度の変動もあまりない。ちょっとした貯蔵庫みたいなものですね」

靴が撮影され、袋に詰められ、ラベルを貼られた。

次に鑑識員が取りだしたのはリュックサックだった。それが引きだされたとたん、開口部の漆喰がこぼれ落ちた。

リュックサックは白黴に覆われ、蓋があいたままだった。こちらも撮影と記録をすませたのち中身が取りだされた。シャンプーボトル、水着、靴下、Tシャツ、留め金つきの小さなポーチ、財布。

鑑識員に断ってからヴィスティングは財布をあけた。トーネ・ヴァーテランのものであることは明らかだ。中身は学生証にバスの定期券、レンタルビデオ店の会員証。内ポケットには二百クローネの旧紙幣と洋服店のレシートが二枚。

ポーチには化粧品と頭痛薬の錠剤、経口避妊薬の箱が入っていた。

続いて取りだされた花柄のバスタオルは緑や黒の黴に覆われていた。ここに押しこまれたときに湿っていたためだろう。

ガレージの表で車のドアが閉じる音がし、話し声も聞こえた。

四十代後半のぽっちゃりした女性が濡れた斜面を歩いてくる。足を取られてずるずると滑り、木の枝をつかみそこねて勢いよく尻餅をついた。ヴィスティングは急いで助けに向かったが、そばまで行くまえに女性はどうにか立ちあがった。刑事の身分証を首から下げている。

「大丈夫ですか」ヴィスティングは訊いた。

相手は太腿《ふともも》で汚れを拭ってから手を差しだした。「ええ、平気です、どうも」そう言って自己紹介した。「カーテ・ウルストルップです」頬が泥で汚れている。

ヴィスティングは捜査資料でその名前を見たことを思いだした。バンブレ署の警官で、ステン・クヴァンメンが捜査の指揮を引き継ぐまでのあいだ、事件の担当者だったはずだ。

「ヴァーテラン事件に関連したことですか」

ヴィスティングはそうだと認めた。

「未解決事件班の応援で鑑識が呼ばれたと署の記録で見たんですが、なんの事件の関連かはわからなくて。でも、ほかには考えられません。当時、わたしはあの事件を担当していたんです」

「被害者の衣服が見つかったんだ」ヴィスティングは相手をガレージ裏に案内した。

カーテ・ウルストルップはふたりの鑑識員に会釈してからスティレルにも挨拶した。「当時、事件を担当していました」と繰り返す。「遺体発見時、最初に現場を確認したんです」そう言って、首を傾けて現場の方向を示した。

三人は開口部を取りかこむように立った。ボタンが取れ、引き裂かれた白いサマーブラウスが取りだされるところだ。

カーテ・ウルストルップが一歩進みでた。「ボタンは犯行現場に散乱していました。当時発見できたのはそれだけです」

白いブラウスが茶色い紙袋に入れられ、ラベリングされて箱に収められる。次に取りだされたのはブラジャーだ。

カーテ・ウルストルップがヴィスティングの顔を見た。「なぜここを捜索しようと？」

「情報提供があったんだ、匿名の」

「匿名の情報提供ですか。どういった内容の？」

「捜索するべき場所のヒントのようなものなんだ」

ウルストルップが一歩退いてガレージの灰色の壁を見上げた。「ここの捜索は当時もしたんです。鑑識調査はしていませんが、ガレージ内部を調べて溝もさらいました。最終的に、犯人は衣服を持ち去って別の場所に捨てたのだと判断したんです」

そして、スティレルに向かって続けた。「再捜査がはじまったということですか」

「まずは二、三報告書を書く必要がありますが」スティレルは答えを濁した。

ウルストルップは壁に近づいてしゃがみこみ、開口部を覗きこんだ。鑑識員たちがもう片方の靴を取りだそうとしている。

「いつからこの事件を？」ウルストルップがヴィスティングを見上げて訊いた。「どのくらい詳しくご存じですか」

「資料を入手したのは先週の水曜日だが」

「すべてに目を？」

ヴィスティングはうなずいた。

ウルストルップが立ちあがる。「どう思いますか」

ヴィスティングは少し考えてから答えた。「今回の発見でなにかが変わるとは思わない。むしろその逆だ。ダニー・モムラクはこのあたりをよく知っていた。ガレージを麻薬の隠し場所に使っていたから。ここに衣服を隠したのはおそらくモムラクだろう」

「つまり、犯人が別にいた可能性はないと？」

その問いは予想していなかった。「あると思うかね」

それには答えずウルストルップが訊く。「この場所を捜索するようにというメッセージのほかに情報提供はありませんでしたか」

「なぜ？」

ウルストルップがにっこりする。丸々とした頰にえくぼがくっきり浮かんだ。「捜査資料を先週入手して目を通されたんですよね。殺人事件の被害者の着衣に関する情報提供を受けたら、わたしなら一週間は待ちませんから。すっ飛んでいってなにがあるかをたしかめます。だから、再捜査をはじめるきっかけがほかにもあったんじゃないかと」

ヴィスティングも笑みを返した。読みが鋭い。

返事をする間もなくウルストルップが続けた。「詳しいことは詮索しません。ただ、カーティス・ブレアという名前に心当たりがあれば、力になれるかと」

ヴィスティングはうなずき、相手にすべてを明かすべきだと判断した。「別の場所で話そう」

「でしたら、わたしのオフィスで」

着信音が聞こえ、しばらくしてようやく自分の携帯が鳴っていることにヴィスティングは気づいた。非通知の番号からだ。

応答しようとしたが間にあわなかった。そのとき、ガレージの前で警備にあたっていた制服警官のひとりが近づいてきた。

「先ほど女の記者が来ていました。あなたが到着する直前に」と警官がウルストルップを手で示す。「そのあと姿が見えなくなったんですが、車はまだあります。どこかからまわりこんで近づこうとしているのかもしれません」

一同は背後を振り返って密生した木立に目を走らせたが、動くものは見あたらなかった。

ヴィスティングの携帯がまた鳴った。今回はどうにか間にあった。かけてきたのはニンニ・シェヴィクだ。「すぐ近くにいるんですが、少しお話しできます？」

「近くとは？」ヴィスティングは木々の奥に目を凝らした。

「旧道にとめた車のなかです。そちらまで行くのは許可してもらえなかったので」

「いまは都合が悪いんだが」

「ダニー・モムラクと話しました」

いずれはそうするだろうと思っていた。「わかった、行きます」

35

車のエンジンはかけられたままだった。運転席から手招きされ、ヴィスティングは助手席に乗りこんだ。ニンニ・シェヴィクはずぶ濡れで、髪に小枝や砂粒が絡まっている。

「録画してもかまいません？」ダッシュボードの奥に置かれたカメラが目で示される。

ヴィスティングは眉をひそめてそれを一瞥した。すでに赤いランプが点灯している。

「ダニー・モムラクに関することはすべて記録したいんです。使うかどうかはわかりません。メモを取るようなものなので。いずれにしろ、許可は取りますから」

ヴィスティングはそれに答えず、代わりに訊いた。「さっきからずっと撮影を？」

「ええ、ちょっとだけ」とニンニは認め、髪についた砂を払った。「ずいぶん大がかりですね。白いつなぎ服の鑑識員たちに、作業用のテントまで。なにが見つかったんです？」

「われわれがここにいることはどうやって？」

「そこの道路を走っていて、警察の車が見えたので」とニンニがパトカーを手で示す。「別の事件がたまたまここで起きたとは思えなくて」

高速道路をトラックの一団が通過し、車内に振動が伝わってくる。ニンニは曇ったウィンドウに頭をもたせかけた。

「あなたはここでなにを?」

「捜査だが」

「被害者の服が見つかったみたいですね。それもカメラに収めました」

「ダニー・モムラクとはどんな話を?」

「弁護士から先に聞いていたようです、あなたが訪ねてきたことも、ヤン・ハンセンのことも」

ヴィスティングは自分に苛立って首を振った。順序を誤った。真っ先にダニー・モムラクに会っておけば、相手の反応を直接目にすることができたのだ。

「刑務所にいたヤン・ハンセンのことはよく覚えているそうです。でも、あまりいい印象を持ってはいなかったようで。ふたりのあいだに情報交換や協力といったものがあったとは思えませんね、その可能性をお考えかもしれませんけど」

たしかにその可能性を考えていた。「アメリカ人の件は話しましたか」

ニンニがうなずく。「一度にあれこれ教えすぎかとは思ったんですけど、重要なのは、彼がドキュメンタリーに出てくれることなので。当時の捜査に大きな穴がふたつもあったとわかって、がぜん興味を引かれたようです」

「まえから知っていたような様子はなかっただろうか」

ニンニ・シェヴィクは少し考えてから答えた。「なかったと思います」

「どんな様子でしたか」

「どんな？」

「事態をどう捉えているようでしたか」

また間があった。「最初はためらっているようで、話をするのを断られそうになりました。でも、ご想像のとおりかもしれません。彼はすっかり興奮しています。自分が無実だと思っているのが明らかで、汚名をそそぎたがっているように見えました」

「モムラクはひとり暮らしを？」

「ええ、人里離れた、とんでもなく辺鄙《へんぴ》な場所で」

「仕事は？」

「無職です」

前方の雨のなかを、アドリアン・スティレルとカーテ・ウルストルップがガレージ裏から現れてそれぞれの車に乗りこんだ。ニンニ・シェヴィクがワイパーを作動させた。だが、フロントガラスに入った深いひび割れに引っかかって止まった。飛び石でもあたったらしい。

「あそこにいる男性は？」ひび割れの下の透明なガラスごしに前を覗きながら、ニンニが訊いた。

「アドリアン・スティレル、未解決事件班の人間だ」

「捜査に来たんですね」

「まあ、見に来たのはたしかですが」

ニンニが目に見えて勢いこむ。「事件の再捜査が正式に決まったということですか」

「その可能性を検討しているということです」

「衣服はどうやって調べるんです？　これだけ時間がたっていてもDNAは検出できるんですか」

ヴィスティングも鑑識員に同じことを尋ねた。乾いた石の上に置かれていたため、その可能性は高いらしい。

「やってみないとわからない」

ニンニが身じろぎする。「こうやって進展もあったので、今週中には制作が決定するはずです。撮影協力のこと、考えてもらえました？」

ヴィスティングはドアハンドルをつかんだ。「いま答えろというなら、ノーだ」

ニンニはダッシュボードのカメラを下ろして膝にのせた。「画面に登場しない形ならどうです？　捜査に進展があったら教えてもらえませんか」

ヴィスティングは首を振った。「これはわたしの事件ではないから、そんな権限はない。スティレルに訊いてもらいたい」

ニンニ・シェヴィクは前方の車に目を転じた。「紹介してもらえませんか」

「きみのことは彼にも話したから」ヴィスティングはドアをあけた。「もう知っている」

雨のなかに出るとドアに手をかけたところでいったん止まった。「フロントガラスを交換したほうがいい」そう言ってドアを閉じ、小走りでスティレルの車に戻って乗りこんだ。

「なんの用でした？」スティレルが訊いた。

「この事件を題材にしたドキュメンタリー番組をこしらえたいそうだ。ダニー・モムラクを登場させるつもりらしい」

カーテ・ウルストルップが狭い旧道で車を転回させた。スティレルも続いて車を出す。車内に残されたニンニ・シェヴィクはフロントガラスの曇りを拭いていた。

「われわれがここだと、彼女はどうやって嗅ぎつけたんです？」スティレルが訊いた。

「たまたま通りかかって、パトカーが見えたそうだ。一九九九年に遺体が発見された際にもここへ来ている。それで、トーネ・ヴァーテラン絡みだろうと見当をつけたらしい」

スティレルがバックミラーを一瞥する。「そんな説明を信じるんですか」

ヴィスティングは座席の上で身をよじり、後ろを振り返った。ニンニ・シェヴィクが追ってきていた。

36

バンブレ署はショッピングセンター内に設置されていた。カーテ・ウルストルップが通用口から最上階へとふたりを案内した。オフィスからはフリーエルフィヨルドが見渡せた。グレンラン橋の下をタンカーが通過している。

ヴィスティングとスティレルは腰を下ろした。

「さっきのはニンニ・シェヴィクでした？」カーテ・ウルストルップが訊いた。「車のなかにいたジャーナリストのことですけど」

ヴィスティングはそうだと答えた。

「だと思った。地元紙の《ポシュグルン・ダーグブラ》で記者をしていたころによく顔を合わせたものです。刑事事件はすべて記事にしていましたね。今日はなんの用でした？」

「ドキュメンタリー番組を制作するそうだ。ダニー・モムラクとヴァーテラン事件についての」

カーテ・ウルストルップは書類棚の最下段からリングバインダーを出して机に置いた。

「ああ、当時も事件を追っていました。でも彼女はあまり信用できなくて」そう言ってバインダーを繰る。

「正直なところ、わたしもジャーナリストはめったに信用しないね」ヴィスティングは答えた。

「彼女となにかトラブルでも、カーテ?」とスティレルが尋ねた。

カーテ・ウルストルップがちらりと笑みを浮かべた。なにか言いかけたが、そのとき探していたページを見つけた。「カーティス・ブレアのことはどのくらいご存じ?」

「一九九九年に交換留学でここへ来ていたそうだね」ヴィスティングは答えた。「滞在は途中で切りあげられ、彼は本国へ送り帰された」

「ええ、そうです。ライオンズクラブ主催のプログラムで、滞在先はクロンボルグ家。タリュエとモナの夫婦に、子供はペーデルとヤンネです」

ヴィスティングは黙ってうなずいた。

「二〇〇一年、ヤンネ・クロンボルグが自宅の浴槽で溺れたと通報がありました。わたしが同僚と出動したんです。遺体を見つけて通報してきたのは母親でした。現場に到着したとき、ヤンネは浴槽に横たわったままでした。着衣は長いワンピース。水は冷たくなっていて、母親が仕事に出た直後に浴槽に入ったようでした」

ウルストルップが資料を確認してまた続ける。「十五分後に医師が到着。ヤンネは両手首を切り、ナイフが床に落ちていましたが、検死の結果、死因は母親の睡眠薬を過剰摂取したことによる溺死と判明。薬はロヒプノール。当時はまだ販売されていたんです」

写真のページが開かれる。

「バスルームのドアは内側から施錠されていました。母親が錠を壊してドアをあけたんです。遺書はなかったものの、ヤンネが鬱《うつ》状態だったとの噂がありました。それ以上調べるのはやめて、すぐに捜査終了となったんですが、自殺についての憶測が飛び交いはじめました。ヤンネがカーティス・ブレアにレイプされ、そのためにカーティスはアメリカに送り帰されたのだと。タリュエ・クロンボルグはその件について語ろうとはしませんでした」

携帯電話が鳴った。ウルストルップは画面を確認して電源を切った。

「ご存じのとおり、薬毒物検査の結果が出るには時間がかかります。睡眠薬の有効成分の詳細が添えられた最終検死報告書が届いたのは葬儀の二カ月後でした。でもそれで一家を訪ねる口実ができたので、カーティス・ブレアのことを確認したんです。家族の話では、やはり娘はレイプされ、それを苦に命を絶ったということでした。レイプが起きたのはトーネ・ヴァーテランが行方不明になったのと同じ日の夜だそうです」

ウルストルップが椅子の背にもたれる。「でも、すでにご存じですよね」

「いや、詳細までは」ヴィスティングは答えた。

ウルストルップが机に身を乗りだす。「トーネ・ヴァーテラン事件では身元不明の人物が複数目撃されています。カメラを持った若者と、迷彩柄のジャケットの男、そしてリュックサックの男が」

一枚の写真が目の前に置かれた。ヴィスティングもすでに見ている、迷彩柄のジャケット姿でリュックサックを背負ったカーティス・ブレアを写したものだ。

「ライオンズクラブの会員から入手したものです。ヤンネの家族はヴァーテラン事件のことはよく知らないようでした。娘を人目に触れさせないように夫妻が山の別荘へ連れていき、そこで一週間ほど過ごしたそうです。兄のほうは家に残して」

「このことは誰かに報告を？」ヴィスティングは訊いた。

「報告書を書いてステン・クヴァンメンに提出しました。一九九九年の事件の責任者の。カーティス・ブレアを調べてみる価値はあると思ったんです。疑わしくないかどうか」

「クヴァンメンの対応は？」

「わたしが知るかぎり、なにも。あとで機会があったときに訊いてみたんです。人員の無駄遣いだと思っているようでした」

「ほかに調べがついたことは？」

「さっき言ったように、ライオンズクラブの会員に話を聞きました、それにヤンネ・クロンボルグの友人数名にも。手がかりはなし。ヤンネは自分の身に起きたことを誰にも相談していなかったようです」

「カーティス・ブレアのその後については調べてみたかい。どこでなにをしているかを」

ウルストルップは笑みを見せて首を振った。「一九九九年からこちら、世界はずいぶん小さくなりましたよね。フェイスブックやＧｏｏｇｌｅのおかげで。検索してはみたんですが、なにも見つからなくて。それ以上のことができるコネも力もないですし」

そう答えながらウルストルップはスティレルのほうを見た。

「この件をほかの誰かに話したことは？」ヴィスティングは訊いた。

ウルストルップが首を振る。「うちの署の人間にとっては、ダニー・モムラクの逮捕で終わった事件ですから。でもわたしは最初からこの件を追っていた。人生の一部みたいなものなんです。だからどんな細かいことも知っています、どんな疑問が残っているかも。そのすべてに答えを見つけたいんです」

スティレルが身を乗りだし、膝に肘をついて両手を組む。

そしてこう訊いた。「ダニー・モムラクが殺害犯だとは思わないと？」

ウルストルップがリングバインダーを繰る。「最初はそう思っていたんです。辻褄《つじつま》は合うし、証拠も揃っていると。なによりＤＮＡが検出されている。でも十年後にこんなものが届いたんです」

そう言って、リングバインダーから一枚の紙を抜いてスティレルに手渡した。ヴィスティングも横から目を通した。それは法医学研究所が発行した文書で、試料の誤混合や汚染により、三件の事件におけるＤＮＡ型鑑定結果を無効とすることを通知したものだった。

「ミスは起こりうるんです」ウルストルップが言った。「トーネ・ヴァーテランの体内から採取されたＤＮＡ試料は、殺害五日前にダニー・モムラクと自発的に行った性交渉のものである可能性があるが、ヴィスティングは触れずにおいた。

「それにもちろん、ダニー・モムラクの逮捕時からずっとつきまとっている疑問があります。公判のあいだもずっと自問していました――ほかに誰が、と。ダニー・モムラクがトーネ・ヴァーテランの殺害犯でないなら、誰だったのかと」

ウルストルップはそこで言葉を切り、ヴィスティングとスティレルの顔を見比べた。

「再捜査になるということは、なにか根拠があるんでしょう？」カーティス・ブレアがその根拠でないとしても、捜査の対象に加えるだけの価値はあるはずです」

37

車に乗りこんだふたりは数キロのあいだ無言でいた。スティレルが左車線に出てキャンピングカーを追い越した。

「FBIの知り合いとは誰です?」

「マギー・グリフィンだ、ニューヨーク支局の」

スティレルが指先でハンドルを叩く。「明日の朝十一時の便があります」

ヴィスティングは頬を緩めた。「アメリカ行きの?」と笑ってから、相手が本気だと気づいた。「行くつもりなのか」

「わたしじゃない。最初に連絡を取ったのはあなただ。最後まで頼みます」

ヴィスティングは首を振った。「そんな権限はない。一九九九年の事件には関わっていないし、形式的にはいまもそうだ。それに厳密に言えば休暇中だしな」

スティレルの目は前方の車列に据えられている。「うちに出向という形では?」

「クリポスに?」

「わたしの班に。すでにヴァーテラン事件を任せられていますから」

クリポスは国際警察間協力分野の連絡窓口となっている。人員の一時的な出向も珍しい話ではない。

「FBIから必要な情報を送ってもらえばいい」ヴィスティングはなおも抵抗した。

「正式に要請するより、ひとっ飛びして聞いてきたほうが早い。なにより、あなたは事件に詳しい。向こうへ行ってカーティス・ブレアに面会してきていただきたい」

「カーティス・ブレア違いかもしれない、とても――」

「パスポートの有効期限は切れていませんか」スティレルがさえぎった。

「ああ」

「では、航空券を手配して正式に連絡を取ります」

いかに技術が進歩しようと、捜査手段として対面での取り調べに勝るものはない。

自宅に着くまでのあいだヴィスティングは思案に沈んでいた。はじめはカーティス・ブレアに対する聴取の進め方をひたすら検討していたが、やがてマギー・グリフィンとの再会を楽しみに思いはじめた。

自宅前に到着後、ふたりは車内で打ち合わせをした。実務的な手続きはスティレルが引きうけることになった。匿名の手紙を指紋分析とDNA型鑑定にまわし、トーネ・ヴァーテランの衣服も分析員に詳しく調べさせる必要がある。

「ヤン・ハンセン事件の資料はわたしの手もとに置きます」スティレルは車の荷室を顎で示して言った。「目を通しておきます。ヴァーテラン事件のほうはそちらにあったほうが？」

ヴィスティングはうなずいた。「だが、まだ署に置いたままだ」

あとで出向いて、とくに重要な資料をカーティス・ブレアとの面会に持参できるようにコピーする必要がある。

「ハンセン絡みで気になっている人物はいますか。話を聞きたい相手は？」

「ヤン・ハンセンには服役中に恋人がいたんだ。その彼女と、それから関わりの深かった看守たちにも会ってみたい」

スティレルはうなずいて続けた。「恋人の名前はわかりますか」

「いや」

「調べてみます」

ヴィスティングは車を降りようとドアハンドルに手をかけた。「一九九九年にダニー・モムラクはアリバイを証言してくれる者の名前を挙げている」そう言ったものの、その名前が思いだせない。「犯行時刻前後にモムラクがハシシを届けたという相手だ。だが、当時は証言を拒否している。その男にもまた話を聞かなくては」

このところ人の名前がますます出てこなくなっている、と外へ出ながらヴィスティングは考えた。そのことが気になりはじめていた。

「郵便箱を確認しないんですか」スティレルがそちらを指差した。

ヴィスティングは苦笑を返し、車のドアを閉じてから門柱のところにある郵便箱をたしかめたが、中身は空だった。蓋が閉じるのを見届けてからスティレルがエンジンをかけて走り去った。

玄関を入るとヴィスティングは真っ先にトイレへ向かい、思いだして薬を飲んだ。それからパスポートと小型のスーツケースを出してきた。短い滞在なので機内持ち込み用の手荷物ひとつで十分だ。向こうで一泊したのち、夜の便で戻ることになる。

マギーからは東海岸の熱波のことを聞いていた。半袖シャツをたたみながら、二日ほど留守にすることをリーネに言っておかなくてはと思いついた。

荷造りがすむと、ヴィスティングは傘を持って娘の家へ向かった。

玄関で飛びついてきたアマリエを抱えあげてくすぐり、それから毛布でこしらえた小屋の前に手を引いて連れていかれた。

ヴィスティングがしゃがんで小屋を覗きこむと、アマリエはそこに住む人形やクマのぬいぐるみたちのことを喜々として話しだした。

リーネがその様子を眺めていた。「スティレルはなんの用だったの」アマリエのおしゃべりがすむのを待ってそう訊いた。「パニッレ・シェルヴェン殺しの件?」

ヴィスティングは立ちあがった。リーネにはニンニ・シェヴィクの訪問のあとで事件の話を聞かせたが、すべてを明かしてはいなかった。

「それもある。じつは、二日ほど出かける用事ができたんだ」

「でも、休暇中なのに」

「休みならまた取れる。天気がよくなってからな」

「どこに行くの?」

「アメリカだ」

リーネは驚いた顔をした。「アメリカ? まえに言ってたアメリカ人が見つかったの?」

「ああ」そう答えたが、相手が殺人罪で服役中だとは言わずにおいた。

「マギーとは話した？」

ヴィスティングはうなずいた。

「会うの？」

「まだわからん。向こうの警察との実務的なやりとりはスティレルがやってくれている」

ヴィスティングは毛布の小屋の入り口にしゃがみこんだ。「木曜には帰るよ」アマリエに抱きつかれながらそう続けた。

「せっかく行くなら何日かいればいいのに」

「それはまた別の機会だな」そう言ってリーネにもハグをした。

リーネは戸口までついてきて訊いた。「郵便物を預かっとく？」

「ほんの二日だから大丈夫だ」

外の階段へ出たときヴィスティングは思いなおした。「いや、やはりそうしてもらうかな。頼むよ。手紙が来たらメッセージをくれるか」

そして傘を開いて、なにか訊かれるまえに雨のなかへ飛びだした。「行ってらっしゃい！」とリーネの声が追ってきた。

もう一度郵便箱を覗いてからヴィスティングは車に乗りこんだ。朝からネットのニュースを読む暇がなく、アグネーテ・ロル殺害事件の進展も追えていない。警察署の駐車場に車をとめると、犯罪捜査部の窓明かりがいくつか見えたが、署内はひっそりしていた。

奥へ入りながら携帯でニュースをチェックした。進展はない。

ヴァーテラン事件の捜査資料の箱は自分が置いた場所に見つかり、それをコピー室に持ちこんだ。必要なのは犯行現場の詳細と迷彩柄のジャケット姿でカメラを持った男の目撃証言だ。

フォルダーをあさり、ホチキスを外して該当する文書をオートフィーダーにセットする。

最初の五枚がスムーズに送られたところで紙が詰まった。

カバーを上げて詰まった紙をなるべく傷めずに取りだそうとしているところに、マーレン・ドッケンが現れた。

「すまん、すぐにすむはずなんだが」

「いえ、全然」安心させるようにマーレン・ドッケンが言った。

どうにか紙を取りのぞいたあと、ヴィスティングはフィーダーの書類をよそに移してからコピー機を再起動した。

「お先にどうぞ」そう言って、マーレン・ドッケンに順番を譲った。

「どうも」

「なにか進展は？　男を聴取するところだったたな。交際相手の」

マーレン・ドッケンはコピー機のスタートボタンを押した。「ええ、ヤーレ・シュップですね。アグネーテは殺害された夜にその男と会っていました」

「なるほど」

「手こずりましたが、ふたりが不倫関係にあったことを認めさせました。アグネーテ・ロルが店を出たときにスナップチャットでメッセージを送ってきたそうです。返信はしなかったものの、三十分後に彼女が家までやってきたとか。キッチンで話をしたそうです。ヤーレ・シュップは離婚したばかりであの週末は子供を預かっていたそうで、それ以上のことはなかったとのことです。下の子が目を覚ましたのでアグネーテは三十分ほどで帰ったようです。夫より先に家に戻りたかったでしょうし」

「信用できそうか？」

「なんとも言えませんが、本人は状況を理解しています。自宅に鑑識員を入れることにも同意していますし」

ヴィスティングは書棚に背を預けた。「ふたりの関係はいつから？」

「六カ月ほどです。初恋の相手だったとか」

「彼女の夫は知っていたんだろうか」

「少なくともアグネーテのほうは夫の浮気を疑っていたようです。ヤーレ・シュップとフランスに行っていた友人には悩みを打ち明けていました」

マーレン・ドッケンがコピーを終えて脇へ退《の》いた。「なにを調べているんですか」そう訊いて古い資料のフォルダーを手で示す。「休暇はどうしたんです？」

「夏のバイトをはじめたんだ」ヴィスティングはにっと笑って答えた。

マーレン・ドッケンが怪訝な顔で首をかしげる。

「古い事件を調べなおしているんだ。クリポスの依頼で」

「なにかわかりました？」

「いや、まだなんとも」それが偽らざる答えだった。

マーレン・ドッケンは苦笑して自室へ戻っていった。捜査の難しさはよくよくわかると言いたげな顔で。

ヴィスティングはコピー機に書類をセットしなおし、反対側から吐きだされる用紙を眺めながら考えた。この事件はまるで迷路だ。出口が見つかりそうにない。

38

一九九九年七月五日、二十時四十七分

バスは七分遅れでターミナルに到着した。大きな車体がぶるぶると震え、エンジンが切れた。カーティス・ブレアは座席にすわったままリュックサックの蓋についたライオンズクラブの会員章を見下ろした。席を立ちリュックを肩にかけて通路を前に進む。ステップの最下段で足を止め、バスの運転手が側面のトランクルームをあけるところを眺めた。

ニューヨークの空港から家に電話したときには母が出たが、迎えに来たのは父だった。クライスラーの運転席にすわったまま出てこようともしない。

カーティスはスーツケースを引きずってガソリンのしみだらけのアスファルトの上を歩き、車の後ろにまわってトランクに荷物を積んだ。

座席に乗りこんでも父はひとことも声をかけなかった。目も合わせようとせず、引きつった顔で車を通りへ出した。

父はどんな話を聞かされたのだろうとカーティスは思った。ノルウェーでの出来事をどこまで知っているのだろう。自分の言い分を聞いてほしかったが、どう説明しようと信じてもらえないのはわかっていた。

日が暮れてから家に帰りつき、キッチンで母に迎えられた。父がカーティスを懲らしめようとするとき、母はいつもとりなし役だった。自分が家を離れることで母が楽になることをカーティスは願っていた。幼いころからカーティスは、父が母を殴るのは自分のせいだと感じていた。母がこの世に自分を産み落としたことを父は罰したいのだと。けれども、自分のいない数カ月のあいだ、母はもっとつらい目に遭っていたようだった。以前よりも痩せて顔色が悪く、どの痣《あざ》も生々しい。

父に背を向けるやいなや、ロを開くまもなく一発目が飛んできた。右耳の上を平手で打たれてキッチンのテーブルに叩きつけられた。鼓膜が破れたようだ。目の前に火花が飛び、ブーンというううなりが脳を貫く。

「どういうつもりだ」怒鳴り声とともに二発目が放たれる。

カーティスは椅子にしがみついてそこへすわりこみ、ライオンズクラブのリュックサックを膝に抱えた。

「違うんだ——」と返事をしかけたが、三発目にさえぎられた。

母はすすり泣いていた。一歩近づいたが、割って入ろうとはしない。

「自分がなにをしたかわかってるのか」と怒号が飛ぶ。「母さんと父さんがどれだけ恥をかいたか」

言い訳しても無駄なのはわかっている。カーティスはなにも言わず片腕を上げて次の一撃から身を守ろうとした。

「おまえを行かせてやるためにどれだけ苦労したかわかってるのか。どれだけ金がかかったか」さらに一発。「どうなんだ」

父がリュックサックを奪いとった。「ほんの少しでも考えたのか。父さんは二度と会合へ出られない。役職も降りなきゃならん」

荒々しいうなり声が続く。「この件は組織全体に報告される。国際会長の耳にまで入ることになるんだぞ」

父はリュックサックをつかんだままだった。それを逆さにして中身をぶちまけた。カメラが床に落ちる。父はそれを拾いあげてレンズをもぎとり、さらに床に叩きつけて粉々にした。カーティスは身を丸めて目を閉じた。カメラは出発前に貯《た》めた金をはたいて買ったものだった。

「おまえなぞもう知らん！　恩知らずのガキが」

父に力ずくで立たされ、キッチンから追いだされた。「向こうに残ればよかったんだ！ノルウェーの監獄でくたばればいい！」背後から床に蹴り倒される。

「ロバート」母がおずおずと言った。「もうやめて、ロバート」

カーティスはなんとか四つん這いになると自分の部屋へ逃げこもうとした。脇腹にもう一発蹴りが入る。

「さっさと失《う》せろ！　おまえの顔なぞ二度と見たくない！」

母がなにか言ったが、耳には入らなかった。カーティスはよろよろと立ちあがると自室に入ってドアを閉じ、横たわったまま自分の行く末を案じた。

39

着陸前の機内から地上を見下ろしたヴィスティングは、テレビでしか見たことのない摩天楼やランドマークの数々に圧倒された。自由の女神像、エンパイアステートビル、セントラルパーク、そしてブルックリン橋。

客室乗務員が着陸態勢に入り、窓からの眺めはじきに失われた。ヴィスティングはシートベルトを締めた。飛行機ではいつも眠気を感じるため、今回も飛行時間の半分は眠って過ごした。おかげで頭はすっきりしている。

車輪が滑走路に接地するのを待って携帯電話の電源を入れた。まもなくネットワークにつながり、時計がアメリカ時間に調整される。時刻は午後三時四十五分。ノルウェーは午後九時四十五分だ。

機体がターミナルに移動するあいだにメッセージが二件着信した。どちらもアドリアン・スティレルからだ。一件目にはマギー・グリフィンが空港に迎えに来ていること、そこからカーティス・ブレアとの面会のために刑務所へ直行する予定であることが記されていた。二件目はヴィスティングが受けとった匿名の手紙の指紋分析に関するものだった。分析結果は翌日になるという。

ヴィスティングは到着を告げる短い返信を送った。

ターミナルビル内は驚くほど室温が低かった。入国審査場の壁には巨大な星条旗が掲げられていた。ほぼ真っ先に降機したにもかかわらず、すでに長い行列ができている。

遅々として進まない列に並んでいると、ぱりっとした制服姿で腰に拳銃を下げた係員がヴィスティングを脇に呼んだ。

「ミスター・ヴィスティング?」

「そうですが」

「どうぞこちらへ」

ヴィスティングは乗務員と公務旅行者用の入国審査カウンターに案内された。その向こうでは白いブラウスに黒のパンツスーツ姿のマギー・グリフィンが腰に手をあてて立っている。ジャケットの前はあけられ、ベルトにつけたFBIの身分章が覗いている。

「ようこそアメリカへ」マギーがにこやかに言った。「空の旅はどうだった?」

「どうも。どうにか寝られたよ」

ふたりは雑談を交わしながら税関を抜けてターミナルビルを出た。捜査車両がすぐ外にとめられていた。座席に収まってからようやく事件の話に入った。

「刑務所のほうには話を通してある」マギーが言った。エンジンがかかり、エアコンが作動する。「普段は二時間で行けるんだけど、ちょうどラッシュアワーのブロンクスを通らないといけなくて」

「カーティス・ブレアのことはほかになにかわかったかい」

「フォルダーを用意した」マギーが後部座席に手を伸ばす。「実の父親を殺害した罪で服役してる」

「父親を?」ヴィスティングは訊き返してフォルダーを手に取った。

「ライフルで射殺したそうよ」マギーは言って、州間高速道路78号線に乗った。

フォルダーは薄かった。中身はコネチカット州上位裁判所ウォーターベリー支部発行の判決書と、犯罪記録のプリントアウトが何枚か。

「量刑は二十五年、最も軽いものだった。父親が長年にわたってカーティスと母親に暴力を振るっていたの」

ヴィスティングは判決書に目を通した。四十八歳のロバート・ブレアは自身が所有する狩猟用ライフルで射殺された。身を守るための犯行だったと説明されている。激しい暴力を受ける母親をかばうために息子が両親のあいだに割って入ったとのことだ。ただし、父親の暴行をただちに警察に通報しなかったことを裁判所は問題視している。

「そっちはなにがあったの? このあいだ話してから進展があったんでしょ、クリポスが乗りだしてきたうえ、あなたがこんなに急に来るなんて」

ヴィスティングは経緯を話して聞かせた。前方の路面に陽炎《かげろう》が立っている。車はハドソン川を渡り、マンハッタンを右手に見ながら進んだ。高層ビル群がくすんだ空にそびえたっている。対向車線は車が渋滞し、巨大なディーゼル車のトレーラーが排気ガスをしきりに吐きだしている。

マギーは確認のためにヴィスティングの話を要約した。「つまり事件には裁判で決着がついていて、誰も判決に異議を唱えてはいないのね。なのに再捜査を?」

「いくつか疑問が残っているんだ」

カーラジオからマットレスとベッドのすばらしさを謳うコマーシャルソングが流れ、話をさえぎった。マギーが音量を下げる。

「形式的にはわたしが取り調べの責任者だけど、質問はそっちに任せる」

ヴィスティングは了承した。五年前にアメリカで指名手配中の殺人犯を追ってマギーらがノルウェーへ来た際と同じ方式だ。あのときはFBIがオブザーバーとして捜査に立ち会うという建前がとられた。今度は立場が逆だ。

コネチカット州へ入ると交通量が減って道路は二車線に狭まり、両脇は鬱蒼とした森に変わった。

一時間半ほど走ったのち、道路沿いのレストランで軽食をとることにした。ノルウェーは真夜中を過ぎたころだ。

マギーが手洗いへ行っているあいだにヴィスティングは抗生物質を一錠飲んだ。料理は豊富なメニューのなかから鶏胸肉《とり》のステーキを選び、多すぎるほどの付け合わせを頼んだ。マギーは魚料理を選んだ。

「明日には帰ってしまうそうね。仕事以外に割く時間はなさそう?」

「今回はね」ヴィスティングは笑みとともに答えた。

「今夜の宿はどこ? 時差もあるし、用事が片づいたら早く休みたいでしょ」

「空港のホテルなんだ。帰りはタクシーを使うよ」

「送るから大丈夫」

半時間後には車に戻り、午後八時前にハートフォードに到着した。直線的な街路が網目状に広がる中規模都市だ。刑務所は北部の工業地域に位置していた。比較的低層の収容棟を厳《いか》めしい塀が囲み、さらにその外には有刺鉄線つきの金網が張りめぐらされている。

駐車場はがら空きで、マギーは入り口のすぐ近くのスペースに車をとめた。風はそよとも吹かず、依然としてうだるような暑さだ。

内部へ入ると広大な空間にX線検査機とアーチ型の金属探知機が据えられていた。スキンヘッドの看守が、防犯ガラスで仕切られた頑丈なコンクリート製カウンターの奥にすわっている。マギーが身分証を示してヴィスティングの身元を告げ、カーティス・ブレアとの面会許可証を提示した。さらに拳銃を出して小さな金属の保管箱に預けた。看守が奥へ引っこんでから保安検査デスクの向こうに現れる。マギーが灰色のプラスチックトレイを二枚手に取り、ヴィスティングに一枚を渡してから、ポケットの中身をそこに空けた。ヴィスティングもトレイにパスポートと財布と鍵束を並べてX線検査機のコンベアベルトの上に置いた。金属探知機を抜けると別の看守が担当を引き継いだ。黄土色のリノリウムの床とミントグリーンの壁の廊下を寒々しい蛍光灯が照らしている。案内されて建物の奥に進むにつれ、受刑者のくぐもったうめきや叫びとともに、金属やコンクリートを叩く音が聞こえはじめた。

やがて長い廊下のなかばにある四角い箱のような部屋に通された。室内には木の椅子が四脚と、片側に手錠の固定金具がついたテーブルが一台。席について数分待つと、カーティス・ブレアが看守に付き添われて現れた。

両手は鎖につながれ、アメリカ映画でよく見るオレンジ色の囚人服を着ている。

ふたりは立ちあがり、マギーが手錠は不要だと告げた。看守が鍵を外すと、カーティス・ブレアは手首をさすりながら三人になるまで立ったまま待った。

「われわれが来ることは知らされていましたね」全員が着席してからマギーが切りだした。

カーティス・ブレアはヴィスティングを見た。「でも、理由がわからない。ノルウェーに行ったのはずっと昔です。いまさらなにか言われても」

今回の面会はカーティス・ブレアに疑いをかけ、罪に問うためではなく、ノルウェー滞在中のことについて現地の警察が確認するためのものだとマギーが説明した。

「これは任意の聴き取りです」とマギーが明言する。「ミスター・ヴィスティングと話をする意思はありますか」

「向こうでどんな話になっているかによる」

「というより、あなたの話を聞きたいの」

カーティス・ブレアが肩をすくめる。「なにを話せば?」

相手がヤンネ・クロンボルグの死を知らないようなら、しばらくは伏せておこうとヴィスティングは考えていた。ノルウェー滞在中の話はヤンネの証言と突きあわせられるものと思わせておきたい。

「帰国後、ノルウェーの知り合いと連絡を取っていましたか」ヴィスティングは訊いた。

「ヤンネから一度手紙が来ました。返事は何通も書きましたが、彼女に届いたかどうか。どっちにしろ、一度も返事は来なかった」

「帰国が早められた理由は?」

どこから話しはじめるべきか迷うように、カーティス・ブレアは椅子に沈みこんだ。

「あそこの家で暮らしはじめてすぐにヤンネとは仲良くなりました。あの子は陽気で愉快で社交的だったから。兄貴はぼくと同じ年だった。趣味は合ったが、あいつは内向的な性格だったな。友達はいないも同然で、たいていは部屋にこもりきりだった。ヤンネのほうは好奇心旺盛で、ふたりでいろんな話をしました。英語やらなにやらを学びたかったのかもしれないな」

そこで間があった。「そのうち恋人同士みたいになって、それが両親に見つかって追いだされた。それで国へ帰されたんです」

「別のホストファミリーの家に行くことはできなかったのかね」

カーティス・ブレアは身じろぎした。「ひどい誤解をされてしまったんです。ヤンネの父親が娘を暴行されたなんて言ったせいで。でも実際は違う」

ヤンネ・クロンボルグは十五歳だった。コネチカット州の性的同意年齢をヴィスティングは知らないが、ノルウェーではその年齢の子供と性交渉を持つことは、同意の有無にかかわらず犯罪とみなされる。

「見つかったときのことを話してもらっても？」

カーティス・ブレアはふかぶかと息を吸い、鼻からゆっくりと吐いた。「家族が寝静まるのを待って、彼女の部屋に行きました」と話をはじめる。「ヤンネは地下室で寝ていたんです、両親からなるべく遠い部屋で」

そこで少し背筋を伸ばす。「行ったのは初めてじゃない。いつもは寝転がってあれこれしゃべってから、こっそり部屋へ戻っていたんです。でも、あの晩はふたりとも眠ってしまった。目が覚めると父親が部屋にいた。すぐに追いだされ、部屋に戻された。それから荷物をまとめろと言われたんです。数時間で帰国の支度をした。それだけです」

これは都合よく修正された話なのか、それともノルウェーで聞いた話が誇張されたものなのだろうか。メモを取りながらヴィスティングは判断に迷った。「その日の夕方以降はなにを？」

カーティス・ブレアがまた大きく息を吸い、少し溜めてから吐きだした。「覚えてないな。本を読んでいたか、写真を撮りに出ていたか。ノルウェーにいるあいだは山ほど撮影したので」

「その写真はどこに？」

「たぶん母の手もとに。最新モデルのデジタルカメラだったんです。ノートパソコンも持っていて、写真をそこに保存していました。パソコンがどうなったかはわからないが、写真はCDに焼いたはずです」

「ストッケヴァン湖の写真も？」

「ええ、たぶん」ヴィスティングは地図を取りだし、湖とヤンネ・クロンボルグの家を示した。覚えている、とカーティスがうなずく。

「ここに使われなくなった古い道がある」ヴィスティングはそう説明しながら地図に指を走らせた。「それから廃ガレージがここに。覚えているだろうか。ここへ行ったことは？」

カーティスは見覚えがないようだ。「どうかな」

今度はガレージの写真をテーブルに置いたが、やはり心当たりはなさそうだ。

「撮影に出るときの服装は？」ヴィスティングは話を進めた。

カーティスが首を振る。「そんなこと、思いだせるわけがない。なぜそんな質問を？」

「ヤンネの兄から服を借りることは？」

カーティスはまた首を振った。「服なら自分のがあったので」と怪訝な声で答える。

ライオンズクラブの歓迎パーティーの写真も用意してあった。ヴィスティングはヤンネ・クロンボルグが写っていない一枚を見せた。

「これはきみかね」そう訊いて写真のなかのカーティス・ブレアを指差した。

「ええ」と相手がうなずく。「着ているのはヤンネの兄貴のジャケットです。ペーデルの。たまに借りたんだった」写真をしげしげと眺め、懐かしげに笑みを浮かべる。

「ほかに知っている人物は？」

「これはチャールズ・ライトです」カーティスは豊かな白ひげの男を指差した。「マサチューセッツ出身だったな。たしかボストンの。でも長年ノルウェーに住んでいて、ノルウェー人の奥さんがいた。七月四日のお祝いもいっしょにする予定だったんです。結局なくなったんですが。あのあと……ぼくを迎えに来たのもこのチャールズでした。航空券の手配を待つためにライト家に一泊して、次の日チャールズに空港へ送られたんです」

ヴィスティングは写真を取ってフォルダーに戻した。トーネ・ヴァーテラン殺害にカーティス・ブレアが関与しているならば、話をこしらえる時間は二十年近くもあったことになる。誰かが話を聞きに来たなら、答えは用意してあるはずだ。これまでのところ相手の返答は曖昧で、時の経過によってノルウェー滞在時の記憶の多くを失ったように見える。

続いてヴィスティングはトーネ・ヴァーテランの写真を取りだして名前を告げた。「彼女と面識は？」

カーティス・ブレアはじっくりとそれを見てから首を振った。その顔に見て取れるのはとまどいだけだ。

「きみがノルウェーを離れたのと同じときに失踪した。二日後に遺体で発見されている」

「バンブレで？」

ヴィスティングが事件について軽く触れると、カーティスは背もたれに身を押しつけた。

「ひどいな」と低くつぶやく。「その事件は知らなかった。犯人は逮捕されたんですか」そして、答えを待たずに声を張りあげた。「まさか、ぼくが関係していると？」

「ある男が刑に服したが、事件は再捜査になるかもしれない。そのために、当初の捜査で明らかになっていない疑問に答えを見つけたいんだ」

「疑問とは？」

「たとえば、彼女が殺害された日にカメラを持った男が目撃されている。警察は身元を突きとめられなかった。それがきみだったのではと考えているんだ」

「なぜ……？　疑われているということですか」

「すべては当時の警察がきみに話を聞けなかったせいなんだ」ヴィスティングは説明を試みた。「捜査がはじまるまえにきみはノルウェーを発ってしまったから」

カーティス・ブレアはまだ疑わしげだ。マギー・グリフィンが軽く身を乗りだした。

「ひとつ確認しても？」

ヴィスティングはうなずいた。マギーがなにに引っかかったのか、ぜひとも知りたい。

「さっき、チャールズ・ライト家と七月四日のお祝いをする予定だったと言ったわね、でも結局なくなったと」

「ええ」

マギーがヴィスティングのほうを向いて「七月四日はアメリカの独立記念日なの」と説明し、カーティスに向きなおる。「なぜお祝いはなくなったの？」

カーティスは質問の意図を捉えかねたようだ。「あんなことがあったので」

マギーがテーブルごしにさらに身を乗りだす。「もう一度確認させてもらいますね。夜更けにあなたはヤンネ・クロンボルグのベッドにいるところを見つかった。それで翌日の午前中には家を追いだされてチャールズ・ライト宅に移された。七月四日の夜のお祝いは中止になって、翌日あなたはアメリカへ帰る飛行機に乗ったのね」

「そうです」

マギーが椅子にもたれてちらっと視線をよこした。ヴィスティングは喉の渇きを覚えた。時系列が間違っていたのだ。トーネ・ヴァーテランが殺害されたのは七月四日の夜だ。

「七月四日のお祝いを別の日に予定していたということはないかね」

「どういう意味です？」カーティスが訊き返した。「七月四日は七月四日だ」

ヴィスティングは自分の問いの間抜けさに気づいた。ノルウェーの憲法記念日を五月十七日以外に祝うことはない。ノルウェー国内だろうと、どこであろうと。

「七月四日の夜はずっとチャールズ・ライトの家に？」

「ええ」

「外出は？」

「していません」

苛立ちとばつの悪さに、たまらずヴィスティングはペンを置いた。おそらくはこういうことだろう。一九九九年当時、アメリカ人の交換留学生がヴァーテラン事件に関与しているのではという憶測が生まれ、ダニー・モムラクの逮捕とともに一度は忘れ去られたのち、クロンボルグ家の娘の自殺とともにふたたび浮上した。根も葉もない噂の種に、裁判で解明されなかった疑問という温床が与えられ、さらにはヤンネの自殺とカーティス・ブレアの唐突な帰国の理由を家族が語らなかったという肥料も施されたということだ。

過去にも同様の経験はあった。噂が広まりはじめると真実は歪曲《わいきょく》される。細かな変更が加えられ、時系列は乱れ、ストーリーに合わせて事実のほうが改竄《かいざん》される。

いずれにしろ、いま聞いた情報の裏をとるため、ヤンネ・クロンボルグの家族とチャールズ・ライトに話を聞く必要がある。搭乗した便も確認が取れるかもしれない。すべてはアメリカに来るまえにやるべきだったことだ。そもそも二〇〇一年にカーテ・ウルストルップが耳にした噂をステン・クヴァンメンに報告した時点で可能だったはずだ。

マギー・グリフィンの膝にはFBIの紋章つきの手帳がのせられている。こちらはまるで素人だとヴィスティングは思った。早々に退散したい気持ちが募ったが、さらに一時間近くかけて狭苦しい面会室でカーティス・ブレアの供述の細部を確認した。

ヴィスティングが手帳を閉じると、マギーが立ちあがってドアの前へ行き、看守を呼んだ。カーティス・ブレアが椅子を軽く後ろへ引いた。

「ヤンネとは話しましたか」カーティスが訊いた。

椅子にすわりなおしたマギーがヴィスティングに目を向ける。ゆっくりと首を横に振ったヴィスティングは「ヤンネ・クロンボルグは亡くなったんだ」と答え、ヤンネがみずから命を絶ったことを告げた。

カーティス・ブレアは顔をこわばらせた。「なぜ？　父親のせいで？」

「父親がなにか？」ヴィスティングは訊き返した。

カーティスの目がちかりと光った。「ぼくが見つかったとき、なぜあいつは真夜中にヤンネの部屋にいたと思う？　それが初めてだったと思いますか」

ドアの外で鍵束の音がする。

「なぜ彼女の寝室は家のいちばん奥にあったと思います？　物音が漏れない場所に」カーティスが続ける。「ぼくはヤンネと寝ていない。彼女にはまだ早すぎた。夜のあいだそばにいただけだ。ぼくがいれば、あいつは手を出せないから」

面会室のドアが開いた。看守が入室し、カーティス・ブレアに起立を命じた。

「ぼくが送り帰された本当の理由はなんだと思う？」

ヴィスティングも同時に立ちあがった。カーティスが手錠をかけられるために両手を差しだす。

「わかりませんか」

カチャンと鍵がかかる。

「娘をひとり占めしたかったんだ」

「わかった」ヴィスティングは看守に待つよう告げた。

ヤンネが人生に絶望した理由がようやく判明した。カーティス・ブレアが連れだされるまえに、ヴィスティングはタリュエ・クロンボルグが重度の認知症を患い、介護施設から一歩も出ることなく余生を送ることを告げた。

刑務所を出ると外は暗かった。

見当違いの手がかりを追ったせいでマギーとFBIの時間を無駄にしたことを、ヴィスティングは詫《わ》びずにはいられなかった。

「それがわたしたちの仕事でしょ」マギーは車に乗りこみながら言った。「事件の関係者をひとりずつチェックしていくことが。ここに来なければ、カーティス・ブレアを捜査対象者から外せなかった。これでほかの証拠に集中できるってこと」

たしかにそうだが、それでも無駄足だったと言わざるを得ない。

カーナビに所要時間が表示されていた。ひとしきり会話が弾んだが、やがてヴィスティングは疲れを覚えた。何度か船を漕ぎ、まもなくウィンドウに頭を預けて眠りに落ちた。

40

ヴィスティングはホテルの部屋の窓から飛行機の離着陸を眺めていた。自分の便の出発は十時間後だ。

ベッドに入るまえに、カーティス・ブレアとの話の内容をメッセージでスティレルに送っておいたが、返信はまだ届いていない。

ノートパソコンを電源につないだあと、ホテルのネットワークにログインするのにいくらか手間取った。ようやく接続がすむとスティレルからメールが二通届いていた。一通目はヴィスティングのメッセージに対する返信だった。一九九九年の乗客名簿を入手できないか調べてみるという。それは難しいかもしれないが、ヴィスティングもライオンズクラブのバンブレ支部の会計係に連絡を取ることにした。航空券は支部の経費で賄われたため、過去の帳簿にあたるほうが搭乗日の調べがつく可能性は高いかもしれない。

二通目のメールは四時間前に送信されている。こちらは匿名の手紙の指紋分析の結果だった。三通の手紙から同一人物の指紋が数点検出されたが、データベースとの照合の結果、一致するものは見つからなかったという。つまりダニー・モムラクのものではない。記事の切り抜きから採取したニンニ・シェヴィクの指紋も一致しなかった。

ノルウェーの新聞各社のニュースサイトをチェックしてみたが、メディアが呼ぶところの〝スターヴェルン事件〟に進展は見られなかった。

まだ朝の九時前なので、朝食時間終了まで一時間以上ある。ノルウェーでは一日の仕事が佳境に入るころだ。

ヴィスティングはノートパソコンでスティレルに電話をかけた。まもなく相手の顔が画面に現れた。ヴィスティングはカーティス・ブレアとの面会で明らかになった事柄をさらに詳しく告げ、「今日中に報告書にまとめるよ」と締めくくった。

「手紙の指紋のことはどう思いますか」スティレルが訊いた。「差出人の身元にほかに心当たりは？」

「事件を詳しく知る人物であることはたしかだ。証拠品や捜査資料の番号まで把握できるほどに」

「弁護士はどうでした」

ヴィスティングは首を振った。「むしろ、ダニー・モムラクの身近に協力者がいるか、でなければ偶然に付着した指紋じゃないかと思う。職場の紙を使った場合はほかの従業員の指紋がついている可能性もある。コピー機にセットするとか、そういった際に」

「モムラクとはいつ話をするつもりですか」

「じきに」とだけヴィスティングは答えた。

机の上の携帯電話が振動をはじめ、ヴィスティングは手を伸ばした。リーネからメッセージが入っている。〝手紙が来てる〟

リーネが封筒を掲げた写真が添付されている。今回も氏名のみがいつものかっちりした書体で手書きされている。

「また手紙だ」ヴィスティングは目を上げてスティレルに言った。「あとでかけなおす」

スティレルとの通話を切ってリーネにかけると、娘はキッチンで応答した。食事の支度中だったらしい。

「アメリカはどう?」

ヴィスティングは笑みを浮かべた。「テレビで見たまんまだ」

「用事はすんだの?」

「ああ、明日の朝帰るよ」

リーネが鍋をかき混ぜながら続ける。「マギーには会えた?」

「ずっと付き添ってくれたよ」

「この手紙、なんか変だけど」リーネが鍋をコンロから下ろす。「あけてみる?」

「ああ、ただし手袋を嵌めてくれ」

「事件と関係してるってこと? いま捜査中の」

「ああ。先週も似たような手紙が来たんだ」

「誰から?」

「わからん。差出人が書かれてないんだ」

リーネがゴム手袋を取ってきた。「ちょっと気味が悪い。だって、誰かがこれを郵便箱に入れに来たってことでしょ」

「そうだな」ヴィスティングはうなずいた。フロントガラスにドライブレコーダーを設置した車は空港に置いてある。「誰か見かけなかったか。見慣れない車に気づいたとか」

「いいえ。お昼からアマリエを連れて出てたの。ソフィーとマーヤに会いに。郵便箱を覗いたのは帰ってきてから」

果物ナイフが取りだされる。どこかでアマリエが歌いだした。リーネが居間のほうへちらっと目をやる。

「危険なものが入っている可能性はある？　白い粉とか」

「いや。メッセージだけだと思う」

「それじゃ、ちょっと待ってて」リーネは両手を使うために携帯を立てかけて置き、ヴィスティングから見えるようにした。

滑走路を飛び立つ重く大きな航空機のエンジン音が聞こえてくる。リーネは手紙の封を切ってナイフを脇に置き、封筒を覗いて中身を取りだした。

ヴィスティングの側からはよく見えない。

「神の栄光がなんとかって書いてある」

「見せてくれ」

リーネは携帯を手に取り、テーブルの天板に広げた紙片をカメラに映した。雑誌を破りとったもののようだ。

「差出人が宗教に嵌まってるとか？」

光沢のある紙が照明を反射する。右上に年配の男性の写真が掲載されている。白髪に白ひげ、紫のシャツと黒革のベスト、首からチェーンで大ぶりな十字架を下げている。

見出しは〝信仰、希望、そして慈善〟。その下の四段組の本文は文字が小さすぎて読めないが、黄色いマーカーペンで二語が強調されているのが見える。

「色がついた字はなんだ?」

「この人の名前よ、トーライフ・フィエルブ。なにかの教会誌に載ったインタビュー記事みたい。三十年にわたって刑務所の教誨師《きようかいし》を務めてきたって」

「どこの?」そう訊きはしたが、答えはすでにわかっている。

「ウッレシュモ刑務所。殺人とかいろんな罪を犯した受刑者の魂を導いてきたと語ってる。なにかわかった?」

「ああ。ノルウェーに帰って会いに行くべき相手がわかったよ」

41

飛行機は定刻に到着した。ヴィスティングは機内で十分に睡眠をとり、朝食もすませた。外は雨があがっているが、滑走路は濡れ、空は雲に覆われたままだ。

携帯電話の電源を入れるとアドリアン・スティレルからのメッセージ二件が着信した。一件目はごく短い。〝トーライフ・フィエルブが会えるとのこと〟。住所も添えられている。空港からの帰路に三十分も遠まわりすれば行けそうだ。

二件目のメッセージはヤン・ハンセンの恋人に関するものだった。名前はハンネ・ブロム、年齢はハンセンよりも若い。ヤン・ハンセンは五十一歳で死亡し、ハンネ・ブロムは先日四十七歳になったばかりだ。住まいはオスロ郊外のシェッテンにあり、編み物のパターン集を三冊出版している。一時は毛糸店を営んでいたが、現在は自宅をオフィスとしたネットショップに移行。短い結婚生活でもうけた娘はすでに成人して独立している。

ヴィスティングはトーライフ・フィエルブの自宅に直行した。飛行機を降りて一時間とたたずに牧師の仕事部屋にすわっていた。

トーライフ・フィエルブの長くもつれた顎ひげは、写真の撮影時よりもさらに伸びたようだ。卓上にはドリッパーとポットが置かれ、コーヒーが半分ほど入っている。マグカップが無言でヴィスティングの前に置かれた。

「ヤン・ハンセンの件だと伺いましたが」フィエルブが自分のマグにコーヒーを注ぎながら言った。

「わたしは二〇〇一年にヤン・ハンセンの事件の捜査を担当したのですが」ヴィスティングは切りだした。「ここ十日ほどのあいだに、彼がそれ以前にも重大な罪を犯していた可能性罪を求めずにはいられないような情報提供がありました。病で死の淵《ふち》にあるとき、赦《ゆる》しを求めずにはいられないような罪を」

トーライフ・フィエルブがうなずく。「教誨師の仕事は信頼に基づくところが大きいのです。この職に就いてすぐにそれを学びましてね。受刑者たちの心を開かせ、苦しみを打ち明けさせるには、彼らに信用してもらわねばなりません。わたしが秘密を口外しないと」

「もしも誰かが濡《ぬ》れ衣《ぎぬ》を着せられ、無実の罪で服役中だと知った場合はどうです？　誰かが不当な判決を受けたのを知った場合、道義的責任としてそれを正す必要があるのでは？　知り得た情報を伝える必要が」

年老いた教誨師はコーヒーのマグに口をつけた。「それは、なされた不正義を正すことが可能かどうかによるでしょうな」

「つまり？」

「無実の人間が刑期を終えた場合、失われた時間は戻らない。他者の罪を贖《あがな》うことは栄誉であるとも言えますし」

軽い身じろぎののち、先が続けられる。「そういった真実を告白されたとしても、なにも変わりはしません。わたしの務めはより大きな目で物事を見ることですから。信頼とは牧師の白い襟に対して与えられるものではなく、一から生みだし、育むべきものなのです」

「いまは引退されたのですね」ヴィスティングは言葉を挟んだ。「刑務所へはもう通われていないとのことですが」

「それでも、秘密を守る人間でありつづけたいと思っていますよ」

わかります、とヴィスティングは答えた。「こちらも、ヤン・ハンセンの告白の内容を伺いたいわけではありません。告白があったかどうかを知りたいのです。罪を犯し、罰を免れたことがあったかどうかを」

トーライフ・フィエルブは黙りこんで首をうなずかせた。ヴィスティングはそれを肯定と受けとった。

「ヤン・ハンセンは多くの人々の人生を壊しました」ようやく返事がある。「心に抱えたものを吐露せずにはいられなかったのです。しかし、その内容を人に知られることは望んでいませんでした。自分の死後にも。わたしからお話しするわけにはいきません」

ヤン・ハンセンに有罪判決が下されたとき、ほかにも六件に及ぶ暴行と強姦の嫌疑がかけられていたが、すべて起訴猶予となっている。ハンセンの告白の内容はそれらの罪である可能性もあるが、ヴァーテラン事件のことでもありうる。しかし、これ以上のことは訊きだせそうにない。

「恋人のことは話していましたか」ヴィスティングは質問を変えた。「ハンネ・ブロムのことを」

「女性から交流の申し込みがあり、やがて交際に発展したことは知っています。彼にとっていいことだと思いましたよ。誰しも生きていくための拠《よ》り所が必要ですからね。ですが、その人の話はしませんでした。彼の生活になにをもたらしたかも知りません」

ヴィスティングは身を乗りだして尋ねた。「ここでの話にも、受刑者との対話と同様に配慮をいただければありがたいのですが。誰にも口外しないでいただけますか」

「人に話すつもりは毛頭ありませんよ」

ヴィスティングは軽く頭を下げた。「ダニー・モムラクという人物のことなのですが。ウッレシュモ刑務所に十五年服役していました。会われたことは？」

フィエルブはマグをきつく握り、ゆっくりとひと口飲んでから下へ置いた。「ええ、覚えています。わたしに救いを求めようとはしませんでしたが」

そしてマグを握ったまま、もう一方の手で側面をこつこつと叩いた。

ヴィスティングも自分のコーヒーに口をつけた。ひとつの考えが形を取りはじめた。匿名の手紙の主はトーライフ・フィエルブではないか。その方法ならば、信頼の絆を断ち切ることなく、不正義に目を向けさせることができる。

「付箋紙をいただいても？」ヴィスティングは机の上を手で示して訊いた。

フィエルブはとまどった顔をしながらも一枚をめくって手渡した。

それを受けとったヴィスティングは手帳を開いてページに貼り、自分が触れた部分にメモを書きこんだ。

「ダニー・モムラクから懺悔の言葉や潔白の訴えを聞かされたことは？」そう尋ねたのは、もっぱら相手の質問を封じるためだ。

「いいえ」

ヴィスティングは手帳を閉じた。これ以上はなにもつかめそうにない。

42

二〇一二年三月三日、十三時二十七分

ダニー・モムラクはリノリウムの床に石鹸水《せっけんすい》を撒《ま》き、慣れた動作でゆっくりとモップを左右に動かしはじめた。

六号室のドアが少し開いていた。二日前から空いたままのその居室に誰が入るのかが気になり、ダニーは落ち着かずにいた。二十四時間以上も空室のままなのは珍しい。

トムの出所後を思うとすでに寂しさを覚えた。四人仲間として八年をともにしてきたが、トムのほうは刑務所生活もあとわずかだった。ダニー自身は刑期の残りがあまりに長く、数える気にもなれなかった。

床は汚れひとつないが、午後の一時間の清掃作業はすでに生活の一部になっている。

廊下を拭き終えるとダニーは足でモップヘッドを外してバケツに浸《つ》け、きれいなものに交換してから談話室の掃除に取りかかった。

看守室で騒々しい笑い声があがる。フランクマンとラッソンだ。

作業がすむとダニーは清掃用カートを引いて看守室に近づき、ドアから半メートル離れて立った。

「すみました」

フランクマンが鍵束の音を響かせて立ちあがった。ダニーはあとについて廊下を進み、面会室に向かった。

ほかの受刑者の面会後の掃除はなにより嫌いな作業だった。ダニーに会いに来る者はほとんどいない。誕生日とクリスマス前に母親が顔を見せるくらいだ。数年前に赤十字の交流支援サービスを通じて知りあった相手がいたが、嘘くさく不自然に思えただけだった。友人たちからの便りも来なかった。とはいえお互いさまだ。ダニーのほうも一通の手紙も書き送ってはいなかった。

ゴミ袋を交換し、革の椅子を拭きにかかる。

自分がここにいるのを誰も知らない、そんな気がした。

八号室のガイル・アトレは《デ・ニーエ》誌のインタビューを受け、獄中生活と殺害した相手のことを語った。それから何週にもわたって返信しきれないほど多くの手紙を受けとった。ダニーにも地元紙の記者と《ヴィ・メン》誌からインタビューの申し出があったが、返事もしなかった。ガイル・アトレは幼少期から中学時代に至るまで実の祖父から性的虐待を受けていた。十九歳になったとき、アトレはその変態爺《じじい》をライフルで射殺した。いかにも同情と共感を呼びそうな身の上話だ。ダニーの場合はわけが違う。罪状が強姦・殺人となると、囚人仲間にさえ容易には受け入れられなかった。無実を訴えたところで耳を貸す者もいない。《ヴィ・メン》のインタビューは、〝あのときなにがあったのか〟をテーマとしたシリーズ記事のためのものだと聞かされた。過去の記事はダニーもいくつか読んでいた。強盗や脅迫や殺人の罪に問われ、法廷で無罪を主張した受刑者たちが閉ざしていた口を開くといった趣旨のものだ。ダニーはそこに加わるわけにはいかなかった。なにがあったのかはすでに語っている。

フランクマンのトランシーバーからノイズが漏れた。シーエン刑務所から移送された受刑者が受付に到着したため、収容区画まで付き添うようにとの指示が伝えられる。

フランクマンがダニーをせかした。作業が終わるとダニーは共用スペースへ戻され、清掃用カートをロッカーに片づけた。

収容区画の出入り口の重い金属扉が騒々しく閉じられた。白いTシャツにジョギングパンツの男が大きな黒いゴミ袋を肩にかけ、看守ふたりに付き添われて現れた。

ラッソンが青色の薄いフォルダーを手に看守室から出てきた。「ヤン・ハンセンだな」新入りの受刑者ははいと答え、ゴミ袋を床に置いた。

ダニーが居室の前に立っていると、周囲を見まわしたヤン・ハンセンと目が合った。

フランクマンが鍵束を取りだし、「入れ」と言ってダニーを居室に戻した。

43

ハンネ・ブロムの写真はインターネットで多数見つかった。大半は本人がデザインしたセーターを着た姿だった。ややふっくらとした、ごく平均的な容貌の女性だ。金髪に青い目、太い黒縁の眼鏡。刑務所の外でパートナーを探すのに苦労しそうには見えない。

ヴィスティングは連絡なしに自宅を訪ねた。私道に車を乗り入れると、車二台が入る広さのガレージのドアがあけ放たれていた。ハンネ・ブロムが小型の配送用ヴァンにせっせと郵便小包を運びこんでいる。ガレージは倉庫としても使われているようだ。

ハンネ・ブロムが怪訝な目で見た。

ヴィスティングは相手の反応を注視しながら身分を告げた。「ヤン・ハンセンの件で伺いました。事件の捜査担当だった者です」

ハンネ・ブロムは無言でうなずいた。こちらが何者で、ヤン・ハンセンの人生にどう関わった相手であるかを即座に理解したらしい。

「少しお話しできますか」

「なかで伺います」

ハンネ・ブロムはそう言ってヴァンのスライドドアを閉じ、ガレージのドアも下ろしてヴィスティングを室内へ案内した。

「刑務所のハンセンをよく訪ねていたそうですね」キッチンのテーブルにつくとヴィスティングは切りだした。

「恋人でしたから」ハンネ・ブロムは赤面もせず答えた。散らばった雑誌をまとめてきれいに束ねる。「でも、なぜいまごろここへ？　彼が亡くなって一年以上になるのに」

「別の古い事件の捜査でハンセンの名前が浮上しましてね」

「殺人事件の？」向かいにすわったハンネ・ブロムが訊き返す。「彼が疑われているんでしょうか」

ヴィスティングはかすかに首を傾けた。

「その事件ではすでにある男が有罪判決を受けています。しかし、ヤン・ハンセンが犯人であるとの告発があり、調べる必要が出てきたというわけです」

ハンネ・ブロムはすぐに事態を悟ったようだ。「つまり、その人が無実の罪に問われた可能性があると？」

「申し立ての内容はそうです」

ハンネ・ブロムは立ちあがってコーヒーマシンの前へ行き、「わたしと会うまえの彼は別人だったんです」と言った。「コーヒーはいかが？」

ヴィスティングはうなずいて礼を言った。「出会いのきっかけを伺っても？」

「恋人募集広告にわたしが応募したんです。当時は週刊誌にそういう個人広告欄があって。いまはインターネットばかりになりましたけど。刑務所ではネットにアクセスできませんしね」

コーヒーマシンがうなりはじめると、ハンネ・ブロムはカウンターの前へ移動した。「しばらく文通をしてから、面会に行くようになったんです。当時、彼はシーエンの刑務所にいました。しばらくしてウッレシュモ刑務所への転所願いを出したんです、わたしの近くに来るために」

「自分がどんな人間で、なぜ投獄されたかを、彼は包み隠さず話しましたか」

「ええ、最初から」

「彼からなんらかの告白や懺悔を聞かされたことは？」

「どういう意味です？」

「わたしの前では、ハンセンは一貫して罪を認めようとはしませんでした。だがあなたとのあいだには特別な絆があったでしょうから」

ハンネ・ブロムはカップ二客をテーブルに置いた。「お互いに正直でなければ、絆は生まれなかったでしょうね」

「つまり、あなたには打ち明けたと？」

「彼の話を疑う理由などなかったという意味です」

コーヒーを流しこむとヴィスティングの胃が抗議の声をあげた。

「有罪判決を受けたもの以外の事件についてハンセンが話したことは？」

ハンネ・ブロムは言葉を濁した。「彼がなにをして、なにをしなかったかは、本人と神様のみが知ることです。なにがあろうと、わたしは彼を見捨てたりしません」

ヴィスティングの脳裏に教誨師の顔がよぎった。「発病後、彼は変わりましたか」

「ずっと具合は悪かったんですが、刑務所の対応がようやく決まって診断が下りたときにはもう手遅れでした。あっという間に最期が来てしまって」

「ほかの受刑者の話を聞いたことはありますか」

「ときどきは。チェス仲間がいるとか。インガルという名の。それに、いろんな料理を手際よく作れるスペイン人の料理人の話とか」

「ダン・ヴィーダル・モムラクについてはどうです？　ダニーと呼ばれていたはずですが」

すぐに首が振られる。「その名前は聞いたことがないですね。でも、近づかないようにしていたネオナチの男がいるとは言っていました。名前は忘れましたけど」

「ほかの受刑者と話したことはありますか」

「なぜ？」

「彼の葬儀に誰かが来ていたとか、そういったことを考えたんですが」

ハンネ・ブロムはまた首を振った。「教誨師さんが刑務所内の礼拝堂で特別にミサをあげてくださったそうです」

ヴィスティングの携帯が鳴った。手に取ってスティレルからだと確認して切った。

「さっきおっしゃった別の事件というのは？　ヤンはどんな告発を受けているんでしょう」

ハンネ・ブロムの口は終始重かった。なにか知っているとしても、明かすつもりはなさそうだ。訪問の理由を詳しく伝える必要はないとヴィスティングは判断した。

「その件についてはまたあらためて」話を切りあげる口実にスティレルからの電話を利用する。「すみませんが、もう行かなくては」そう言ってコーヒーカップをテーブルごしに押しやった。「時間を割いていただいて感謝します」

玄関まで送りに来たハンネ・ブロムは腕組みをして階段の上に立ち、バックで出ていく車を見つめていた。

ヴィスティングは二百メートルほど走って最初の交差点で曲がり、車をとめてスティレルに電話をした。

「DNAの分析が完了しました」とスティレルが告げた。「ガレージ下の貯蔵庫で発見された衣服から血液と精液が検出されました。DNA型が特定できたため、データベースと照合中です。今日中に誰のものか判明するかと」

「血液も付着していたのか」

「微量ですが。被害者のものでしょう。分析は精液を優先して行われています」

いい知らせだ。リュックサックも衣服も保存状態がよく、傷みは見られなかったが、長年のあいだ空気にさらされている。分析がうまくいく可能性はかぎられたものだった。

「いまどこにいる?」ヴィスティングは訊いた。

「クリポスです。ブリュン地区の」

「なら、そちらへ向かう。確認の必要な指紋があるんだ」

通話を終えると、ヴィスティングは十分ほど車をとめたままニュースサイトに目を通した。アグネーテ・ロル関連のニュースはない。

それから狭い通りで二度切り返して車を転回させた。ハンネ・ブロムの家に引き返すと、小型のヴァンは消えていた。

ヴィスティングは車を通りにとめてラテックスの手袋を出し、エンジンをかけたままフェンス脇の二台のゴミ回収箱に小走りで近づいた。一台は書類やダンボールや紙箱などの紙ゴミ用だ。蓋をあけるとなかはダイレクトメールやチラシ広告でほぼ満杯だった。一、二分ほど奥をあさると目当てのものが見つかった。光沢紙に印刷された週刊誌だ。ちらりと背後をたしかめてから、ヴィスティングはそれを拾いあげた。誰にも見られずにすんだようだ。

44

クリポスのビルの受付で待っていたスティレルは、「通行証を持ってこないと」と軽口を叩いた。「いまやここのスタッフなんですから」

ヴィスティングはスティレルのあとについてセキュリティドアを抜け、エレベーターで六階に上がった。休暇シーズンのため廊下は静まりかえり、どの個室にも人影はない。

スティレルの個室は殺風景だった。リングバインダーの並ぶ書棚が数台、コンピューターのモニター以外はほぼなにもない机。壁には抽象画のポスター。

ヴィスティングはハンネ・ブロムの紙ゴミ回収箱から拾った雑誌を机に置いた。教誨師から受けとった付箋紙も手帳から剝がして雑誌の三ページ目に貼りつけてある。

スティレルは抽斗から証拠品袋を取りだし、雑誌を入れてラベルを貼った。「ラボに届けます」

「教誨師も恋人もなにかを知りうる立場にはいたが、口は重そうだ」ヴィスティングは両名とのやりとりを伝えた。

スティレルの携帯電話が鳴った。番号をたしかめるとヴィスティングと目を合わせた。

「DNA型データベースの担当者からです」と告げて応答する。

通話の相手に何度か短く応答したあとスティレルはコンピューターの画面に向かい、ログインして鑑定報告書に目を通した。「そうです」とうなずく。「わかりました。どうも」

ヴィスティングも覗きこんだが、すわっている場所からは画面の鑑定結果は読めない。

スティレルが携帯を置いてヴィスティングに向きなおった。「ヤン・ハンセンです。五点の試料が五点とも陽性だそうです」

ヴィスティングは口の乾きを覚えた。立ちあがって画面のそばへ行くと、スティレルが脇に寄ってスペースを空けた。

各試料の鑑定結果欄には簡潔に説明が記されている。すべて〝DNA型データベースのヤン・ハンセンの登録データに一致〟とされている。

これほど明白な結果を目にすることはごく稀だ。「試料について教えてもらえるか」

スティレルが手に持った紙フォルダーからプリントアウトを出してヴィスティングに渡した。「正式の報告書はあとからになりますが」

ヴィスティングはスティレルの説明を聞きながらそれに目を通した。トーネ・ヴァーテランの白いブラウスに付着した数点の斑痕が酸性ホスファターゼ検査による精液判定で陽性を示している。試料の三点からは精液が、残りの二点からは精液と血液の混合物が検出されている。五点すべてのDNA型が特定され、そのうち四点は精液、五点目は微量の血液から得られたものだ。

ほかの衣類も検査され、数点の試料が採取されたが、精液判定は陰性となっている。報告書によれば、陽性を示した試料のうちブラウスの胸の部分から二点が、さらに胃と右腹と背中から一点ずつが採取されている。ほかの衣類から精液が検出されなかったこと、さらにブラウスの精液が分散して付着していることから考えて、ヤン・ハンセンがそれで局部を拭ったと結論づけられるだろう。行為のあとタオル代わりに使ったのだ。

「発見された衣類の写真は見られるか」スティレルが画面にそれを呼びだすと、ヴィスティングは椅子を近づけた。

最初に現れたのはガレージの外観やレンガ壁の開口部を写したものだった。とくに気になるのはリュックサックや衣類が取りだされるまえに空間内部を撮影したものだ。

白いブラウスは最奥部にあり、ほかのものよりも強い力で投げこまれたように見える。コンクリートの粉塵や埃や天井の破片らしきものがブラウスをうっすらと覆っている。

「コピーをもらえるか」ヴィスティングは訊いた。「写真と報告書の」

スティレルが机の上の封筒を手に取って差しだす。「ユーザーアクセスは復旧ずみです。新たなパスワードもそこに」ヴィスティングは礼を言って受けとった。

「なにか問題でも？」

「いや。ただ、鑑定結果に驚いてね。これほど決定的なものが出るとは」

ヴィスティングはクリックを続けてさらに資料に目を通した。「今回の件は最初からなにもかもお膳立てされていた。匿名の手紙に操られっぱなしだ。なにかが引っかかるんだ。出来すぎた話には裏があるときまっている」

「それでも情報は共有しなければ。検察と所轄の警察には知らせる必要があります。ダニー・モムラクの弁護士にも連絡が必要でしょう」

「少しだけ待とう」ヴィスティングは提案した。「これまでずっと、ダニー・モムラクの有罪判決が被害者遺族の心の支えになってきた。それをぶち壊すのなら、先に準備を整える必要がある。すべての答えを見つける必要が」

「検察には今日中に報告しないといけません。あまり時間はない」

ヴィスティングは椅子から立ちあがった。「情報が広まるまえに手紙の差出人を突きとめるんだ」

スティレルがハンネ・ブロムの雑誌が入った証拠品袋を取りあげた。「ダニー・モムラクのほうはどうしますか」

「話を聞きに行く」

45

濡れていた路面はすでに乾き、ヴィスティングは顔に日差しを受けながら自宅へ車を駆った。生活リズムの乱れが身にこたえていた。疲労と時差ボケがひどいが、休んでいる暇はない。

ラジオにスターヴェルンのアグネーテ・ロル殺害事件のニュース速報が入り、すぐさま音量を上げてハンドルに身を乗りだした。虚偽の供述をした容疑で男が警察に身柄を拘束されたという。それ以上はノーコメントだが、午後遅くに記者会見を開く予定だとラルヴィク警察の法務担当が述べている。

ヴィスティングは高速道路をいったん降りて道端の待避所を見つけ、携帯電話を出してハンメルにメッセージを送信した。〝夫か?〟

返信がないのでまた高速に戻ったが、メッセージを送ったことをすぐさま後悔した。要らぬお節介だ。

五分後に携帯が鳴った。ハンメルからだ。「そう、エーリク・ロルです。昨日引っぱったんですが、どうにも手こずってます」

「容疑の内容は？」

「アグネーテが失踪した夜の帰宅時間のことで虚偽の供述をしています。店からまっすぐ帰らず、過去に不倫関係にあった同僚の女の家を訪ねたことを認めました」

ヴィスティングは同僚の名前を思いだした。ベネディクテ・リンイェムだ。

「動機としては立派ですがね、殺した証拠にはならない」

「燃料缶はどうなった？」ヴィスティングは訊いた。「芝刈り機の燃料の缶がなくなったとマーレンから聞いたが」

ハンメルがふかぶかとため息をつく。「エーリク・ロルは盗まれたんだと主張しています。説得力はたいしてないが、倉庫に鍵がかかっていなかったうえに、付近一帯で実際に燃料缶の盗難が通報されてましてね」

「弁護士は？」

「ライダル・ハイトマン」

彼か、とヴィスティングはうなずいた。地元の弁護士だ。「ほかに追及材料は？」

「マーレンがいくつか手がかりを確認中です。エーリク・ロルの靴に付着していた灰の件も」

「妻を探していたときに火事の現場にも入ったと主張しているんじゃなかったか？」

「あそこへ入った日付をマーレンが特定しようとしているところです」

ヴィスティングは車の天井についたマイクに目をやった。「灰が付着した日を？　可能なんだろうか」

「詳しいことはマーレンに聞いてください」誰かが部屋に入ってきたらしく、ハンメルが慌ただしく答えた。「エーリク・ロルが妻の遺体を焼け跡に隠し、もう一度戻って二度目の火事を起こしたというのが彼女の説なんです」

通話が終了し、カーラジオがふたたび流れだした。ヴィスティングはスイッチを切ってダニー・モムラクの事件に集中しようとつとめた。すべての証拠が――状況証拠と物的証拠のいずれもが――ダニー・モムラクの犯行を示していた。最終判決のなかでモムラクの信頼性には疑義が呈されている。しかし刑事事件の目的は信頼性や誠実さを問うことではなく、真実を解明することにある。

自宅の私道に乗り入れたときには三時近くになっていた。軽く食事をすませ、二時間ほどかけてダニー・モムラクとの対面に備える必要がある。

郵便箱が空なのをたしかめたとき、伸びすぎた芝生に目が留まった。好天のうちに刈っておかなければならない。

スーツケースを運びこんで荷解きをしているあいだに、処方された薬を飲み忘れたことに気づいた。アメリカとの往復で昼夜の区別が曖昧になっている。急いで一錠飲みくだし、洗面台に空の包装シートと残りの薬を置きっぱなしにしてバスルームを出た。

冷蔵庫にはろくなものがなく、しかたなく冷凍の肉とハッシュドポテトを温め、卵ふたつの目玉焼きを添えた。食べている最中にリーネがひょっこり現れた。

「お帰りなさい」リーネはにこやかに言って郵便物をテーブルに置いた。匿名の手紙は透明のポリ袋に入れられている。

「ありがとう」

リーネがすわった。「大丈夫？　疲れてるみたいだけど」

ヴィスティングは皿の中身を平らげた。「長旅にでも出ていたみたいにへとへとだ」

「収穫はあった？　例のアメリカ人とは会えたの？」

ヴィスティングはうなずいた。「どうやら誤解があったらしい。問題の日時にノルウェーにいたかどうかもあやしいんだ」

「せっかくアメリカまで行ったのに、無駄足だったってこと？」

ヴィスティングは肩をすくめた。「いまはなんとも言えんな」

そして食べ終えた皿を片づけはじめ、「時系列の流れにうまく収まると思ったんだが」と時計に目をやった。

リーネにはダニー・モムラクの件は伏せてあり、いまも話さずにおいた。捜査の対象はヤン・ハンセンと二〇〇一年のパニッレ・シェルヴェン殺害事件だと娘はまだ思っている。

「アマリエは？」

「ソフィーとマーヤのところ。これから迎えに行ってくる」

「こっちも出るところだ」

ヴィスティングは玄関でリーネを見送るとキッチンへ戻って自分のメモを取りだした。捜査に欠かせないもののひとつが時系列表だ。

リーネとのやりとりのなかで、カーティス・ブレアが時系列の流れにうまく収まらないという話をしたとき、なんとなく引っかかるものを感じた。だがそれがなにかはわからなかった。

作成した時系列表は二十年近くにわたるものとなっている。出発点は一九九九年のトーネ・ヴァーテラン殺害事件だ。二年後にパニッレ・シェルヴェンが殺害される。二〇〇五年、ヤン・ハンセンがハンネ・ブロムと交際をはじめ、二〇一二年にウッレシュモ刑務所へ移送される。ダニー・モムラクとヤン・ハンセンはモムラクの釈放まで同じ刑務所に収容されていた。昨年ヤン・ハンセンが死亡。一年後にヴィスティングのもとにハンセンがヴァーテラン事件の真犯人だと示唆する手紙が届きはじめた。

これらの重要事項の合間に、大小さまざまな出来事が生じている。ヤンネ・クロンボルグが命を断ち、カーティス・ブレアが父親殺しで有罪となり、ニンニ・シェヴィクが刑務所生活のドキュメンタリー番組を制作し、ステン・クヴァンメンは出世を遂げ、トーライフ・フィエルブが教誨師の職を引退し、ボールマン弁護士から捜査資料が人手に渡った。いくつもの糸が絡みあい、つながりあっているが、陰でその糸を引いている者の正体は依然として不明だった。

46

二〇一四年一月十八日、十八時十五分

色褪せてくたびれた紙は、ダニー・モムラクの手で開かれるとカサカサと音を立てた。革張りのソファの上で身を乗りだし、ニンニ・シェヴィクは鉄格子の嵌められた小窓の外に目をやった。塀の上には雪が五十センチ近く積もっている。

それはダニーの有罪判決が下りる前日にニンニが書いた意見記事の原稿で、地元紙を辞めるときに持ちだした数少ないもののひとつだった。その新聞社では六年近く働き、日に二、三本は原稿を提出していたが、退職日にはケーキも送別の辞もなかった。渡されたのは推薦状一枚。そこには入退職日に加えてニンニの人物特性が簡単に記されていた。自主性と忍耐力を備え、きわめて有能であり、卓越した文章力を有する——はなむけと呼べそうなものはそれだけだった。

「これは？」ダニーが目を上げた。

「わたしはあなたの潔白を信じていたんです。だから無罪放免になったときのためにこの記事を用意したの」

ダニーがまた紙に目を落とした。

「いまも信じているし、世間を納得させることも可能だと思う」

「どうやって？」

ニンニは顔を近づけ、人に聞かれないように声を落とした。「真犯人を見つける」

「でも、そんなことが？」

ニンニはダニーの事件を題材とした特集番組を制作する案について説明した。現在撮影中の番組でいかにダニーのカメラ映りがいいかを強調し、報道記者としての自分の経歴の豊かさも誇張して伝えた。「犯人の心当たりはあるんです。当時バンブレに住んでいたレイプ魔なんですけど、取り調べを受けていないの」

「誰です？」

ダニーが協力を了承するまでは名前を伏せることに決めていた。すぐに弁護士に報告されるのを防ぐためだ。

「アメリカ人の交換留学生です。殺人事件の翌日にノルウェーを離れている。アメリカのどこにいるのか調べているところです」

ダニーは立ちあがって忙《せわ》しなく歩きはじめたが、ニンニがバッグをあさると足を止めた。

「これは事件の三カ月前にノルウェーで撮られたもの」ニンニは言って、カーティス・ブレアの写真を手渡した。ダニーはそれが意味するところを察したようだ。警察が身元特定に失敗した、カメラを持った迷彩服姿の男だと。

「この話を進めるにはあなたの協力が必要なんです。このことは誰にも話さないで。弁護士にも、ほかのジャーナリストにも。とにかく、誰にも」

ダニーが矢継ぎ早に質問をはじめ、ニンニは慎重に答えた。

「どう、話にのる気は？」

ダニーはうなずいた。「なにをすればいいか聞きたい」

47

ダニー・モムラクのような相手と対峙《たいじ》する際、ヴィスティングは事前の電話連絡を好まない。通話では多くを見逃し、捉えそこねてしまう。表情や感情を。ニュアンスを。

周辺の地理はオンライン地図で確認してあった。ダニー・モムラクの住まいはラルヴィク－ポシュグルン間を結ぶ古い鉄道線路沿いに位置している。数十年ぶりにその地域を訪れると、そこは消滅寸前の過疎の村と化していた。学校は閉鎖され、廃屋も多い。

調べたところでは、ダニー・モムラクは叔父の死で空いた家を四年前に相続したらしい。モムラクの家の私道らしきものが見つかり、未舗装の狭い道に揺られながら奥へ進むと、森の入り口に建つ一軒家が現れた。黄土色の壁に足場が組まれている。庭には三台の廃車が並び、その脇に古いグレーのフォルクスワーゲン・トゥーランがとめられている。ヴィスティングは登録ナンバーを控えた。

車を降りるとエンジンから鋭い異音がした。砂利の上に寝そべった黒猫が起きあがり、尻尾を振りたててヴィスティングを見つめた。

ダニー・モムラクが作業着姿で玄関に現れた。写真よりも何歳か年を取ったが、ほとんど変わっていない。

ヴィスティングが会釈を送ると、猫が目の前をゆっくりと横切った。ダニー・モムラクは二、三歩後ずさった。「警察の人だろ。ヴィリアム・ヴィスティング警部。弁護士のところへも行ったと聞いてますが」

「ええ、たしかに。あちらを訪ねたあと、進展があったものでね。すわって話しても？」

案内された裏庭には、モムラクの手でテラスがこしらえられている最中だった。細長い粘板岩《スレート》が山積みされているが、壁際にはある程度の広さの石の床がすでに敷かれている。大したものだとヴィスティングは感想を述べた。

「ぼちぼちやってます。叔父貴が採石場で働いていたんでね」モムラクが手で示す。「スレートなら昔からあそこに山ほどある」

二羽の小鳥が雨水の溜まった錆《さび》だらけの手押し車に舞い降りたが、すぐに飛び去った。猫は瞬きすらしない。

ふたりはぐらつくガーデンテーブルを挟んですわった。

「完成したら立派なものになりそうだ」ヴィスティングは言った。

「鳥がそこらじゅうに糞を落とすもんでね」とモムラクはこぼし、テーブルの上の干からびた糞を払った。

猫がダニーの足もとで身を丸める。ヴィスティングは手帳を取りだした。

ラボでの分析からどんな結果が出ようと、最も重要なのは人との対話だ。それこそが捜査の要だと言える。目撃者と被疑者の供述こそが真相解明の源となる。

モムラクが日光のまぶしさを避けようとわずかに身体の向きを変えた。「それで、あんたが正式に事件の再捜査を？」

ヴィスティングはそうだと認め、未解決事件班への出向について説明した。「録音してもかまわんかな」と断って携帯電話の録音機能を起動する。

「なら、これは正式な取り調べってことですか。弁護士を呼んだほうが？」

「今回は味方同士ということになると思うが」

モムラクはうなずいて猫の首を撫でた。「やったのはヤン・ハンセンですか」

ヴィスティングは録音を開始した。「いまはまだなんとも言えない」

「でも、新しい証拠が見つかったんでは？　トーネが殺されたときにやつが近くにいたこと以外にも」

トーネ・ヴァーテランの衣服とDNA型鑑定の件にはまだ触れたくない。「ヤン・ハンセンが死んでいるせいで、なにかとややこしくてね」とヴィスティングは答えた。

「でも、手遅れでもないんじゃ？　死んだあとでも調べはつくんだから。DNAとか指紋とか、そういったものは。死んだからって記録を削除するわけじゃないはずだ」

「そう、死後数年は」

モムラクはポケットから煙草を出してライターで火を点けた。

「ヤン・ハンセンとは刑務所でいっしょだったそうだが、どの程度交流が？」ヴィスティングは訊いた。

「必要最低限の。最初からどんなやつかはわかってた。油断ならない野郎でね。なんでもひとり占めにして、分けあおうとしなかった。おれたちがいた区画では最年長だったから、誰より賢いつもりだったんだろう」

「きみの事件の話をしたことは?」

「いや」

「では、なんの罪でそこに入れられたか、お互いに知らなかったわけかね」

「あいつの罪状が殺人なのは知っていた。ほかに何件かレイプもやったという噂もあった。こっちはなるべく近づかないようにしていた」

「レイプの話は誰から?」

「囚人仲間の誰かから、でも詳しいことは知らない。なにせ、あそこじゃGoogleで検索もできないんでね」

小鳥たちが手押し車に舞い戻り、縁にとまってくちばしで水を飲みはじめた。くつろいでいた猫が立ちあがったものの、その場でただ鳥たちを眺めている。

「きみが出たドキュメンタリーを見たよ」ヴィスティングは言った。話題はダニー・モムラクが撮影に参加したいきさつへと移った。最初は気が進まなかったものの、完成した作品には満足しているという。

「番組を企画した彼女とも話したんですよね。ニンニ・シェヴィクと。うちにも月曜に来た。ニンニは一九九九年に事件をずっと追っていた。おれは最初のうち新聞を読めなかった。勾留中は禁止されていたから。でも弁護士がなんとかしてくれて、控訴審のまえには全部に目を通した。むかっ腹の立つ内容ばかりだったが、彼女の書いたものだけは違った。見方が公平だった」

猫がゆっくりと森の入り口へ近づき、小道に入っていった。その先で湖面がきらめいている。

モムラクが椅子の脇に煙草の灰を落とした。「アメリカ人のほうは？　調べがついたんですか」

「調査中だ」とヴィスティングは答えて話を逸らした。「トーネ・ヴァーテランが殺害された日について聞かせてもらっても？」

モムラクはため息をついた。「その話はさんざんしたんだ」とこぼす。「資料を読んでくれたらいい。話すことは当時と変わらないから」

「ガソリンスタンドの外に車をとめたところから聞かせてほしい」ヴィスティングはそう言って防犯カメラの画像を思い浮かべた。

ダニー・モムラクは煙草を揉み消してスレートの上に落とした。「車で旧道に入って、ガレージまで行って荷物を取って引き返した。それだけです」

「荷物とは？」

「ハシシ」

「時間にしてどのくらいだった？」

「十五分てとこかな」

「かなりかかったようだね」ヴィスティングは指摘した。

モムラクが肩をすくめる。「五十グラム近くあったから、五つに分けようと思った。重さを量って袋に詰めるのに時間を食っただけです」

「ハシシはガレージのどこに隠してあった？」

モムラクは一瞬言葉に詰まった。

「ガレージそのものじゃなく、横手の斜面に古タイヤが捨ててあって、そのひとつに」

「量りは？」

「家から持ってきた」

ヴィスティングはうなずいて記憶を探った。たしかに、車両の捜索で発見された証拠品の報告書に記載があった。

「ヤン・ハンセンはパワーゲートつきの白い小型配送車に乗っていた」覚えているはずはないと思いながら、訊いてみずにはいられなかった。「そういった車両を見た覚えは？」

「旧道では見てないな。それも調書に書いてあるはずだ。トーネも自転車も、それ以外のものも、とにかくなにも見ていない。ただ……」

そこでモムラクは考えをまとめるように間を置いた。

「旧道に入るまえ、車内からあたりの様子を窺っていたんです。たまに車が旧道に入っていったり、誰かが湖岸に泳ぎに来たりするんで。誰にも見られず、警察も近くにいないときを見計らいたかった。緊急機動隊がガソリンスタンドを集合場所にすることもあったから。ときには覆面パトカーも。だから念入りにあたりを見まわした」

また間がある。「このことは何度も考えた。なにしろあの晩のことは、少しでもなにか思いだせないかとたびたび振り返ってきたから。だからいまもありありと目に浮かぶ。言われてみれば、それに似たヴァンがガソリンスタンドにとまっていたような気がします。サイドに店名が書いてあった。名前は思いだせないが、椅子の絵もあった気がする」

ヴィスティングは携帯に目を落として録音中であることをたしかめた。

ヤン・ハンセンがその二年後にパニッレ・シェルヴェンを拉致・殺害した際に運転していたのがまさにそういった配送車だった。車の側面に〝ラーシェン家具店〟と記され、リクライニングチェアのイラストが添えられたものだ。

散歩から戻った猫がすわりこんで毛づくろいをはじめる。

「もちろん断言はできない」モムラクが続ける。「それでも、たしかにそういう車が目に浮かぶんです。あそこにいれば高速を横切るだけで旧道に入れる。トーネが自転車で通りかかったときに」

ヴィスティングはキーワードを二、三書き留めた。ダニー・モムラクの記憶違いか、あるいはヤン・ハンセンに対する容疑を裏づけるための作り話かもしれない。ハンセンの逮捕時、配送車の写真がテレビや新聞に公表された。なかには登録ナンバーや社名がぼかされていないものもあった。

「ヤン・ハンセンが犯した殺人のことはどこまで知っている？」ヴィスティングは訊いた。

「ニンニ・シェヴィクから聞かされたこと以外はとくに。昔の話だから、ネットではろくに調べがつかないので」

「彼に恋人がいたことは？」

モムラクがうなずく。「刑務所に面会に来ていた。彼女が来る日は、着くまえからみんな気づいてた。やつが髭剃り後に使ったローションのにおいがぷんぷんしていたから。ふたりの声まで聞こえることもあったな――あの声がおれたちのいるところまで漏れてくるんですよ」

「彼女と話したことは？」

「おれが？　なんでおれが彼女と？」

ヴィスティングは答えなかった。明らかにしたいのは人物の相関関係だ。誰が誰と手を組み、誰が匿名の手紙の主か、そういった全体図を把握したい。

「教誨師のトーライフ・フィエルブと話したことは？」

モムラクは首を振った。「信心深いほうじゃないんで。聞いてほしい話もなかった」

話を続けるうち太陽が傾き、ダニー・モムラクはまぶしげに椅子を動かした。

「ヨーナス・ハウゲルのやつを締めあげてやってください。あいつはあのとき怖気《おじけ》づいて、おれからハシシを買ったのを認めなかった。もう時効だし、聞いたところじゃ、はるかにやばいことをやって刑を食らったとか。いまなら観念して認めるかもしれない」

猫がテーブルの下にもぐりこんだ。脚にやわらかいものが触れるのを感じながら、ヴィスティングは向かいにすわった男を観察した。禁固十七年の判決がいかなる影響を及ぼしたかを見きわめようとする。目には自信や不敵さが感じられるが、口もとはどこか含みのある皮肉な印象を受ける。同時に卑屈さも漂わせている。長年の刑務所暮らしの結果だろうか、他者への無関心、さらには軽蔑らしきものも感じとれた。執念と恨みも。

48

データアクセスの回復には煩雑な作業が必要だった。自動生成されたパスワードで各種のデータベースに一件ずつログインし、新たなパスワードを設定しなければならない。すべてのシステムでそれを終えたときには、外は暗くなっていた。コンピューター画面の青灰色のライトを頼りに、ヴィスティングはトーネ・ヴァーテランのブラウスから採取した試料五点からヤン・ハンセンのＤＮＡ型が検出されたことを告げる報告書に目を通した。行われた検査は想像以上に包括的なものだったようだ。下着から採取された女性由来のDNA試料も対象に加えられている。トーネ・ヴァーテランのDNA型はコンピューターシステムに記録がないため、本人のものであると特定するために公衆衛生研究所法医学局（旧・法医学研究所）のデータベースに登録されたDNA型データと照合されている。

ヴィスティングは一九九九年に行われた人体由来の遺留物の検査報告書を手に取った。何種類もの遺留物の有無を確認するため、被害者の膣と外陰部、肛門《こうもん》、胸部、咽喉、口腔《こうくう》、腕、手足、指、および爪から試料が採取されている。遺留物が検出されたのは膣内のみだった。それから衣服の検査を行った分析員の名を書き留めた。現在の分析条件は一九九九年のそれとは別物だが、それでもその担当者に訊いてみたいことがあった。古い試料を最新の手法を用いて分析してみるのも有益かもしれない。

ログアウトするまえにエーリク・ロルの件も確認した。引きつづきテンスベルグ警察署内の拘禁施設に留置されているようだ。

今日一日で新たに数件の供述調書が登録されている。ヴィスティングは最新の調書のファイルをクリックして開いた。十六歳の少年が両親立ち会いのもとで事情聴取を受けている。ヤン・オーヴェ・バルゲネ・ラーシェン。前置きによると、四人の少年が聴き取りを受け、ヤンは最後のひとりだったようだ。残りの仲間はすでにモペッドに使うために燃料を盗んだことを認めていた。四人は夜中に家を抜けだして近所をうろつき、燃料缶を探して庭の倉庫やガレージをあさったのだという。缶ごと持ち去った家もあれば、その缶に注ぎ足すために燃料だけを失敬した家もあったらしい。盗みを行ったのはアグネーテ・ロルが失踪した日の前夜で、ロル家の倉庫にも入ったという。

ヴィスティングはほかの少年たちの供述にも目を通した。そのうちのひとりはロル家の芝刈りをしていた少年の友人だった。以前に近所の老婦人の家の芝刈りに付きあったとき、供述者の少年は庭の倉庫に置かれた十リットルの燃料缶に気づいた。それが企《たくら》みを思いついたきっかけだったという。手っ取り早く燃料を手に入れる方法を。数リットルの減りなら持ち主は気づきもしないだろうし、缶ごとなくなったとしても警察に通報はされないだろうと考えたのだ。

別の報告書には中学校裏の森に捨てられた空の燃料缶三缶についての記載がある。うち二缶はエーリク・ロルが盗難に遭ったと主張しているのと同タイプのものだ。それらの缶もDNAと指紋の検査のために収集されている。

事件の風向きが変わりつつある。エーリク・ロルの主張の信憑性が裏づけられたため、明日には釈放となるだろう。突破口と目されたものは落とし穴だったのだ。

49

法医学局は午前八時始業のため、ヴィスティングは食事をしながらネットでニュースを読み、電話をかける時刻が来るのを待った。

通話の大半は、応答した分析員が一九九九年の試料の実物が保管されているかどうかを確認する時間に費やされた。内容は試料を採取したスワブ、爪の切片、毛髪といったものになるはずだ。電話口に戻った分析員は、すべての試料は判決後に所轄署へ返却されたと告げた。

アドリアン・スティレルから二度の着信が入っていたため、ヴィスティングは通話後にかけなおした。

「次の手紙は来ましたか」スティレルが訊いた。

郵便箱は七時過ぎに確認したばかりだった。「いや。指紋分析の結果はいつ出る？」

「昼までには」

ヴィスティングはテラスに出て椅子のクッションを手に取った。室内に取りこむのを忘れていたため三日分の雨でぐしょ濡れだ。それを椅子に立てかけて天日干しにした。

「検察官に連絡して仮の報告書を提出しました。今日中に所轄署にも伝えるとのことですが、ほかの関係各所にもそう長く伏せてはおけないとの見解でした。とりわけモムラクとハンセンの弁護士たちには」

ヴィスティングの頭にモムラクの事件の捜査責任者が浮かんだ。「ということは、ステン・クヴァンメンにも連絡が行くだろうな」

「直接話しに行きますか」

ヴィスティングは思案した。かつて行った捜査がまったくの誤りだったと知らされたとき、自分ならどう反応するだろう。過去の事件の再捜査はふた通りの意味を持つ。未解決事件班にとっては勝利であるが、当時捜査を担当した者にとっては敗北なのだ。

「今日はやめておこう。ほかにもう少し調べたいことがあるんだ」

そして、前日のダニー・モムラク宅でのやりとりを伝え、一九九九年にモムラクのアリバイ証人になるはずだった人物への新たな聴き取りが必要だと話した。「先にカーテ・ウルストルップのところへ寄ろうと思う。新たな情報を共有しておくべきだろうし」

「わたしも行きますか」スティレルが訊いた。

「いや、大丈夫だ。ウルストルップに同行してもらうよ。彼女は事件当時を知っている」

ヴィスティングは通話を切りあげてノートパソコンと捜査メモをブリーフケースに詰め、車に乗りこんだ。

カーテ・ウルストルップには捜査の進展について会って伝えたいとメッセージを送ってあり、返信もすでに届いていた。予定は空いているので署の自室へどうぞとあった。ヴィスティングは前回と同じ椅子に腰を下ろした。カーテ・ウルストルップはコーヒーのポットと、階下のショッピングセンターのベーカリーで買ってきたらしきケーキを用意していた。

「カーティス・ブレアが見つかったんだ」ヴィスティングは真っ先にそう告げた。

「話は聞けました？」

ヴィスティングはうなずいた。「じつはアメリカの刑務所にいる。父親殺しで服役中なんだ」

相手の頭が疑問でいっぱいになるのがわかったが、口を開く間を与えずにヴィスティングは話を続けた。アメリカへ飛んだことは伏せたまま、トーネ・ヴァーテランが殺害された日にはバンブレを離れていたというカーティス・ブレアの主張を伝えた。

「クリポスが航空会社に問いあわせたんだが、当時の乗客名簿は残っていないそうだ」

カーテ・ウルストルップが薄く切ったケーキを差しだした。

「ライオンズクラブの会計係に確認してもらうことは可能だろうか。航空券を購入しただろうから、そのときの記録が残っているかもしれない」

ウルストルップがうなずいてメモを取る。

「ヤンネ・クロンボルグが自殺したとき、家庭になにか問題があるような様子は？」

ウルストルップが目を上げる。「なんの問題もなければ命を断ったりしないでしょう」

「ヤンネは母親の睡眠薬を飲んでいたそうだね。母親はいつから服用していたんだろう」

「かなりまえからのようでした。それがなにか？」

ヴィスティングはタリュエ・クロンボルグについてカーティス・ブレアが示唆した件を告げた。

「それは初耳です。でも、意外ってわけでもない。タリュエ・クロンボルグは支配的な男でしたから。いまはアルツハイマー病で介護施設にいますが」

ウルストルップが自分のケーキに手を伸ばす。「発見された衣服の検査結果はいつ出ます？」

「昨日出た」

「それで？」

「精液と血液のDNAが検出された」

カーテ・ウルストルップが目をみはる。「ダニー・モムラクのものと一致したんですか」

「モムラクのものではなかったんだ、だがDNA型データベースで一致する人間が別に見つかった」

「誰です？」

ヴィスティングはすぐに返事をしなかった。先に一九九九年にウルストルップがヤン・ハンセンの事情聴取で作成した調書のコピーを取りだし、机ごしに押しやった。

「きみが聴き取りを行っている」

ウルストルップはそれを手に取り、名前を読みあげた。「ヤン・ハンセン……」そして自分の書いた調書にざっと目を通した。「覚えています。トーネが〈バンブレ軽食スタンド〉を出るのを目撃した男です」

「その二年後、ラルヴィクでパニッレ・シェルヴェンを殺害した罪で逮捕されている」

カーテ・ウルストルップがぽかんと口をあける。

そしてようやく返事をした。「その事件は覚えています。パニッレ・シェルヴェン。自転車で走っていたんですよね、トーネと同じように。ハンセンの名前はメディアに公開されなかったんですか」

「有罪判決が下されたあとは報道されたが、どのみちヤン・ハンセンはありふれた名だからね。きみやほかの捜査員には気づきようがなかったはずだ」

「それで、これからどうします？　その男と話はしました？」

「ヤン・ハンセンは去年の夏に死んでいる。進行の早い前立腺がんで」

ウルストルップが咳払いをして言葉を探す。「でも、どうやって……情報提供のなかに名前があったんですか？　ガレージに行ったときにはすでにハンセンのことを？」

ヴィスティングはそうだと答え、匿名の手紙の件を告げた。

ウルストルップが椅子の背にもたれかかった。「では、ダニー・モムラクは無実なんですね」と話をまとめる。

「まだ結論に達したわけじゃない。ステン・クヴァンメンには検察官から話が行くはずだが、モムラクとヴァーテラン夫妻に伝えるのはもう少し待とうと思う」

「まだやるべきことが?」

「なによりもまず、手紙の主を突きとめたい。それから、古い試料を最新の技術で再検査したいんだ」

ヴィスティングはその試料が法医学研究所からポシュグルン警察に返却されたことを告げた。「まだどこかに保管されているか、確認してもらっても?」

ウルストルップがうなずいた。「もちろんです。ほかにできることはありますか?」

「ああ、ヨーナス・ハウゲルがいまどこにいるかわかるだろうか。いまならハシシを買ったことを認めるはずだとダニー・モムラクに言われてね」

「ランゲスンです。ずっと麻薬売買から足を洗えずにいて、数週間前も逮捕したばかりなんです」

「同行してもらっても?」

ウルストルップがぱっと立ちあがった。「ええ、ぜひ」

50

ヴィスティングはランゲスンへ車を走らせ、カーテ・ウルストルップの案内で裏通りへ入った。

「ヨーナスは父親とふたり暮らしです」ウルストルップが言って、木彫りの窓枠がついた二階建ての一軒家の前で車をとめさせた。

黒い小型犬が門の奥でやかましく吠《ほ》えたてていたが、ふたりは犬を逃がさないようになかへ入った。

家の裏手へまわると、上半身裸の男がガーデンチェアから立ちあがった。ヨーナス・ハウゲルだ。逃げだすべきかと迷うような、ぴりぴりした空気を漂わせている。

そしてウルストルップがヴィスティングを紹介するのを立ったまま聞いていた。

ウルストルップはヴィスティングに質問を任せた。

「古い事件のことで話を聞かせてもらいたい」とヴィスティングは切りだした。「ダニー・モムラクの件で」

とたんにヨーナス・ハウゲルは身体の力を抜き、わずらわしげな表情を浮かべた。

ヴィスティングは椅子を引いて腰を下ろし、相手にもそうするよう求めた。ハウゲルは痩せて筋張った身体つきで、よく日焼けしている。「釈放以来、モムラクと話したことは？」

ヨーナス・ハウゲルはふんと鼻を鳴らした。意味するところは判然としない。

「彼はいまも一九九九年の事件への関与を否定している。あらためてきみの話を聞いてきてくれと言われてね」

「あのとき言ったこと以外に話すことなんてない。あんたにも、ダニーにも、ほかの誰にも」

「つまり、ダニーが話をしに来たってこと？」ウルストルップが確認する。

「あんたがいま立ってるその場所に立ってたよ」

カーテ・ウルストルップも腰を下ろした。「彼が来たのはいつ？」

「何週間かまえかな」

「用件は？」

ハウゲルは砂利の地面に唾を吐いた。「テレビ関係の女が話したがってると言ってた。そんなのと関わるのはまっぴらだと言ってやったが、二日後にその女が来たんだ」

ヴィスティングはウルストルップと目を見交わしてから訊いた。「話はしたのかね」

「ああ、でもしゃべることなんか本当になかった。あんたたちにもない」

「念のため、確認してもらえないか」

ヴィスティングは一九九九年のハウゲルの供述調書のコピーを取りだした。ダニー・モムラクとは付き合いがあり、たしかに七月四日に会ったものの、トーネ・ヴァーテランが〈バンブレ軽食スタンド〉を出る数時間前のことであり、いずれにせよハシシは買っていないとそこには述べられている。

「付け足すことも取り消すこともないね」ハウゲルが断言する。

そして咳払いをしてまた唾を吐いた。どろりとした緑の塊が砂利のあいだにもぐりこむ。

ヴィスティングは諦めずに質問を続けたが、ヨーナス・ハウゲルは一九九九年の供述内容を頑として変えようとしなかった。それが偽りであるなら、すでに身にしみついているのにちがいない。長年その嘘とともに生きてきて、いまさら撤回したところで得るものがあるわけでもない。

やがて「ほかに誰がやったっていうんだ？」と訊き返し、強調するようにてのひらを突きだした。「ダニーはトーネに振られたばかりだった。それが許せなかったんだろ」

「きみは長年にわたり麻薬使用や売買の罪に問われている。当時もそういった商売を？」

ヨーナス・ハウゲルは二階の窓をちらりと見上げた。

「五歳のときにおふくろが死んだ。それからはひとりだったようなもんだ。煙草は十二ではじめた。ハシシは十四で」

ヴィスティングの携帯電話が鳴った。スティレルからだ。着信音を消し、震える携帯をポケットに戻した。

「ハシシはいつもダニーから買っていたのかね」

「どこでだって買えた。この町は見かけほど清らかじゃないんでね」

「だが、ダニーからも買ったんだな」

ヨーナス・ハウゲルは裾を切ってショートパンツにしたジーンズのほつれを引っぱりはじめた。「ときどきは」

「七月四日は?」

パンツのほつれを引き抜くとハウゲルは首を振った。「あの日は違う」

「たしかに?」

ハウゲルが大袈裟《おおげさ》なため息をつく。「あいつはトーネをレイプして殺した。DNAやらなんやらも見つかった。なんでいまごろ話を聞く必要が?」

ヴィスティングは重ねて訊いた。「あの晩はたしかにモムラクに会っていないんだな」

「ああ」

きっぱりした答えだが、仕草は違う。目は泳ぎ、指はまたパンツの裾をまさぐっている。

「なあ! おれは時計なんかに縛られないんだ」ハウゲルが左手を上げてぱっと払った。「あの日会ったのはたしかだが、何時だったかは覚えてない。真夏だから、二十四時間昼間みたいなもんだ。五時だったか、七時だったか、なんなら九時だったかもしれない。覚えてられるか」

ハウゲルが立ちあがる。「カメラの女にもそう言ってやったんだ。ほかに話すことはない」

これ以上は押しても無駄なようだ。「わかった」ヴィスティングは腰を上げた。ヨーナス・ハウゲルも立ちあがり、ふたりが立ち去るまで睨《にら》みつけていた。

ヴィスティングの携帯にまた着信が入った。今度もスティレルからだ。

「指紋分析の結果が出ました。手紙の差出人が判明しました」

51

三時間近く車を駆り、ヴィスティングはふたたびシェッテンのハンネ・ブロム宅を訪れた。彼女の指紋が匿名の手紙五通のうち三通から検出されたのだ。アドリアン・スティレルはこれですべての辻褄が合ったと考えている。死の間際にヤン・ハンセンに罪を告白されたハンネ・ブロムはその秘密を抱えきれず、かといって表立って明らかにすることもできなかったのだと。

ヴィスティングにも反論のしようがなかった。ただし手紙のひとつにはG‐11、つまりトーネ・ヴァーテランの検死解剖時に膣検査で得られたスワブを示す警察の証拠品番号が記載されている。手紙の主は捜査資料を目にしたものと考えられるが、とはいえその番号はダニー・モムラクに対する判決文でも、いくつかの新聞記事でも触れられていた。

エンジンを切ろうとしたときニュース速報が耳に入り、手を止めた。アナウンサーがアグネーテ・ロルの夫に対する容疑が切り替えられたと報じる。

ヴィスティングはカーラジオの音量を上げた。

エーリク・ロルは妻を殺害した容疑で再逮捕され、勾留請求が行われたという。これは驚くべき事態であり、依頼人は妻殺害の嫌疑をかけられ困惑するばかりであると弁護士がコメントしている。

ニュースはそこで終わった。ヴィスティングは当惑した。アグネーテ・ロル事件の資料には前夜ざっと目を通したが、夫を殺人罪で逮捕するだけの根拠は見あたらなかった。新たな証拠が見つかったのだろうが、どういったものかは見当もつかなかった。

気を取りなおし、玄関ドアに近づいてベルを鳴らした。ハンネ・ブロムが家の横手から現れた。「車の音がしたと思ったら、またあなたですか」

「新たに判明したことがあるんですが、少しいいですか」

ハンネ・ブロムはうなずいて裏庭へヴィスティングを案内し、椅子の上に置かれた編みかけの毛糸を脇によけて腰を下ろした。ヴィスティングも向かいにすわり要点を切りだした。

「昨日伺ったときには言いませんでしたが、わたしのところにヤン・ハンセンが一九九九年の殺人事件の犯人だと示唆する匿名の手紙が何通か来ています」

ハンネ・ブロムの顔には驚きも警戒も浮かばない。口を開いてなにか言いかけたが、ヴィスティングは話を続けた。「手紙の指紋分析を行ったところ、あなたの指紋が検出されました」

ハンネ・ブロムが首を振る。「なにかの間違いです」

ヴィスティングは切り返した。「ダブルチェックずみです」

このやりとりの目的はハンネ・ブロムに手紙の主であることを認めさせ、知っていることを打ち明けさせることだ。責めたてすぎてはいけない。

「匿名の手紙を送るのは法律違反ではありません、内容が脅迫的でないかぎり。こういった手段をとったことは十分に理解できます」

「手紙なんて送ってません」ハンネ・ブロムは認めない。「なにかの誤解です。取り違えかなにかがあったんでしょう」

そこでなにか思いついたように、わずかに頭を傾ける。「わたしの指紋はどこで?」

紙ゴミの回収箱をあさったことを教えるつもりはないが、たしかに指紋がハンネ・ブロムのものでない可能性はある。

「正式な取り調べをすることもできる。その場合は署へ同行してもらって調書を作成することになりますが」

ハンネ・ブロムはそれを無視した。「パスポートの記録からですか」

ヴィスティングは首を振った。警察にはパスポートのデータベースに記録された生体認証データへのアクセス権がない。

「とにかく、間違いにきまっています。そう、どこかで指紋が交じったんです。わたしは毎週数百個の小包を郵送しますから。パターン集や毛糸を」

ハンネ・ブロムは倉庫として使っているガレージのほうを手で示した。郵便物から郵便物へと指紋が移るとでも言いたげだ。

「問題となっているのは複数の手紙です」ばかげた言い訳は受け流し、ヴィスティングはそう指摘した。「それに指紋は中身の紙から、手紙そのものから検出されている」

ハンネ・ブロムはまだ自分が送り主だと認めない。「どこから送られたものなんです？」

「消印は捺されていない」

「郵送されたものじゃないんですか」

一通目は郵送だったが、それ以降は郵便箱に直接投函されたとヴィスティングは告げた。

「届いたのはいつです？」

「一通目が先週の火曜です」

「先週？」ハンネ・ブロムが訊き返す。「先週はベルゲンにいましたけど。月曜日に発って金曜日に戻りました」

「ベルゲンに？」

「友人がいるので。彼女に確認してもらってもかまいません」

名前と電話番号が告げられる。嘘でないのは明らかだ。つまりハンネ・ブロムには手紙を届けた協力者がいるか、あるいは彼女のほうがなんらかの形で利用されているということだろう。

考えてみれば、指紋のついた雑誌を手に入れるのもたやすかった。「あなたの指紋がついた便箋を入手できる人間はいますか」

ハンネ・ブロムは首を振った。「手紙にはなんと書いてあるんです？」そう訊いたが、ヴィスティングが答えるより先に立ちあがり、ぴしゃりと自分の頭を叩いた。「あの紙！」

「どの紙です？」

「三カ月ほどまえに、誰かがわたしのヴァンのフロントガラスに紙を置いていったんです。郵便局から出てきたときに初めて気づいて。チラシかなにかかと思ったけれど、真っ白なただの紙でした」

「それをどうしました？」

「捨てました」

「どこに？」

「車は出入り口近くにとめてあって、そこにゴミ箱があったんです。紙は丸めてそこに投げ入れました」

ヴィスティングが受けとった手紙は皺や折り目だらけだった。

「そういったことは何度かありましたか」

「七、八回。だんだん不気味に思えてきて。誰かに跡をつけられているみたいで。数カ所に出入りしたら、出てくるたびにフロントガラスに紙があるんです」

「誰かに話したことは？」

ハンネ・ブロムはうなずいた。「ええ、ベルゲンのノーラに。前回紙があったとき、写真を撮りました」

そして、携帯電話を取りだして一枚の写真を表示させた。ヴァンのフロントガラスのワイパーにA4サイズの白い紙が挟んである。写真の日付は四月三日。

ヴィスティングはそれを食い入るように見つめ、やがて椅子に沈みこんだ。たしかにこれまでのやり口とも合致している。すべてが長い時間をかけて練りあげられ、周到に準備されているのだ。

52

低く傾いた夕日がフロントガラスからまともに差しこんでいる。ヴィスティングはアクセルを踏みこみ、サンバイザーを下ろした。思案にふけりながら二十キロほど走ったところでアドリアン・スティレルに電話をかけ、指紋の件を説明した。スティレルの返事はヴィスティングの頭にあることと一致していた。

「三カ月前ですか。調べるには時間がたちすぎている」

捜査手法の点から言えば、ハンネ・ブロムの車のフロントガラスに紙を残した者を突きとめる手立てはある。紙が置かれた場所と日時は半時間かけて詳細に聴き取ってきた。通信記録を用いれば、同じ時間帯に同じ場所で使用された携帯電話を割りだし、事件の関係者のものと照合することができる。ただし三カ月が経過すると、そういった電子的な痕跡は自動的に削除される。

「偶然の一致かもしれん」

「あるいは計算か。一通目の手紙は、三カ月が経過してデータが削除された直後に届いています。この件の背後にいる者が誰であれ、警察の捜査に詳しいことは間違いない」

アナグマらしき死骸が路面に横たわっている。ヴィスティングはハンドルを切ってそれを避《よ》けた。

「やれることはやった」スティレルが続ける。「ほかの事件ならすでに送検ずみのはずです。被疑者はヤン・ハンセン。被害者の衣服からその精液が検出され、犯行時刻に現場周辺にいたうえ、その後に類似の事件を起こしている」

ヴィスティングはまだ釈然としなかった。「いささか単純すぎないか」

「複雑だろうと単純だろうと、答えは同じでしょう。これがたどりついた結論です」

「いや、そこが問題なんだ。一通目の手紙が来たときから、この結論にたどりつくようにお膳立てされていたことが」

「指紋でも特定できないとなれば、あなたは誰が差出人だと？」

「真っ先に挙げられるのはダニー・モムラクだろうな。誰よりも得るものが大きい」

回線の向こうに沈黙が流れる。

ややあってスティレルが言った。「DNAの証拠にも疑問があるようですね。納得のいかない点が」

ヴィスティングは左車線に出てキャンピングトレーラーを追い越した。その疑いはたしかに頭にあったが、トーネ・ヴァーテランの衣服が一九九九年からガレージの下に隠されていたこと、ヤン・ハンセンが一年以上前に死んでいることは紛れもない事実だ。それでもなお、疑念を払拭できずにいた。

「この週末で一から考えなおしてみたい」

携帯に別の着信が通知された。カーテ・ウルストルップからだ。ヴィスティングはさらに数分スティレルと話してから、そちらへかけなおした。

「ライオンズクラブの会計係と連絡がつきました。いま返事があって、証拠となる記録が見つかったとのことです。カーティス・ブレアの供述どおりでした」

「確認が取れてよかった。証拠品の実物のほうは？」

「そっちは二〇〇八年に処分されていました。ポシュグルンとシーエンの警察が統合されて新庁舎に移転した関係だそうです。記録によれば、処分したのはステン・クヴァンメン、有罪判決確定後であるためと但し書きがあります」

ヴィスティングはガソリンスタンドに車を乗り入れた。判決確定後の証拠品の保存に関する規則はない。二〇〇八年に新たに捜査を行ったとしても結果に変わりはなかっただろうが、その後に技術は目覚ましい進歩を遂げている。新たな分析法を用いれば、ヤン・ハンセンとトーネ殺しをより確実に結びつけられたかもしれない。

「二件とも報告書にして送りますね」ウルストルップが言った。

「よろしく」

給油を終えてから、ホットドッグとロールパンをひと袋買った。店内にいるあいだにリーネから帰宅時刻を尋ねるメッセージが届いていた。ダッシュボードの時計は午後七時四十五分を示している。

ヴィスティングはリーネに電話をかけて半時間で帰ると告げた。「どうかしたのか」

「うちで夕食を食べないかと思って。サラダを作ってあって、アマリエに食べさせたソーセージの残りがあるんだけど」

ヴィスティングは助手席のパンの袋に目をやり、誘いを受けた。考えてみれば、このところ娘と孫との時間をろくにとれていない。

着いたときにはアマリエはベッドに入ったあとだった。リーネは外のテーブルに食事の用意をしていた。「来るときに郵便箱はたしかめた？」

ヴィスティングは首を振った。高速18号線で起きた交通事故のせいで思いのほか帰りが遅くなったのだ。それで、まっすぐリーネの家へ来て前の通りに車をとめた。

リーネがガスグリルに火を入れてソーセージを並べた。「手紙の送り主はわかった？」

「じつは、こみいった話なんだ」

リーネには一部しか伝えずにいたが、ダニー・モムラクと一九九九年の事件についても初めて明かした。リーネは仰天し、興味しんしんの様子だ。

「この話をニンニ・シェヴィクがドキュメンタリーにしたがっているわけなんだ」

「ほんと、ものすごい話ね。そんなスクープを取れるなら、右腕だって差しだしちゃう」

「ところで、そっちの仕事はどうだ」ヴィスティングは訊いた。セデリク・スミスもリーネの上司のひとりだったはずだ。

「新しい仕事を探さないと。いまのプロジェクトで彼と働くのは難しそうだし」

ふたりの破局のことをリーネはそれ以上話そうとせず、ダニー・モムラクの事件について自分の考えや思いつきを語りはじめた。「陰で糸を引いてるのはダニー・モムラクだと思う。出所した殺人犯より匿名の手紙の主のほうが気を引きやすいから」

「だがその場合、モムラクはどうやって情報を得たんだ？　誰かから服の隠し場所を聞いたことになる」

「ダニーとヤン・ハンセンが刑務所内で話し相手だったとか？」リーネが案を出す。

「ふたりに密接なつながりがあった形跡はないんだ」

「ヤン・ハンセンがほかの受刑者に話して、それをダニーが又聞きしたとか」

「その可能性はあるな」

「ダニーのいた刑務所とか、同時期に服役していた受刑者たちにはあたってみた？」

「それはまだだ」

リーネは考えこんだ。「もしかすると弁護士が絡んでいるのかも。ヤン・ハンセンが弁護士にすべてを打ち明けて、ハンセンの死後にその弁護士がダニーの弁護士のところへ行って話したとか。そして、守秘義務違反にならないようにその情報を伝える方法をふたりで考えだしたってわけ」

その線にはヴィスティングも思いいたっていなかった。

「弁護士は誰と誰？」リーネが訊いた。

「ダニー・モムラクはクリスティアン・ボールマンを使っている。ヤン・ハンセンのほうはライダル・ハイトマンだった」

「ハイトマンはいまエーリク・ロルにもついてるのよね」

ヴィスティングはうなずいた。この数時間、ニュースを読んでいない。「勾留許可が下りたかどうか知ってるか」

「四週間だって。勾留の理由は詳しく言ってなかったけど」

リーネはテーブルを片づけにかかり、汚れた皿を奥へ運ぶと、チョコレートのボウルを持って出てきた。「日曜日の予定はある？」

「とくに約束はないが」ヴィスティングはリーネの言わんとすることを察した。「アマリエを預けたいのか？」

「夜の数時間だけなんだけど。少し出かけてきたいの。ソフィーがサマーコンサートのチケットを持ってるんだって。かまわない？」

ヴィスティングはチョコレートをつまんだ。週末はヤン・ハンセンに関するあらゆる要素を整理するつもりでいる。突発的になにかが起きるかもしれないが、娘を落胆させたくはない。「もちろんだ」

ふたりでもうしばらく話をした。冷えこんできたのでリーネが毛布を取ってこようとしたが、ヴィスティングは腰を上げた。「そろそろ帰るよ」

リーネは家の表にとめた車の前まで見送りに来た。ヴィスティングは百メートル足らずの坂をのぼり、バックで自宅の私道に駐車するとドライブレコーダーの作動を確認した。

郵便箱は半分までダイレクトメールで埋まっていた。新たな手紙は届いていないが、玄関に向かうとドアと枠の隙間にメモが挟まれていた。

それを引き抜いて広げると、庭の芝刈りと水やりをさせてもらえませんかと少年の字で書かれていた。ヴィスティングは芝生に目をやった。その少年は自転車で近所をまわり、手入れが必要そうな家を見つけてはベルを押したのだろう。

ヴィスティングは家へ入って居間にすわり、ノートパソコンを膝にのせた。エーリク・ロルの勾留決定が気になり、警察がなにをつかんだのかを知りたかった。ログインしたものの、事件管理システムにアクセスできない。また制限をかけられるようなことをしたのだろうかと考えたが、そのほかの登録簿やデータベースはすべて閲覧できる。一時的な障害だろうが、そのあいだ、捜査の進捗については新聞記事でたしかめるしかない。

勾留質問は非公開の場で行われている。法務担当のクリスティーネ・ティーイスが、被疑者の供述に一部辻褄の合わない内容が見られるためだと遠まわしに説明している。ライダル・ハイトマンはヤン・ハンセンの弁護を務めた際と同じく、依頼人に代わり猛然と抗議を行っている。

法廷の外に立つハイトマンの写真がいくつか掲載されている。傲慢に見られがちであり、警察に対し尊大で独善的な物言いをすることもあるが、ヴィスティングは以前からハイトマンの能力を認めていた。ハンメル率いる捜査班がエーリク・ロルに対して確実な追及材料を得ていることを願うしかない。

夜更けに風が出てきた。ヴィスティングは隣家の旗竿《はたざお》をロープが打つ音を寝床のなかで聞いていた。

午前四時ごろ、目が覚めてトイレに立った。そういえばまた薬を飲み忘れていた。用を足したあと包装シートから薬を一錠押しだした。期待したほどの効き目はないようだが、そもそも用法を守れていない。シートに残った錠剤を数えると、数が合わなかった。すでに一、二回飲み忘れてしまったのだろう。

ベッドに戻ると窓の外で鳥たちがさえずりはじめていた。二度寝はできそうにない。前の通りを車がゆっくりと通りすぎた。やがて車がとまり、一、二分のあいだアイドリングが続いたあと、エンジンが切れた音がした。

ヴィスティングは枕から頭を持ちあげて耳を澄まし、車のドアが閉じる音を待った。だが聞こえてこない。

上掛けをはねのけ、床に足を下ろすとズボンを穿《は》いた。キッチンの窓から車が見えたが、座席には誰もいない。ボディカラーは黒、BMWのSUVだ。いま聞いた音はこの車のものにちがいない。寝る前にはなかったはずだし、この通りの住民の車ではない。たったいま駐車されたのだとしたら、運転者は誰にも気づかれないよう、こっそりと車を降りてドアを静かに閉じたということだ。いまいるキッチンからは登録ナンバーは読みとれない。

数分のあいだそこから覗いていたあと、ヴィスティングはセーターを着て靴を履き、外へ出た。玄関前の階段を下りようとしたとき車のドアが閉じる音がした。通りに出たときには車はエンジンをかけて走り去っていた。

郵便箱を確認するが、空のままだ。それから車のキーを取ってきてドライブレコーダーを確認した。通りを通過する車がカメラに捉えられている。再生を一時停止してみる。運転者の姿は見えないが、登録ナンバーは読みとれる。センターコンソールからペンを出してナンバーをメモ帳に書き留めた。

居間に戻ると警察のコンピューターシステムにつないで車両登録簿にログインした。車の所有者はセデリク・スミスだった。先週までリーネの恋人だった男だ。

胸がざわついた。そんな男が夜明け前にやってくるとは。嫌な予感がする。それで、ふたたび外へ出て坂をくだった。リーネの家は静まりかえっていたが、家の周囲を誰かが歩いたらしく、濡れた芝生に足跡が残っている。ヴィスティングの鼓動が跳ねあがった。

階段をのぼってドアをたしかめると鍵はかかっていた。自分も家のまわりを歩いてみる。リーネの寝室は換気のために少し窓をあけてあるが、カーテンもブラインドも動かされた形跡はない。

裏にまわると、ほんの数時間前にすわっていたテラスに濡れた足跡が見つかった。空のグラスがテーブルに残ったままだ。足跡はテラスのドアへと続いている。ヴィスティングは念のためそこにも鍵がかかっていることをたしかめた。

どうにも胸騒ぎがおさまらない。

リーネの郵便箱を覗いてから、自宅のほうもたしかめた。空のままだ。

家のなかへ戻ったときには、スティレルが手紙の主について言ったことに考えが逸れていた。相手がヴィスティングを監視し、休暇で留守にしていないことをたしかめたかもしれないという話だ。家のそばまで来て郵便物を取りだす様子を観察していたかもしれない。

そう考えるのが妥当だろう。企みのすべてはヴィスティングが手紙を受けとって読むかどうかにかかっているからだ。できるかぎり狙った順番に。

ヴィスティングはノートパソコンを膝に置いてすわった。アグネーテ・ロルが殺害された夜のすべての通信記録が電話会社から提供されている。これは重大事件において正体不明の犯人を捜索するための基本的な捜査手段だ。膨大なデータにはスターヴェルン一帯で携帯電話を使用した者、つまり通話やメッセージの送信やデータのダウンロードを行った者すべてが含まれている。

データベースを確認したところ、データの内容はアグネーテ・ロルが最後に目撃された時刻の四時間前から二十四時間後までをカバーしたものだとわかった。

一通目の手紙は先週の火曜日に郵便で届いているので、遅くともその前日には投函されたはずだ。送り主がそのまえの週末にヴィスティングの在宅をたしかめに来た可能性は十分にある。

手はじめに自分の電話番号で確認してみると、リーネとのメッセージのやりとりが数件ヒットした。

手帳を開き、ニンニ・シェヴィクの連絡先を調べて携帯電話の番号を入力する。ヒットするものはない。

次のページにはダニー・モムラク関連の情報をまとめてあった。携帯番号を検索フィールドに入力すると、結果がヒットした――合計十二件のデータトラフィックだ。通話やメッセージのやりとりはなく、サブスクリプションサービスに八メガバイトを使用している。一回目の通信は午前零時少しまえ、最終が午前一時四十七分に記録されている。

ヴィスティングは椅子の背に寄りかかった。携帯電話の基地局がカバーする範囲、つまりスターヴェルン中心部とその周辺にまでしか絞れないものの、アグネーテ・ロルが殺害された夜にダニー・モムラクが町にいたのはたしかだ。

53

ハンメルたち捜査班は早朝から仕事にかかっているはずだ。そう考えたヴィスティングは午前八時半に警察署に到着した。犯罪捜査部へ上がると、会議室から捜査員たちがぞろぞろと出てくるところだった。知らない顔もいるのは、逮捕・勾留後の捜査の応援に来たよその警察署の刑事たちだろう。

ニルス・ハンメルとマーレン・ドッケンは会議用テーブルの端の席についたまま、捜査資料の山と向きあっていた。

「突破口が開けたんだな、おめでとう」ヴィスティングはふたりに声をかけた。

ハンメルはどうもと答えて続けた。「マーレンのお手柄ですよ」

隣にすわったマーレン・ドッケンが少しはにかんだような笑みを浮かべた。

ヴィスティングはキッチンスペースの戸棚のところへ行ってカップを取りだした。「なにがつかめたんだ？」

「いくつかあるんですが」ハンメルが答える。「とりわけ大きいのは採取した土壌と、電気使用量分析です」

「電気使用量分析？」ヴィスティングには耳慣れない用語だ。

ハンメルがうなずく。「マーレンから説明を」

マーレン・ドッケンが折り重ねられた紙の束を引き寄せてそれを広げるあいだに、ヴィスティングはテーブルのポットからコーヒーを注ぎ、マーレンの側にまわった。

広げられた連続用紙は二メートル近くの長さがあり、時分ごとに区切られている。

「これは殺人のあった日の夕方から夜にかけての時系列表です」マーレンが説明する。「電気使用の記録とエーリク・ロルの供述に基づいて作成しました」

赤い水平な線が指し示される。いくつかの時刻にマークが記されている。アグネーテとエーリクが家を出た時刻や、バーを出た時刻、ドライブレコーダーに姿を捉えられた時刻などだ。

赤線の上部には青い折れ線グラフが記され、ところどころ激しい上下動が見られる一方、長時間平坦な部分もある。「これは？」とヴィスティングは訊いた。

「電気使用量の分析データです」マーレンが説明を続ける。「ロル家に設置されたデジタル式のスマートメーターから送信されたデータに基づいたものなんです」

ヴィスティングは納得した。電力ネットワークの近代化に伴い、いまや各戸にスマートメーターが設置され、一時間ごとの電力消費量が記録されるようになっている。

「このあたりは二百ワット前後で安定しています」マーレンが説明を進めながら青線の午後四時あたりを指差す。「照明がいくつか点いていて、携帯が充電中といったところです」

ヴィスティングはカップに口をつけた。

「午後七時、消費量は跳ねあがっています」マーレンがその部分を指差す。「はじめは二千二百ワット、さらに千ワット、そしてまた下がっています。これはアグネーテがシャワーを使っているあいだに冷凍のピザを温めたというエーリク・ロルの供述と一致します。オーブンレンジを使い、お湯を出したということです」

「これも電子的痕跡ってやつです」ハンメルがコメントする。

マーレンの指が青い線をさらにたどる。「ここでふたりは町へ出ています。家は無人なので消費量は少ない状態が続きます。バスルームの床暖房と照明がいくつかオンになっている程度ですね」

午後十時、かすかな上昇が記録されている。「これは屋外の照明が自動的に点灯したせいです。電球六個で四十ワット」

ヴィスティングにも電気使用量分析の重要性がすっかり理解できた。最新の供述によればエーリク・ロルの帰宅は午前一時ごろとなっている。ドライブレコーダーの映像と、午前零時半ごろ家を訪ねてきたというベネディクテ・リンイェムの供述とも矛盾はない。ところが午前一時に電気使用量の変動は見られない。午前三時近くまで誰も帰宅せず、照明も点いていないようだ。その後、給湯器の使用で値が跳ねあがり、さらに二千五百ワット上昇したまま二時間持続している。

「エーリク・ロルは午前一時過ぎに帰宅したと供述しています。アグネーテが帰っていなかったので、友人の家に行ったのだと思ったと。それですぐにベッドに入ったと言っています」

「ここはなにを？」ヴィスティングは三千五百ワットまで急上昇した箇所を指して訊いた。

「洗濯機をまわしたんです」

ヴィスティングはなるほどとうなずいた。「つまりこの男は、取り調べで答えた時刻より二時間遅く帰宅し、シャワーを浴びて洗濯機をまわしたということか」

「そのとおりです」マーレンが答える。

「本人はどう説明を？」

「勾留質問で供述を変えたんですよ」ハンメルが答える。「庭のデッキチェアにすわって妻を待っていたんだと。ビールを飲んで眠りこみ、目が覚めてから家に入ってシャワーを浴びたと主張しています。服にビールをこぼしたので洗濯機に放りこんで洗ったとか。ありえなくはないが、どうにも嘘くさい」

「もうひとつの、土壌というのは？」ヴィスティングは訊いた。

「エーリク・ロルの靴から採取したものです」マーレンが答える。「灰とバクテリアに加えて高濃度の窒素とカリウムを含む土が検出されました」

「鶏糞です」とハンメルが口を挟む。「焼け跡を歩きまわっただけじゃなく、鶏の糞も踏んでいる」

「灰はわかるが、鶏糞はどこから来たんだ？」

「アンネのハーブ園です」マーレンが言った。「隣の家の」

ハンメルが身を乗りだす。「灰のほうは、アグネーテを探してクライセル家に入ったときされる月曜日についたものだと説明がつく。だが、鶏糞のほうはそう簡単にはいかない」

「ついでにハーブ園に入るのも自然な流れじゃないか？」ヴィスティングは指摘した。

「本人もそう言っています」マーレンがうなずく。「裏手にある苗床を突っ切ったので、家のなかからは姿を見られなかったはずだと」

ヴィスティングはまだ要点をつかめなかった。

「《グラディエーター》は見ましたか」ハンメルが訊いた。

ヴィスティングはうなずいた。

「コロッセウムでの戦闘シーンで、旅客機が空を飛んでいるんです。ほとんど目立たないくらいの大きさだが、それでも映っちゃまずいものが映っている（＊巻末注参照）」

「ハーブ園には火曜日に鶏糞を撒いたそうです」マーレンが言う。「エーリク・ロルがそこへ入ったと主張する日の翌日、そしてクライセル家の二度目の火事の前日に」

「やつの主張のとおりなら、鶏糞が靴に付着するはずがない」ハンメルが指摘した。

「前回鶏糞が撒かれたのは？」

「四月の、雪解けのすぐあとです」マーレンが答える。「でも専門家の話では、そのときのものにしては窒素の濃度が高すぎるとか」

「窒素もカリウムもよくある元素じゃないか？　ほかの場所で付着した可能性は？」

ハンメルもマーレンもその問いには答えられなかった。

「ほかにも、微量の燃料が靴の裏から検出されています」マーレンが話を進める。「ただそれも、ガソリンスタンドに入ったことがある者なら誰にでもあてはまるでしょうけど。給油機のまわりはこぼれたガソリンだらけですから」

「本人はなんと言ってる？」

「アグネーテを探しているときに、どこかよその場所で撒いたばかりの鶏糞を踏んだんだろうと。近所じゅうを探してまわったと主張しています。具合が悪くなってどこかに倒れているんではと思って、庭という庭も、茂みの奥も、どこもかしこもたしかめたと」

「ありえなくはないが、嘘くさい」とハンメルがまた言う。

「では、決定的な証拠があるわけじゃないんだな」

「いや、決定的でしょう」ハンメルが切り返す。「もっと曖昧な証拠で何人も有罪になっている」

ヴィスティングは同意した。「たしかにな」そう言ってコーヒーを飲んだ。「防犯カメラの映像はどのくらいある？」

「大量に」ハンメルが答える。

「見てもかまわんかな」

ハンメルが首をかしげた。「なにを探すんです？」

ヴィスティングは返答に迷った。アグネーテ・ロルが殺害された夜に、殺人罪で服役した男が町にいたと告げるのはためらわれた。「たいしたことじゃないんだ。また話すよ」

ふたりともそれ以上は詮索しなかった。

「カメラの映像はディスクに保存されています。こちらへどうぞ」

書類を手にしたマーレンがヴィスティングをコンピューター室に案内した。ヴィスティングは大型モニターの前にすわり、マーレンがマウスを握った。

「さっきの内容では不十分でしょうか」マーレンが訊いた。「エーリクを有罪にするには」

「あれだけを見ればもっともだと思う。動機があり、アリバイはなく、嘘も暴かれた。問題となるのは、別の説明が成り立ちはしないかということだ。犯人がほかにいる可能性はないか」

システムへのアクセスを終えたマーレンは、しばらくモニターを見ていたあとヴィスティングに顔を向けた。「警部が調べておられるのもそういったことですか」

ヴィスティングは答えずにおき、代わりにこう言った。「事件の夜にアグネーテが会っていた男のほうはどうなった？」

「ヤーレ・シュップですか」

「アグネーテを最後に見たうちのひとりだからな。自宅から遺体発見現場まではほんの数百メートルだ」

「ただ、彼がクライセル家に放火していないことはたしかなんです。月曜日の朝に子供たちとデンマークに発って、金曜日まで戻っていないので」

ヴィスティングが考えこんでいると、マーレンが立ちあがった。

「でも、靴は調べました」とにっこりする。「灰も鶏糞もなしです」

そしてモニターの前にヴィスティングを残して退室した。

壁面に設置されたコンピューターのファンが低くうなっている。ヴィスティングは椅子をモニターのそばに寄せた。公共空間に設置された六台の防犯カメラの映像に加え、ブルンラ通りに路駐された車のドライブレコーダーの映像もディスクに保存されている。

まずはガソリンスタンドの映像をたしかめた。小ぢんまりした中心街の交差点のひとつに位置しているが、映っているのは給油エリアを出入りする車両だけだった。

バーの入り口のカメラには、アグネーテとエーリクの出入りが捉えられていた。店の前の通りは一方通行で、行きすぎる車がすべて映っている。

ダニー・モムラクの車はグレーのフォルクスワーゲン・トゥーランだ。母親の名義で登録され、ナンバーは控えてあった。

そのメモを目の前に置いたが、すでにナンバーは頭に入っている。四倍速で再生しても確認したい時間帯の映像に目を通すのに一時間かかった。モムラクの車は通っていない。

残りの映像は、ヘルゲロ通りの法務公安省の研修センターとショッピングモール、ヴァシリオフホテル、プリンセン通り沿いのマリーナの四カ所に設置されたカメラのものだった。ヴィスティングの自宅のある住宅街を出入りする車が撮影されているのは、アグネーテとエーリクが別々に帰宅する姿を映したドライブレコーダーのものだけだった。

午後十一時以降の録画を再生すると、マーレンに見せられた静止画像と同じ場所が画面に現れた。カメラは近づいてくる車の前面を映す角度に設置され、走り去る車は捉えていない。

交通量はごくわずかだった。車の数が自転車や歩行者の数とほぼ変わらない。ヘッドライトがまぶしく、登録ナンバーを読みとるのに苦労する。モムラクの車のナンバーは末尾が01だ。ヴィスティングは通りかかる車のナンバーの下二桁に注目した。二度ほど再生を止めて目当ての車かどうかをたしかめたが、二度とも違っていた。

午前零時四分、アグネーテが画面に現れた。うなだれ、両腕で自分を抱くようにして歩いている。七秒後、その姿は消えた。

マーレン・ドッケンか、あるいはほかの捜査員がすでにこの映像をチェックしたはずだ。次の半時間に通過する車両は事件を目撃している可能性があるため、すでに所有者に連絡が取られ、事情聴取が行われているだろう。

通りかかる車を一台ずつ確認していく。一台目はタクシーだった。三台目が現れたところで再生を止めてモニターに顔を近づけた。静止画像ではなおさら判読しづらいが、ナンバーの末尾は801のようだ。モムラクの車のナンバーの下三桁と一致している。

斜めから撮影されているため運転席にいる者の輪郭が見て取れ、助手席にも人影らしきものが確認できる。

映像を前後させて見なおしてみると、断言はできないものの、ナンバーの下三桁はやはり801で間違いなく思われた。ヘッドライトの逆光のせいで前半の数字や文字は読みとれないが、ナンバープレートの上にはフォルクスワーゲンのロゴの〝V〟と〝W〟が映っている。

正確な通過時刻は午前零時九分、アグネーテ・ロルが通った五分後だ。画像をプリントアウトして折りたたむと、ヴィスティングは廊下に出てマーレン・ドッケンがいる部屋に向かった。

マーレンが資料から顔を上げた。「お探しのものは見つかりました?」

「かもしれん。料金所の通行データはあるかな」

「もちろんです」

町の近くには高速道路の自動料金所が設置されている。殺人事件の捜査においては、犯人の足取りを解明するため全通行車のリストを入手することが手順に含まれている。

「検索を頼めるか」

マーレン・ドッケンがコンピューターの前にすわってファイルを呼びだした。ヴィスティングは登録ナンバーを告げた。

「二件がヒットしました」

予想していたとはいえ、その答えに腹をがつんとやられたような衝撃を覚えた。

自分の目でたしかめようと、机の奥にまわってマーレンの隣に立つ。開かれたエクセルシートには登録ナンバーや通過時刻、支払い料金、ICチップ番号、その他の技術的データが各列に表示されている。

「高速18号線の北行き車線のシー出入り口を二十三時四十七分に通過しています」マーレンが読みあげた。

「ポシュグルン方面から来たんだな」

マーレンが二件目をクリックする。「南行き車線に戻ったのは二時十一分」

ヴィスティングはドライブレコーダーの静止画像を机に置いた。マーレンはそれを覗きこんだが、触れるのをためらうように、手を伸ばそうとはしなかった。「誰です？」

「運転者はダニー・モムラク。一九九九年に殺人の有罪判決を受け、二年前に仮釈放されている」

マーレン・ドッケンは驚愕《きょうがく》の表情で椅子の背にもたれた。「どうやって……」と言いかけてやめ、こう続けた。「その男がアグネーテ・ロルを殺したかもしれないと？」

ヴィスティングは机の反対側に戻った。「そう考える根拠はない。だが、あの夜あそこへなにをしに来たのか知りたいんだ」

「わたしもです。引っぱってきて事情聴取しましょう」

「ああ、頼む。聴取をはじめるときに知らせてくれ」

54

ヴィスティングは自室の窓辺に立ってスティレルの応答を待ちながら、青空に広がる白い飛行機雲を見上げていた。ハンメルが言っていた《グラディエーター》の映画を実際に見たかどうかはあやしいが、飛行機に気づかなかったのはたしかだ。

「なにか発見が？」電話に出るなりスティレルが訊いた。

ヴィスティングは腰を下ろした。今回の捜査では、形式的にはアドリアン・スティレルの指揮下で働いていることになる。二十歳近く年下の上司につくのは妙な気分だった。

「手紙の主の正体がわかったと思う」ヴィスティングはそう言って判明した事柄を告げた。

回線の向こうに沈黙が流れる。

「アグネーテ・ロル殺しの件で事情聴取を行うつもりだ、うちの署で」

「夫が逮捕されたのでは？」スティレルが訊いた。

「いや、参考人として話を聞く。アグネーテ・ロルと夫の両方を目撃している可能性があるんだ。まあ、なにをしに来たのか訊きだすための口実だが。手紙の件を追及するきっかけになる」

「なるほど」

「モムラクはひとりじゃなかった」ヴィスティングは続けた。「ドライブレコーダーに映った時点では車内にふたりいたようだ。協力者がいたんだ」

「誰だと思いますか」

「わからん。友人か、母親か、ほかの誰かか。想像がつくほどあの男のことは知らないが、有力候補はニンニ・シェヴィクだろうな」

「ジャーナリストの？　彼女はアメリカ人の線を追っていたのでは？」

「そう、おかげではるばるたしかめに行く羽目になった。なんにせよ、モムラクが署を出たあと誰に連絡を取るかが重要になる」

「では、盗聴を?」

「いや、法的根拠がない。監視チームを組んで尾行できないかと思うんだが」

スティレルがため息をつく。「目下のところ、監視要員の調達は無理です。休暇シーズンで人員が絞られている」

「うちの署から出せるかたしかめてみる」

「わたしも参加します」スティレルが申しでる。「いつはじめるか知らせてください」

通話を終えると、ヴィスティングは手にした携帯の連絡先リストをスクロールして、思いだせずにいる名前を探した。

刑事の職に就いたころは、あらゆる公共機関から電話一本で情報を引きだせたものだった。現在は個人情報保護対策が強化されて情報入手に融通が利かなくなったが、ヴィスティングは円滑な捜査のため、いざというときに頼れる人脈を長年にわたり培ってきた。

名前が見つかった。グスタヴ・ボルク。顔を合わせたことはなく、やりとりはもっぱら電話かメールで行っている。

グスタヴ・ボルクはヴェストフォル・テレマルク両県の高速道路の料金収受会社の社員であり、匿名の手紙が届けられた日にダニー・モムラクの車が料金所を通過したかどうかを確認できる立場にいる。

ボルクはヴィスティングの番号を登録してあるらしく、電話に出るなり、今日のご用件はと訊いた。

「特定の車が先週の水曜日にラルヴィク－ポシュグルン間を通行したかどうかを知りたいんですが」とヴィスティングは告げた。

電話の相手は少しためらってから答えた。「緊急事態なんでしょうね、土曜にかけてくるところを見ると」

曜日のことを失念していた。「自宅からでもシステムにアクセスできますか」

「ある程度は。ただ、無断で検索することになるので、問題ないかどうか」

「登録ナンバーや所有者名は不要です。ＩＣチップの番号がわかるので、通過時刻だけを教えてもらえればありがたい」

「ちょっと待ってくださいよ」

相手がコンピューターにログインするあいだに、ヴィスティングは電子料金収受システム《アウトパス》のＩＣチップの加入者番号を用意した。

「どうぞ」ボルクが準備を終えて言った。

ヴィスティングは十六桁の番号を告げた。

「よし、入力できた……」ボルクがつぶやく。「日時は？」

「七月十三日水曜日の夜遅く」ヴィスティングは手帳を繰って言った。

「ああ、最寄りのシー出入り口の北行き車線を翌零時二分に通過していますね。南行き車線に戻ってきたのが零時三十四分」

ヴィスティングがカチャンという金属的な音を聞いたのは零時十七分だ。ぴったり合う。

「十四日の午後はどうなっていますか」

三通目の手紙はその日バンブレに犯行現場を見に行ったあと、夕方に帰宅したときに郵便箱に投函されていた。

「その日はいくつかの料金所を通っているようですが、条件に該当するものは午後に一件です。十六時三十八分に北行き車線を通過。帰りは十七時五分に南行き車線に入っている」

ヴィスティングは手帳のページに指を走らせた。四通目の手紙を郵便箱に見つけたのは七月十八日月曜日にスティレルと自宅前で顔を合わせた際であり、最後の一通は七月二十日水曜日にリーネが郵便箱から回収した。

それぞれについて通行が確認できた。「リストを送ってもらえますか」

グスタヴ・ボルクはふたたび躊躇したものの、承諾した。

携帯に別の着信が入った。通話を終えようとしたとき、ヴィスティングは思いついた。

「七月十三日水曜日の朝はどうです？　ヴェストフォルへ来ていますか」クライセル家が二度目に焼けた日だ。

「いや、少なくともその車では来ていないようですね」

ヴィスティングは礼を言って話を終え、かけてきた相手をたしかめた。ステン・クヴァンメンだ。かけなおすのは気が進まないが、迷う間もなくメッセージが着信した。

〝会えるか〟

55

ヴィスティングが警察署の前でステン・クヴァンメンを迎えると、その場の空気はにわかに張りつめた。互いに腹を探りあい、前回の対面後の経緯についてはひとことも触れなかった。

「では、上へ」とヴィスティングは相手を自室へ案内した。

クヴァンメンが椅子に腰を下ろした。どことなく慇懃《いんぎん》な態度がヴィスティングを落ち着かなくさせた。

「検察官から話は聞いている」クヴァンメンが切りだした。「冤罪の疑いを示す新たな証拠が発見されたとか」

「結論を出す段階ではありませんが」

クヴァンメンは首を振った。「だとしても、まずは謝罪させてもらいたい。事件に関わった捜査員たちは誠実に最善を尽くした。鑑識員にも分析員にも裁判所にも全幅の信頼を置いている。だが、もしも事態を正すためにわたしにできることがあれば、なにをおいてもそれを優先するつもりだ。現在の体制がいかにわれわれの妨げとなっているか、それを考えると夜も眠れない。今回のことは、警察組織全体に警鐘を鳴らすものとなるはずだ。ここから大いに学ばねばならん」

ヴィスティングは相手を凝視した。捜査が不首尾に終わる場合、それは自信家の指揮官による独断で方針がねじ曲げられた結果であることが多い。それを他人事《ひとごと》のように語るクヴァンメンを見て、来訪の目的に察しがついた。この男は事件の風向きを読み、みずからの追い風になるよう帆の向きを調節しようとしている。この件が大々的に報道されるのは不可避であり、クヴァンメンはスケープゴートにされる危険がある。ここへ来たのは体制に責任を押しつけるのと同時に、みずからの力量を印象づけるためだ。

「事態を正すのはわたしの責務だ」クヴァンメンが続ける。「ダニー・モムラクとトーネ・ヴァーテランの遺族へはわたしから報告させてもらいたい」

「それにはまだ早い」

「時期が来ればでいい」クヴァンメンは譲らない。「検察官にも打診ずみだ」

「わたしは決める立場にない。この件はクリポスの未解決事件班の管轄です」

「クリポスの幹部とは来週話をする予定だ。だが、先にきみと話しておきたくてね。きみの手柄なのだから」

「まだ結論には至っていません。未解決の疑問が残っている」

ステン・クヴァンメンはわずかに身を乗りだして訊いた。「状況が変わる可能性が？」

ヴィスティングは少し考え、やがて訊いた。「《グラディエーター》を見たことは？」

「映画のかね」

「話の時代設定は西暦一八〇年前後ですが、ある場面で空に飛行機が映っているそうです」

クヴァンメンが無言で見返す。ヴィスティングはヤン・ハンセンのDNA型が検出されたことを示す鑑定報告書と旧道沿いのガレージの床下で発見された衣服の写真を取りだした。

「これがヤン・ハンセンのDNAだということに疑いはありません」と話を続ける。「この服がトーネ・ヴァーテランのブラウスだということもたしかです。ブラウスのボタンは八個のうち五個が失われている。残った三個は犯行現場で発見されたのと同種のもの。製造元を突きとめたところ、ブラウスは一九九八年に製造中止となったことが判明しました。あの貯蔵庫から発見されたのはどれも古いもので、おそらくは一九九九年からあの場所に置かれたままだったと考えられます」

ステン・クヴァンメンが写真に見入る。「周辺一帯はくまなく調べさせたんだ。捜索隊を出し、警察犬も使った。なぜこれが見逃されたのか見当もつかない」

「ヤン・ハンセンのDNAはブラウスに付着した精液から検出されたものです。それに加え、微量の血液も見つかっています」

ヴィスティングは報告書の記述を指差した。「精液に血が混じるのはそれ自体がんの症状でもありますが、もっともよくある原因は、検査で前立腺から組織を採取したことに伴うものだそうです」

ステン・クヴァンメンが怪訝な顔をする。「ヤン・ハンセンはがんで死んだのでは?」

ヴィスティングは机の下で脚を組んだ。「診断を受けたのは二年前です。映画に映りこんだ飛行機と同様、血液が混じっているのはおかしい。付着したのが一九九九年であるならば」

クヴァンメンが唇を舐《な》める。「どういうことだ? 付着していたDNAはあとから仕込まれたものだと?」

「まだ断言はできません。血液の混入にほかにも納得のいく説明が見つかるかもしれない。これからさらに分析を行い、がん細胞や、発病後のヤン・ハンセンの体内にあったはずの毒素などが検出可能かを調べます」

「だが、ヤン・ハンセンは一年以上前に死んだはずでは?」クヴァンメンが反論する。

「この事件はすべてが綿密に計画されている。準備に多大な時間が費やされています。付着したDNAが仕込まれたものであるなら、貯蔵庫にふたたび埃が積もり、壁際の草が伸びるのを待ったということだ。そのうえ、計画を実行に移すまえにヤン・ハンセンが死ぬ必要がある。死人に口なしというわけです」

「そんなことが可能な人物が?」

「厳密に言えば、ひとりしかいない。トーネ・ヴァーテランの衣服がある場所を知っていた者。真犯人です」

ステン・クヴァンメンはふかぶかと嘆息した。「ダニー・モムラクか」

56

ヴィスティングが警察署裏の駐車場にとめた車に乗りこもうとしたとき、黒のメルセデスが現れた。弁護士のライダル・ハイトマンが運転席にすわっている。

駐車したのは署員の車やパトカー用に区切られたスペースだったが、ヴィスティングは降りてきた弁護士に指摘はしなかった。

「あなたも駆りだされたんですか。休暇中だと聞いていましたが」とハイトマンが言った。

ヴィスティングは首を振った。「ちょっと寄っただけです。ロル家の事件にはノータッチなのでね」

ハイトマンはスーツの上着を脱いで後部座席に置いた。「幸運だったのでは？　この逮捕は根拠に乏しい」と袖をまくりながら言う。

「取り調べに同席を？」

ハイトマンは首を振った。「ハンメルに用がありましてね。最新の資料をもらおうと」

ヴィスティングは機を捉えて自分の事件の話を持ちだした。「ヤン・ハンセンが死んだそうですね」

「去年の夏に亡くなりました。がんでね」

「最期までやりとりを？」

「していたと言えるかどうか。服役後の何年かはよく連絡がありました。電話も手紙も。再審を要求したり、ストラスブールの欧州人権裁判所に提訴したいと言いだしたりね。こちらはのらりくらりとかわしていましたが。あそこは彼の事件のようなものを扱う場所じゃない。そのうちなにも言わなくなりました。ご存じのとおり、彼は一貫してなにも認めず、かといって潔白を訴えもしなかった。ただ、不公正な扱いを受けたと感じていたようです」

「どういう点で？」

「主張が箇条書きにされていましてね。あなたの名前もその多くに挙げられていました。とりわけ取り調べ絡みで。すでに答えを知っている事柄をあなたがわざと尋ねたとか。誤解や言い間違いを嘘と捉えて、あえて曲解したとか。ただ、あなただけじゃなく、警察全体に対してそういった思いがあったようです。人権を侵害され、端《はな》から有罪だと決めつけられ、公正な裁判も受けられなかったと」

ヴィスティングに思いあたる節はなかった。

「ジャーナリストか作家に話してみることを勧めたんですが」ハイトマンが続ける。「誰かに頼んで、自分の言い分をそっくりそのまま書いてもらえばいいと」

「ハンセンはそうしたんでしょうか」

「いや、どうでしょう。ジャーナリストという人種をよく思ってはいなかったから。誰ひとり好意的な記事を書いてはくれなかったのでね。彼がそう思うのももっともだと言えるでしょうね。当時の報道は相当に一方的でしたから」

「ハンセンの言い分をぜひとも聞いてみたかったものです」ヴィスティングは答えた。「晩年は教誨師によく会っていたそうですね。聞いてほしい話があったというわけだ」

「でしょうね。病に冒されたあと、わたしにも連絡がありました。実務的な用事でしたが。刑の中断申請書を書いたり、簡単な遺言書と委任状を作成したりといったことです」

「恋人もいたとか」

ハイトマンがにっこりする。「遺産の類いはこれといってなかったですが、刑務所が私物を送る先があったのはなによりです」

パトカーが裏庭に乗り入れ、ガレージの出入り口へ向かう。ライダル・ハイトマンは腕時計に目をやった。

そして、「ヤン・ハンセンの最期は惨めなものだった」と話を締めくくった。「もう行かなくては」

ハイトマンと別れたヴィスティングは車に乗りこんだ。高速18号線の北行き車線に乗ってオスロ方面に向かう。一時間半後、ベッケストゥアの広々とした新しいテラスハウスが並ぶ通りに車を乗り入れた。

立派なBMWが通りにとめられている。ヴィスティングはその後ろに車をとめ、しばらく待ってから外へ出た。そしてアプローチを通って玄関のベルを鳴らした。

ドアをあけたセデリク・スミスは困惑の表情を浮かべた。

「わたしはリーネの父だ」気づかないかもしれないと思い、ヴィスティングはそう告げた。「うちに来たことがあるだろう。夕食に招待した」

戸口の男はうなずいたが、無言のまま、なかへ通そうともしない。

「ここへはあの子に言わずに来た。ふたりが別れた理由は知らんが、少し話をしておきたい」

「こっちは話すことなどない」セデリク・スミスが口を開いた。「あんたにも、リーネにも」

ヴィスティングは一歩前へ進みでた。「近頃はよく寝られなくてね。朝はたいてい五時には目が覚める。明け方にきみの車を通りで見た。ああいうのは感心しない。だからリーネに近づくなと言いに来たんだ」

「見間違いだろ。それに、リーネとおれの付き合いにあんたは関係ない」

「わたしはあの子の父親だ。それに付き合いは終わったはずだ。見間違いなんかじゃない、とにかく近づくな」

「いや、間違いだ。眼医者にでも診てもらったほうがいいんじゃないか」

ヴィスティングは無言で首を振った。

セデリク・スミスが一歩進みでる。「帰ってくれ」

「いますぐ帰るとも、リーネに近づかないと約束するなら。二度と連絡してこず、家にも来ないでくれ」

セデリク・スミスの顔が険しくなった。額に皺を寄せ、唇を引き結ぶ。

「失せろ!」そう言って、両手でヴィスティングの胸を突き飛ばそうとした。

ヴィスティングはパトロール警官時代に覚えた動作でそれを振りはらった。

「落ち着くんだ。リーネとなにがあったか知らんが――」

パンチは予期していなかったが、反応する間はあった。頭を傾けて避けたので、拳は左耳をかすっただけだった。

ヴィスティングは外れたパンチの勢いを利用した。片側に飛びすさり、左手でセデリクの手首をつかむと、右手で肘の内側を押して相手をよろけさせた。そして拳が放たれた方向に突き飛ばして倒した。セデリックの顔が砂利の地面に叩きつけられる。腕を背中にねじあげ、膝で押さえつけると、苦痛の悲鳴があがった。ヴィスティングは空いた手で相手の頭を砂利に押しつけて動きを封じ、かがみこんで耳もとに口を寄せた。

そして、奥歯を嚙みしめて告げた。「なにも認めなくていい。謝罪も、許しを乞う必要もない。とにかく近づくな」

そのままのしかかっていると、セデリック・スミスは大きなうめき声をあげた。口から唾を垂らしているが、返事をしようとはしない。

ヴィスティングはその腕をさらにねじあげた。

「わかったよ」押さえつけられたまま相手がうめく。「どうせもう飽きたんだ」

セデリック・スミスの捨て台詞《ぜりふ》は聞き流すことにした。これ以上痛めつける必要はない。そんなことをする意味はない。ヴィスティングは手を放して立ちあがると、振りむかずに車へと歩きだした。

57

シートベルトを締めるとヴィスティングの首筋が悲鳴をあげた。筋を違えたらしい。

セデリク・スミスとの対決は予想外の結果となったが、今後はリーネとアマリエに近づくこともないはずだ。

携帯電話が鳴った。マーレン・ドッケンからだ。「ダニー・モムラクが事情聴取に応じました。明日の午後二時に来ます」

「抵抗も抗議もなしに？」

「あれこれ訊かれましたが、型どおりの確認だと説明したら納得したようです」

「よし、こっちは正午に行く。質問の内容を打ちあわせよう」

「いまはどちらに？」マーレンが訊いた。

「ウッレシュモ刑務所に向かっている。モムラクの服役中に関わりが深かった看守に会ってみるつもりだ。そのまえに私用を一件すませたところなんだが」

「まだ何時間かは署にいますから、なにかあればいつでもどうぞ」

「エーリク・ロルのほうはなにか進展が？」

「いい知らせと悪い知らせがあります」

「悪いほうは？」

「ハイトマンが靴に付着していた肥料の詳細な分析をノルウェー生命科学大学の研究者に依頼しました。その分野の第一人者だそうです。そうなると、証拠としての確実性は弱まるかもしれません。電気使用量分析の結果も決定的ではなくなりそうです。スマートメーターの導入後にロル家の電力消費量が増えたそうです。毎月の支払いをしていたアグネーテが、メーターの故障ではないかと電力会社に何度か苦情を入れたとか」

堅固に見えた二件の証拠が法廷で崩れ去るさまがヴィスティングの目に浮かんだ。

「いい知らせのほうは？」

「活動量を分析したんですが」

どういうことかとヴィスティングは訊き返した。

「エーリク・ロルの携帯に入っている健康管理アプリの活動量計データを入手したんです。事件の夜の午前一時から三時のあいだに、五千歩近くが記録されています」

ヴィスティングはセンターコンソールに置いた自分の携帯に目をやった。これもまた新種の電子的痕跡になるらしい。「行き先がわかるということか」

「いいえ」

「移動したのがわかるなら、場所も突きとめられるのでは？」

「残念ながら、GPS追跡機能はオフにされていました。活動量計はジャイロセンサーと加速度センサーで歩数と動きを記録するんです」

なんのことやらさっぱりだが、十分に調べた結果なのはたしかだろうし、結論は明白だ。エーリク・ロルは犯行時刻になんらかの活動をしていたのだ。

「アグネーテの携帯のほうは？」

「焼け跡から発見されたんですが、あいにくデータは復元できませんでした」

「そうか。ほかに事情聴取の予定は？」

「先に燃料の件をはっきりさせておこうかと。ロル家の燃料缶がモペッド乗りの少年たちに盗まれたなら、エーリクはどこかで燃料を調達したはずです。周辺のガソリンスタンドにあたって、燃料缶と十リットル以下のガソリンの販売記録を確認しているところです」

「すばらしい」ヴィスティングは言った。そういった昔ながらの捜査方法なら理解するのに苦労はない。「わたしも同じことをするだろうね」

通話を終えて時計を見ると、まだ時間には余裕があった。

刑務所で会う予定の相手はアーリル・フランクマンという刑務官だった。午後は三時からの勤務だが、先にいくつか通常業務をすませる必要があるという。

午後三時三十分、ヴィスティングは刑務所の灰色の壁の外にある広大な駐車場に車をとめ、面会者用の出入り口に直行した。門の前でインターホンを押して応答があるまでしばらく待った。名前と身分、面会相手の刑務官名を告げる。回転ドアの解錠音が鳴るのを数分のあいだ待ってから、バーを押してそこを通過した。

さらにしばらく待たされたあと、堅牢《けんろう》なスライド式ゲートがうなりをあげて開きはじめた。ある程度の隙間ができたところで、制服のシャツの袖をまくった男が奥から現れた。

「フランクマンです。管理棟に部屋を用意しました」相手は鍵束の音を響かせながらヴィスティングを案内し、部屋のドアをあける直前に言った。「ダニー・モムラクとヤン・ハンセンに関することだそうですが」

「わたしの間違いでなければ、ふたりは同じ区画に収容されていたんですね」

「どちらもわたしの担当でした」フランクマンがうなずく。「ヤン・ハンセンは昨年亡くなりましたが。最期を迎えたのは別の場所です。モムラクのほうは二年前に仮釈放になりました」

案内されたのは狭苦しい事務室で、フランクマンはすでにコンピューターにログインしてモムラクの写真が掲載されたページを表示させていた。

「モムラクはどんな男でしたか」ヴィスティングは訊いた。

フランクマンは肩をすくめた。「ここにはあらゆる種類の受刑者がいます。たいていは自分の置かれた状況をどうにか受け入れようと、いろいろな形で適応していくんです。ダニー・モムラクにとっては、それが人を操ることだった」

「どんなふうに？」

「人を都合よく利用するんです。まあ、やつだけじゃありませんがね。獄中では自然と人を操ろうとするようになる。それだけが力を得る手段なのでね」

「具体的にはどのようなことを？」

「いや、ちょっとしたことですよ。通常の時間帯以外にも電話を使えるようにしたり、服を頻繁に洗濯に出せるようにしたりといったような。普通よりも多くの娯楽に参加するとか、好みの刑務作業を選ぶとか。やつは所内の売店の担当だったのと、模範囚として清掃作業を任されていました」

「それは人気の作業というわけですか」

「売店のほうはたいてい売り物の残りにありつけますからね、ポテトチップスの袋が破れたとか、そういったときに。それに煙草の販売も任せられている。売り物の巻紙の箱から何枚か抜いておき、葉の袋のほうも中身をちょいとつまんで閉じておくなんてことはしょっちゅうなんです。五、六回もそれをやれば煙草二、三本分になる。模範囚のやる清掃作業のほうは楽な割に払いがいい。トイレと共用スペースと居室の床を掃除するだけですむ。二時間もあれば片づく仕事ですよ、ほかの受刑者たちは一日じゅうこき使われていますからね。朝の点呼のあとに二度寝だってできる。夕方までに作業を終わらせればいいのでね。おまけにほかの連中の持ち物をくすねるチャンスもある。冷蔵庫のものは食べ放題、どこの居室もあさり放題です」

「モムラクもそういったことを？」

「居室をあさらない模範囚などいませんよ。ダニーが現場を押さえられたことはなかったようですが」

ヴィスティングはメモを取った。「モムラクは事件の話をすることがありましたか」

「いや、めったに。なんの罪でここにいるかは当然みんな知っていますが、われわれが詮索したり、受刑者同士で話題にしたりといったことはないんです。それでも、誰が殺人罪でここへ来て、誰が麻薬取引や強盗で捕まったかといったことは知れわたります。殺人犯は一目置かれるんですが、自分を振った若い娘を殺したとなると話は別ですね」

「モムラクが冤罪を訴えるようなことはなかったですか」

フランクマンがにっと笑う。「受刑者はたいてい無実を訴えますよ。モムラクも例外じゃなかった」

「どんな形でそれを示していましたか」

「怒りと悪意を抱いているように見えましたね。社会に対する、とりわけ警察に対する恨みを。まあ、それはほかの受刑者も同じですが。ただ、いつかの夜勤のときのことが記憶に残っています。この区画にいる受刑者のほとんどが共有スペースのテレビの前に集まっていたんです。ニュースをやっていて、事件を捜査中の警察官のコメントが流れていました。するとダニー・モムラクがソファから立ちあがってテレビの前に行き、唾を吐きかけたんですよ。それがやつの事件の捜査責任者だったそうで」

「ステン・クヴァンメン？」

「名前は知りません。ほかの者たちは拍手喝采でしたね。汚したところを拭くように言ったんですが、ダニーは頑として従おうとしなかった。それで居室で謹慎になり、共用スペースのテレビは二日間の使用禁止になったんです」

「ヤン・ハンセンのほうはどんな男でしたか」

「より内にこもる性格でしたね。ただ、モムラクがテレビに唾を吐いたとき、誰よりも囃《はや》し立てたのは彼だったんです。警察への恨みをむきだしにするのはモムラクと同じですが、ハンセンの場合、そこに執念じみたものが感じられた」

「どんなふうに？」

「潔白を訴えるわけじゃなく、警察に不当に扱われたと感じていたようです。捜査に問題のあった事件の記事を集めていたりね。刑事手続きの誤りにやたらとこだわり、ほかの受刑者の事件にも興味を示していました」

「ヤン・ハンセンとダニー・モムラクが話をすることは？」

「まあ、ふたりとも同じ区画で長期間服役していましたからね。たかだか十二名しかいませんし、全員と話くらいはするでしょうね」

「ハンセンはモムラクの事件にも興味を？」

フランクマンがまた肩をすくめる。「少なくとも、われわれに訊いてくることはなかったですね」

「ヤン・ハンセンは服役中にここで撮影されたドキュメンタリー番組に協力するのを拒んだ

そうですね」

フランクマンがうなずく。「そのとおりです。なぜかは知りませんが。制作班はこの区画の受刑者全員と話をしてから撮影をはじめたんですが、選ばれたのは数名でした。ダニー・モムラクもそのひとりでしたね」

「あなたは制作チームとやりとりを?」

「いや、ペーテル・ラッソンが対応していたので。ただ、女の制作スタッフがよく出入りしていたのは覚えていますよ」

「その女性と話したことは?」

フランクマンが首を振る。「こっちはノータッチだったので」

「面会者についても知りたいのですが」

フランクマンはコンピューター画面に向きなおった。「ここに一覧があります。よければプリントアウトしますよ」

ヴィスティングはうなずいて礼を言った。フランクマンがコンピューターシステムを操作すると壁際のプリンターが動作をはじめた。

「面会回数が最も多かったのはヤン・ハンセンです」印刷がすむのを待ちながらフランクマンが続けた。「女友達がいて、毎週通ってきていましたね。ダニー・モムラクのほうはたまに母親が来るくらいだったかと」

フランクマンが排紙トレイに手を伸ばしてプリントアウトをヴィスティングに渡した。言われたとおり、二名の名前が繰り返し記載されている。ハンネ・ブロムとエステル・モムラク。それ以外には研究者や学生、あるいはさまざまな組織の代表者の名前が数件含まれている程度だ。

「弁護士がいないようですが」ヴィスティングは言った。

「弁護士と警察官との面会は別のリストにまとめられているんです」

「面会の手続きはどういった形で行われますか」

「面会には受刑者の同意が必要とされ、本人が訪問を希望する相手を四名までリストアップする方式になっています。面会希望者は事前に申請書の提出を求められます。身元確認に加えて、所内に入る際には身体検査も受けます。面会室は各区画に用意されていて、受刑者は週に一度、最大一時間の面会が認められます」

「監視体制は？」

「場合によりますね。受刑者と面会者に麻薬関連の犯罪歴がある場合、面会には看守が同席します。ガラスの仕切りがある部屋を使う場合もありますね」

「ヤン・ハンセンと恋人の場合はどうでしたか」

「監視なしです」

「では、ふたりきりになれたということですね。セックスもしたと？」

「まあ、そうでしょうね」

「面会室でですか」

フランクマンが笑みを見せる。「戸棚に潤滑ゼリーとコンドームも用意されていますよ」

ヴィスティングはさらにメモを取った。「面会者は帰りにも身体検査を？」

「いいえ。持ち物はすべて――バッグも、時計も、鍵も、携帯も、薬も――面会のまえに預ける決まりなので。金属探知機にも通ってもらいます。上着と靴はX線検査機に通しますしね」

フランクマンが腰に装着したトランシーバーに通信が入った。ノイズ混じりの声が物品の配達を告げる。そろそろ切りあげなければいけないようだ。

「あと一件だけ」とヴィスティングは言ってコンピューター画面を目で示した。「受刑者の一時帰宅の記録はありますか」

フランクマンはまたプリンターを作動させ、プリントアウトをヴィスティングに渡した。トランシーバーからふたたび音が漏れる。「本当にもう行かないと」

ヴィスティングは短くうなずいた。ある考えが頭のなかで形をなしはじめていた。

58

広々とした会議室の窓辺に立ったヴィスティングは警察署の正面の車寄せを見下ろした。ダニー・モムラクが空いた駐車スペースに頭から車をとめ、正面玄関に向かった。ヴィスティングは捜査メモを持ってモニター室に入った。そこからコンピューター画面で取調室の映像を確認できる。

ハンメルがすでに席について録画の準備をすませていた。五分待つとマーレン・ドッケンがダニー・モムラクを伴って入室した。

モムラクは室内を見まわしてから、机を挟んでマーレンの向かいにすわった。マーレンが聴取の目的をおおまかに説明する。

「ご存じのとおり、アグネーテ・ロルの夫を殺人の疑いで逮捕・勾留中です。電話でもお話ししましたが、警察では引きつづき犯行時刻前後のスターヴェルンの人の動きを調べて目撃者を探しています」

「おれがスターヴェルンにいたとなぜわかるんです？」モムラクが訊いた。

「事件の夜にスターヴェルンで使用されたすべての携帯電話の通信記録を入手して調べたためです。確認作業の一環として。あなたの名前がそこに含まれていました」

「たしかにあそこには行った」モムラクが認める。「でも携帯は使ってない」

「通話やメッセージの送信をしなくても、データトラフィックは記録されるんです。メールチェックやネットの閲覧、それに撮った写真がクラウドに自動保存される場合にも」

モムラクは心当たりがあるらしく、うなずいた。

「それこそ携帯を操作しなくても、バックグラウンド更新も行われますし」

「みんなに話を聞いているんですか、それともおれだけに？」

「あなたには殺人の前科がありますね。そのために、とくにお話を伺う必要があるんです。エーリク・ロルの弁護士にあとからあなたのことを指摘され、しつこく攻撃されるのを避けるために。ですから、とにかく徹底的に確認しておく必要があります。なんのためにスターヴェルンに行って、なにをしていたかを聞かせてください」

ダニー・モムラクもすぐに納得したようだ。「とくに理由があって行ったわけじゃないし、別段なにもしなかった。寝つけないときはよく夜に車で出るんですよ、とくに賑《にぎ》やかな週末は」

マーレン・ドッケンは車についての質問からはじめた。所有者は誰で、ほかに運転する者がいるかどうか。さらに、外出した時刻とスターヴェルンを出た時刻を詳しく確認する。モムラクの供述は料金所の通過記録と一致した。

「なぜスターヴェルンに来ることにしたんです？　地元でもよかったのでは？　ポシュグルンやバンブレやシーエンでも」

「こっちには知り合いがいないから、人と話さずにすむ」

「車内ではひとりでしたか」

ヴィスティングはわずかに画面に身を乗りだした。Tシャツの襟ぐりの上でモムラクの喉仏が上下する。「ずっとじゃない。町の広場の近くに車をとめたら、近づいてきた女に友達の家に送ってほしいと頼まれたんです」

「それで、送っていったんですか」

「ああ」

「何時でした？」

モムラクが肩をすくめる。「零時ごろかな」

「友達の家はどこでしたか」

「さあ。言われるままに走ったから。五、六分ほど離れた住宅街だったかな」

「その家までの道は覚えていますか」

モムラクが首を振る。「家までは送ってない。交差点で降ろしてくれと言われたので」

「地図でそこを示せますか」

「たぶん」

マーレン・ドッケンは地図を用意していた。それがテーブルに広げられると、ハンメルがカメラをズームインした。

「このへんだったんじゃないかな」モムラクが人差し指でヴィスティングの自宅付近を示す。

「帰り道がすぐには見つからなかった」

「お金はもらいましたか」

「百クローネ」

「現金で？」

ハンメルがカメラをズームアウトする。モムラクがうなずいた。

「どんな女性でした？」

黒っぽい髪で四十代くらいだったかな、とあやふやな答えが返される。

マーレン・ドッケンは地図を引き寄せてモムラクが示したあたりを覗きこんだ。

「どこかで車を降りましたか」

モムラクがしばらく考えこみ、やがて答えた。「いや、そんな記憶はない」

ハンメルがヴィスティングを見た。「どう思います」

「確認のしようがないな。あそこにいるあいだ、なにをしていたとしてもおかしくない」

取り調べが次なるステップへと進められる。マーレン・ドッケンが防犯カメラの静止画像を印刷したものをテーブルに置いた。アグネーテ・ロルが中心街のバーを出る姿を捉えたものだ。同じ写真がメディアにも用いられた。

「この女性を見ませんでしたか」マーレンが訊いた。

真剣に考える様子を見せなければと思ったのか、しばらく黙っていたあと、モムラクはようやく答えた。「いや。少なくとも、おれが車に乗せた人とは違う」

マーレンが今度はドライブレコーダーの静止画像を二枚見せる。アグネーテ・ロルの姿とモムラクの車を捉えたものだ。「路上で彼女を追い越しているかもしれません」

モムラクがその二枚を覗きこんだ。「かもしれない。でも覚えていない」

マーレンはさらにいくつか形式的な質問をしてから、そこまでの供述内容を確認した。同じ質問がわずかに形を変えて繰り返される。ダニー・モムラクの答えは同じだった。

「七月八日金曜日以降、スターヴェルンへ来たことは？」マーレンが質問を続ける。

「なぜそんなことを？」モムラクはとたんに表情を険しくした。「この事件となにか関係が？」

「ないとは言えません。少なくともわたしがエーリク・ロルの弁護士なら、この質問をするはずです。失踪から五日後、アグネーテの遺体が火災現場から発見されています。殺害犯が放火もしたと考えるのはもっともですから」

ヴィスティングはコーヒーに口をつけた。すっかり冷めているが、カップを手にしてそこに立ったまま、画面のなかのふたりのやりとりを追いつづけた。マーレンは椅子の背にもたれ、リラックスして見える。あれこれ探りを入れてダニー・モムラクの不安をかきたてようとしている。取り調べ後に協力者に連絡させるのが狙いだ。携帯電話を使ったせいでここへ来る羽目になったので、通話やメッセージは避けるだろう。おそらくは仲間を直接訪ねるはずだ。

「何度かこっちへは来ている」とモムラクが答える。「火事が起きたのは？」

「通報があったのは水曜日の朝です」

「曜日は覚えていないが、朝には来ていないのはたしかだ」

「夜間はどうです？」マーレンが粘る。

モムラクは落ち着かなげだ。首の筋を引きつらせ、両の拳を握ってそれを開いたあと答えた。「おれになにか容疑が？」

それには答えずマーレンが地図をふたたび突きつけ、「このあたりにもまた来ましたか」とヴィスティングの自宅周辺を示した。

「さあ。このへんの道はよく知らないから」

「ここにまた来て車から降りたことは？」

モムラクの拳が閉じては開く。その目に浮かんだ狼狽《ろうばい》がヴィスティングにも見て取れた。手紙の主は、自分の姿が目撃された可能性があると気づいているはずだ。車から降りていないと断言すれば、墓穴を掘ることになりかねない。一九九九年の事件でモムラクは何度も嘘を暴かれ、そのことが不利な結果を招いたのだ。

「あったかもしれない」モムラクが苛立った声で答えた。「この事件になんの関係があるか知らないが」

ヴィスティングはベルトに装着した無線機を手に取ってアドリアン・スティレルを呼びだした。「取り調べはじきに終わる。やつを追いつめた」

「了解」スティレルが答えた。「待機します」

59

ダニー・モムラクは数歩外へ出たところで立ちどまり、煙草の箱を出して一本抜いた。

ヴィスティングは窓からそれを見張っていた。

ふかぶかと二、三度吸ってから、モムラクが車に戻って運転席に乗りこむ。

「出るぞ」ヴィスティングは無線で告げた。

「了解」スティレルが応答する。

カーテ・ウルストルップに送ったメッセージにも返信が来た。現在は南のポシュグルン方面で待機し、モムラクがそちらへ向かった場合に追跡に加わることになっている。

ニルス・ハンメルもまもなくバイクで出発するはずだ。マーレン・ドッケンもそれに続く予定だが、たったいままでモムラクと顔を突きあわせていたため、接近はさせられない。ヴィスティングも顔を知られている。乗っている車も覚えられているはずだ。そのためリーネと車を交換してあり、ある程度の距離を保って指示を出すつもりでいた。ドライブレコーダーは自分の車から移したものの、ほかに電子機器の助けは借りられない。モムラクの車の位置をリアルタイムで把握できる追跡装置もない。ヴィスティングやハンメルが幾度となく用いてきた昔ながらの追跡法の出番だ。

モムラクがバックで駐車場を出て車を転回させ、ストール通りへと走りだした。

三十秒後、スティレルが対象車両を確認し、三台後ろについて高速18号線方面へと追跡を開始した。

ヴィスティングも駐車場へ下りて車を出した。

モムラクは高速18号線を南下している。スティレルからは三台後ろについたまま車の流れに従って走行中との連絡が入った。

ハンメルはその一キロ後方に位置しているが、じきに追いつくという。ヴィスティングが三番手につき、マーレン・ドッケンからもすぐに出発するとの報告が入った。

スティレルからは定期的に通過ポイントの連絡が入る。パウレルトンネル、ヴァスボトゥン橋、ソールム、ランガンゲン。カーテ・ウルストルップはソールムに設置された道路公団の検問所で待機していた。

「いま通過しました。先頭を代わります」と報告が入った。

ヴィスティングは五分近く遅れている。アクセルを踏みこむと同時に心拍数が跳ねあがるのを感じた。モムラクはリッレゴールの岩壁に面したくだり坂を走行中、とウルストルップが告げる。二キロ先の出口を出ればポシュグルン方面へ、直進すればバンブレ方面へ向かうことになる。出口へ進むなら帰宅するということだ。

「直進します」ウルストルップが告げた。

ニルス・ハンメルの声が割りこんだ。ヘルメット用インカムの音声にはノイズが混じり、走行車の騒音も拾われている。

「そっち方面にいる知り合いといえば？」

「ニンニ・シェヴィクだ。ドキュメンタリー番組の制作者の」ヴィスティングは答えた。

ニンニからは夏のあいだ滞在中だという実家の住所を聞いている。「スタテッレのロードフスバッケン九番地だ」

カーテ・ウルストルップが数台の間隔を保って追跡しながら現在地を知らせる。ホーヴェトンネルに続いてブラットーストンネルを通過中だという。

「ハイスタ方面の出口を通過してさらに直進しています」

グレンラン橋を渡りバンブレトンネルを通過すると一九九九年の事件現場が近づいてくる。

「モムラクが18号線を降ります。最初の交差点でわたしはいったん離脱します。代わりは誰が?」

スティレルが応答し、相談の結果、ウルストルップはモムラクと別方向へ進み、スティレルがそのままスタテッレ方面へ追跡を続けることとした。

「こっちも追いつく」バイクのハンメルから雑音混じりの通信が入る。

「最初のロータリーに到着」スティレルが告げる。「左側にショッピングセンターがある。〈ブロートルヴェ〉だ。交通量がすごい」

高速道路を降りたことで追跡はにわかに難度を増した。

「スンビ通りに入る」スティレルが続ける。「ランゲスンに向かっている」

「おれが先頭を代わる」とハンメルが言った。

「ランゲスンには誰が?」スティレルが訊いた。

ヴィスティングが口を開く間もなく、ウルストルップが答えた。「ヨーナス・ハウゲル。子供時代からの友人です」

モムラクは引きつづきランゲスン方面へ南下している。ヴィスティングはようやく高速18号線を降りたところだ。マーレン・ドッケンからは二分遅れで走行中と報告が入った。

「左に折れた」とハンメルが告げ、「エクストラン方面」と標識を読みあげて送信ボタンを切った。

ヴィスティングは地名を聞きとりそこねた。「もう一度頼む」

「左に折れてエクストラン方面へ」ハンメルが繰り返す。「エクストラン方面へ。こちらは離脱、直進します」

スティレルが先頭を代わると応答した。ウルストルップもすぐ後方にいる。

「弁護士がそこに住んでいる」ヴィスティングは告げた。「クリスティアン・ボールマンが」

ウルストルップがその地区の説明をする。「広大な住宅街ですが、出口は二カ所だけです。わたしは東側の道路への出口にまわります」

モムラクが脇道に入ったためやむなく追跡を中断したとスティレルから通信が入った。ヴィスティングは弁護士の住所を思いだそうとした。たしか、通りの名はノルウェーの君主にちなんだものだったはずだ。そう、ホーコン善王の。

「その通りへ入ります」

スティレルが応答し、直後にモムラクの車を四十四番地の前で確認したと続けた。

「家の前に人影はなし」

一同は無線でやりとりを続け、モムラクが弁護士を訪ねた理由を推測した。

「取り調べで疑われていると感じたんでしょう」マーレン・ドッケンが言った。

ニルス・ハンメルはバイクを降りて徒歩で接近中のようだ。「弁護士はどの程度関わっているんです？　新情報が出てきたいきさつに」

「積極的には関わっていない」ヴィスティングは答え、ボールマンはニンニ・シェヴィクに捜査資料を貸しただけだと伝えた。

四人は二カ所の出口に分かれ、マーレン・ドッケンは離れた場所で待機した。五分ごとに交代で家の前を通過してモムラクの車が動いていないことをたしかめた。

四十分近くが経過したとき、突然ウルストルップが東側の出口にモムラクの車が現れたと告げた。

ハンメルもそちらの出口で待機していたが、ヘルメットの装着に手間取り遅れをとった。スティレルとヴィスティングは住宅街の反対側にいる。

「バスが前にいて目視で確認できません」ウルストルップが報告する。

ヴィスティングは奥歯を嚙みしめて減速帯を全速力で通過した。ハンメルは前方の車列のあいだを縫い、ウルストルップの車とバスを視界に捉えたという。

「じきに追いつきます」

その声は回転数を上げたエンジンのうなりにほぼかき消された。数分後、ハンメルからの通信が復活した。「モムラクがすぐ前にいます」そう言ってから悪態をつく。「端に寄ってこっちを追い越させようとしてる。先に行くしかなさそうです」

追跡班のひとりが対象車両の前に出ること自体は、残りの者が後方についていれば問題ではない。だが道を譲ったということは、バイクが目についたのだ。現時点では尾行に気づかれていないにしろ、モムラクの記憶に残ったハンメルはもう使えない。

「こちらはバスを追い越せません」ウルストルップが告げた。

ハンメルはバックミラーで後方を確認しているようだ。「やつはスタテッレ方面へ戻っている。ちょうど交差点に進入したところで、左側に教会がある。こちらは直進します」ややあって、ハンメルが続けた。「やつは左折した。繰り返します、教会を左へ」

ヴィスティングはマーレン・ドッケンに呼びかけた。「そっちへ行くかもしれん」

「了解」

カーテ・ウルストルップが教会からマーレンのいる場所へは二分足らずだと告げる。

「バスは追い越せました。モムラクから一分遅れで走行中です」

ヴィスティングの目が前方のバスを捉えた。そのバスが停留所に寄った隙に横を通過し、スティレルがそれに続くのをバックミラーで確認した。

一分が経過したころ、マーレンがカーテ・ウルストルップの車が接近中だと報告した。モムラクは別の道を通ったのだ。

「そこで待機してくれ」ヴィスティングは指示した。「監視を頼む」

ウルストルップが高速18号線への合流ルートの入り口で監視につくと答えた。

ヴィスティングはニンニ・シェヴィクの実家の住所をカーナビに入力した。案内に従って進むと、細い通りが網目のように張りめぐらされた住宅地にたどりついた。斜面に白い板壁の家々が建ち並んでいる。目的とする家は坂をのぼりきったところに見つかった。モムラクの車がとまっているかと期待したが、見あたらなかった。追跡は失敗だ。

60

ヴィスティングとアマリエは階段にすわってアイスクリームを食べていた。アマリエは食べながらしきりにおしゃべりをし、歌を口ずさんでいる。コーンはぐちゃぐちゃで、溶けたクリームが腕を伝って脚に滴っている。ヴィスティングが紙ナプキンでそれを拭おうとしていたとき、スティレルから電話が入った。

モムラクの車が母親の家にもないことを確認したあと、一同は追跡の失敗を認め、スティレルを除いた全員が引きあげた。ヴィスティングはスティレルにモムラクの自宅への道順を教え、私道の入り口から少し離れた場所に車をとめて徒歩で家へ近づくようにと伝えておいた。だがモムラクは帰宅前だったという。スティレルはその後も車中で待機し、私道の入りロの監視を続けていた。

「モムラクが戻りました」スティレルが言った。

ヴィスティングはアイスクリームの残りを口に押しこんで時刻を確認した。四時間近くが経過している。そこに留まって人の出入りを監視してほしいとスティレルに告げようとしたが、背後で車の走行音が聞こえ、すでに帰路の途中だと気づいた。

「高速の料金所に知り合いはいませんか」スティレルが訊いた。「われわれが見失ったあとにモムラクがどちら方面へ向かったのか調べれば、なにかわかるかもしれない」

「問いあわせてみる」

アマリエはアイスを食べ終えたが、大半は階段にこぼしてしまっている。ヴィスティングは携帯電話を耳と肩で挟んでアマリエの指を拭った。

「では、のちほど知らせてください。一度すべてを整理する必要がある。不明な点がまだ多い」

通話を終えると、ヴィスティングはアマリエをバスルームに連れて入り、汚れを洗うのを手伝った。

「車でドライブするのはどうだい」と訊くと、アマリエは顔を輝かせた。ヴィスティングはテラスのドアを閉じてアマリエを連れて出た。

リーネは友人と町へ出ていてしばらく車は使わないはずだ。ヴィスティングは娘の家に入って車のキーを取り、戻ったリーネが車のないことに驚かないようメッセージを送った。

それからアマリエをチャイルドシートにすわらせて車を出し、マーレン・ドッケンに電話でモムラクの帰宅を告げた。「まだ署にいるのかい」

「いま帰り支度をしていたところです。なぜです?」

ヴィスティングはフロントガラスのカメラを横目で見た。「このあいだドライブレコーダーを買ったんだ。オクルンゲンのモムラクの家のそばに車をとめておけば、人の出入りを撮影できるかもしれないと思ってね」

「なるほど」

「車は置いて帰るから、誰かに迎えに来てもらう必要があるんだ」

「お安い御用です。わたしが行きますね」

道順を告げたあと、ヴィスティングは車を走らせながらアマリエとゲームをした。アマリエは対向車のうち赤い車を、ヴィスティングは黄色い車を数えるという遊びだ。目的地に着いたとき、結果は8対0でアマリエの勝ちだった。

ヴィスティングはスティレルが監視に使ったと思《おぼ》しき待避所に車をとめた。私道までの距離はおよそ百五十メートル。カメラはデジタルズーム機能つきなのでクローズアップした映像が撮れる。私道の出入り口は道路を挟んだ反対側にある。それでも長時間とめておけばモムラクが気づく危険はあり、近づいてきてカメラを見つける可能性もある。ただしその場合は記録が残り、少なくともモムラクがあやしんでいることは確認できる。

マーレン・ドッケンが十五分後に到着した。ヴィスティングはチャイルドシートとアマリエをマーレンの車の後部座席に移してそこを引きあげた。

「エーリク・ロルのほうはなにか進展が?」

「ひとつ重要な発見をしたかもしれません」

「というと?」

「燃料の件なんですけど、モペッド乗りの少年たちは七缶を盗んだと供述しています。そのうち三缶は中学校の裏の森で発見ずみです」

ヴィスティングはうなずいた。その件は報告書で読んだ。

「さらに訊き込みをしたところ、盗まれたのは八缶だとわかりました」マーレンがヴィスティングを見てにっこりする。「エーリク・ロルが八缶目を盗んでクライセル家の放火に使ったのかもしれません」

「少年たちの記憶違いの可能性はないか。七か八かなんて……」

マーレンがきっぱりと首を振る。「八缶目はハーブ園の物置から盗まれたんです。少年たちは絶対にそこへは行っていないそうです」

ヴィスティングはまた首肯した。たしかに重要な発見かもしれない。

61

帰りの車内でアマリエは眠りこんだ。ヴィスティングはその身体を抱えて家に入り、ベッドに寝かせた。それからノートパソコンを手にテラスへ出た。

ダニー・モムラクの料金所通過記録の明細が添付されたグスタヴ・ボルクのメールが未読のまま受信箱に残っていた。それを開いて返信で感謝を伝え、今日の分の記録があれば知らせてほしいと依頼した。

添付ファイルには電話で聞いたものよりも詳細な内容が記載されていた。通過時刻は秒単位まで記録されている。リストをスクロールして重要な意味がありそうなものをざっと探したが、ぴんと来るものはなかった。

ひとまず手紙の投函に関わりそうな通過記録にマークをつけ、それ以外のものにも目を通していくことにした。

七月十四日木曜日、モムラクはシャトル運行とも呼ぶべき動きをしている。二通の手紙の投函の前後に通過が記録されている。一回目は午前零時過ぎ、そして二回目は同日の午後、三通目の手紙が届けられたころだ。

マークをつけたそれらの記録のあいだに、四件の通過が記載されている。モムラクは午前八時前に北行きの車線を通過しているが、十一時十五分まで戻ってきていない。その後はバンブレ西部に開通したばかりの高速道路の料金所を往復している。

なんらかの意味を読みとろうと頭をひねるうち、ある考えが閃いた。

かつて新車を購入し、料金自動支払い用のチップを古い車から移した際に、料金収受会社のウェブサイトの〝マイページ〟にアクセスして変更内容を登録する必要があった。そのページには自分の車の通過記録と支払い料金の明細が掲載されていた。

七月十四日木曜日、ヴィスティングはバンブレのステン・クヴァンメンの別荘を訪れ、一九九九年の事件の犯行現場に寄り、さらにクリスティアン・ボールマンの自宅も訪ねた。

マイページの明細によれば、高速18号線の南行き車線に乗ってシー料金所を通過したのが十二時十九分四十三秒。

続いてダニー・モムラクの明細を確認する。こちらはその七秒後に通過している。

ヴィスティングは固く目をつぶり、また開いた。首の後ろあたりで筋肉か神経が脈打ちはじめたように感じる。

その日モムラクは、真夜中過ぎにヴィスティングの自宅へ来て手紙を投函した。さらに午前中にまた戻って監視をはじめた。こちらを尾行していたのだ。

ステン・クヴァンメンの別荘へ向かう途中、ヴィスティングはバンブレの料金所も通過している。通過時刻は十二時四十六分二十三秒。ダニー・モムラクのほうは十二時四十六分二十七秒。

モムラクはすぐ後ろにいたにちがいない。

ステン・クヴァンメンとの話は一時間ほどで終わった。逆方向の車線に戻ったのが十四時四分二十三秒。ダニー・モムラクはその五秒後に通過しているが、シー料金所を通ったのはヴィスティングよりも五分早い。おそらく速度を上げてこちらを追い越し、自宅へ先まわりして手紙を投函したのだろう。

一日じゅうモムラクに尾行されていたにもかかわらず、気づきもしなかったのだ。

ほかの日にも同様のことが起きていないか確認したが、見あたらなかった。

スティレルに電話で伝えようとしたとき、携帯にマギー・グリフィンからメッセージが届いた。

〝時間があるときに電話して〟

ヴィスティングはすぐさまスカイプをつないでマギーを呼びだした。コンピューターのすぐ前にすわっているため、マギーの顔がほぼ画面いっぱいに映っている。背後にかろうじて見えているのは、どうやらホテルの部屋のようだ。

「どうも」とマギーが話しだす。「このあいだは会えてよかった。そっちはどう？」

を詫びた。ヴィスティングは協力に感謝し、調子よくやっていると答え、ニューヨークでの忙しさ
マギーの顔がさらに画面に近づく。「外にすわってるの？」

ヴィスティングは天候が回復したことを告げ、いまは自宅のテラスにいると答えた。「発見した衣服から採取されたDNA試料の鑑定結果が出たんだ。ヤン・ハンセンのものと一致した」

「では、カーティス・ブレアは捜査対象から外れそう？」

「彼がノルウェーを発った日付も確認できたんだ」

「チェック、ダブルチェックってわけね。わたしはまたコネチカットに来ていて、彼の母親に会ってきたところ」

母親のアン・ブレアから裏付けをとることはマギーに依頼してあったが、現地の捜査官に聴き取りを指示するものと思っていた。

「母親もカーティスの帰国の知らせを受けたときのことを覚えていた。七月四日のお祝いどころではなくなったって」

ヴィスティングはうなずいた。「その点は確実のようだ。知らせずにいてすまなかったね」

携帯の着信音が聞こえたが、マギーは画面を確認してそれを脇に置いた。「母親の手もとにカーティスが撮った写真が入ったCDがあったの。わたしが預かって、全部に目を通した

ところなんだけど」

連絡をくれたということは、なにかを発見したのだ。「気になることが？」

「写真が撮影された日のタイムスタンプが入ってなくて、ＣＤに保存された日付しかわからないんだけど、ノルウェーで撮ったものなのはたしかよ。風景の写真がたくさんある」

ヴィスティングはマギーが要点に入るのを待った。

「写真を一枚送るから見て。同じようなものが何枚もあるんだけど、これがいちばんわかりやすいと思う」

直後にノートパソコンがメールの着信を告げた。添付された写真を開くと、そこには迷彩柄のジャケット姿でカメラを手にした若い男が写っていた。

「写真、見られた？」マギーが訊いた。

ヴィスティングは目も上げずに答えた。「ああ」

「誰なの？　最初はカーティス・ブレアかと思ったんだけど。なにしろ二十年近くまえの写真だから、見た目はずいぶん変わっているだろうし」

「カーティスじゃない」

マギーがうなずく。「写真を撮ったのがカーティスでしょうね。でも、だったらこの迷彩服とカメラの男は誰？」

「兄だ。ヤンネ・クロンボルグの」

名前が出てこない。「ときどきジャケットを借りたとカーティスが言っていた」

どうにか思いだそうと頭をひねると、別のことが閃いた。刑務所での面会時にカーティス・ブレアが語ったことだ。ふたりは趣味が合ったが、交流はあまりなかったと言っていたはずだ。なんの趣味かは訊かなかったが、そのひとつが写真であってもおかしくはない。

「名前はペーデルだった気がする。合ってる？」

「そうだった。年はヤンネより三歳上だ」

ヴィスティングは立ちあがり、「ちょっと待ってもらえるかい」と言ってキッチンから手帳を取ってきた。

そして一九九九年のトーネ・ヴァーテラン殺害事件の時系列表のページを開いた。表は色分けしてあり、確認ずみの事柄は黒で、裏付けのとれていないものは青で記してある。カーティス・ブレアがクロンボルグ家を追いだされてチャールズ・ライトの家に預けられたという情報ははじめ青で記入したが、あとから黒で上書きしてある。

立ったまままさらに手帳を繰り、カーテ・ウルストルップと初めて会った日のやりとりを思いだそうとする。書き留めてはいないが、ヤンネの両親がヴァーテラン事件のことをよく知らなかったと聞いたはずだ。カーティスを追いだしたあと、すぐに娘を連れて山の別荘で一週間ほど過ごしたからと。ただし兄だけは家に残ったはずだ。

「どうかした？」マギーが訊いた。

ヴィスティングはふたたびノートパソコンの前にすわり、事情を話した。「犯行現場周辺には身元不明の人物があとひとり、あるいは複数いたんだ。迷彩柄のジャケットを着てカメラを持った男が」

マギーが背もたれに身を預けた。「DNAの証拠が新たに出ていなかったら、犯人候補がひとり増えていたところね」

ヴィスティングが返事をするより先に、マギーの携帯がまた鳴った。「今度は出なきゃ。また状況を知らせて」

「そうするよ」ヴィスティングは約束した。

通話終了とともにマギーの顔が消え、ペーデル・クロンボルグの写真が大写しになった。

ヴィスティングは警察のデータベースを開いてペーデルを調べた。妻子はなし、住まいはシーエン。犯罪歴にあるのは交通違反が一件だけだが、マギーの言うとおりだ。DNAの証拠が出ていなければ、犯人候補がひとり増えていたところだ。

62

アマリエは自分でスプーンを使っていた。朝食のシリアルがボウルの縁からあふれてテーブルに散らばった。すぐに立ちあがったリーネが急いでカウンターから布巾を取ってきて汚れを拭いた。

「ゆうべは遅かったのか」ヴィスティングは訊いた。

「まあね、思ってたよりは」

前夜はアマリエを数時間だけ預かる約束だったが、結局は泊まらせることにした。リーネは朝食を食べに来たところだ。

ボウルが半分空いたところでアマリエがぐずりはじめた。ヴィスティングはテーブルを離れるのを許し、皿を片づけにかかった。

「シーエンに行ってこなきゃならん」

「車はいつ返してもらえそう？」リーネが訊いた。

「いつ使う予定だ？」

「まあ、明日までは要らないかな」

「それまでには返すよ」

リーネがトーストを食べながら続ける。「シーエンでなにをするの？　事件になにか進展があった？」

「かもしれん」ヴィスティングは答え、マギー・グリフィンから知らされたヤンネの兄の件を話した。

「そっちはどうだ。セデリク・スミスとのごたごたに進展は？」

本当は訊くつもりではなかった。

「そうね、少なくともこの二日は連絡が来てない。それは変化かも」

ヴィスティングは食洗器に皿を入れるとテーブルに戻った。なにがあったか話すつもりがあるなら、いまがそのときだ。

「ばかなことをしちゃった」リーネは両手でコーヒーカップを包んだ。

ヴィスティングの胸が不安で締めつけられた。

「彼にお金を貸したの」リーネが続ける。「離婚でいろいろ大変そうだったから。養育費とか生活の立てなおしとかで。一カ月後に制作会社から配当金が入ったら返してもらうはずだった。配当額が思ったより少なかったから別の支払いにまわされちゃったんだけど、じきに作品が海外に売れそうだからボーナスが入ると聞かされたの。でもそれも口だけだった。いつも謝罪と言い訳ばかりで。調べてみたら、彼があちこちから借金しているのがわかったの。債権回収とか強制執行の話もいくつか出ているけど、わたしには無理。そんなことに関わるのは耐えられない。とにかく厄介事はごめんなの」

「そうだったのか」金額が気になったが、ヴィスティングは訊くのを控えた。

「終わりにしようと言ったのに、彼は拒んだ。電話やメッセージを何度もよこして、責め立てたり、脅したり、泣きついてきたりしたの。いまはおさまったけど」

リーネは外の芝生で遊ぶ娘に目をやった。「アマリエもようやくピアと遊びたいと言わなくなった。彼の娘のね」

「高くつく経験だったな。それでも、すっぱり忘れて前を向く気になったんだろ？」

リーネが苦笑する。「最後に会ったとき、彼に借用書を書かせた。利息十二パーセント、返済計画つきで。すっぱり縁が切れるのはずっと先になりそう」

ヴィスティングの顔を見たリーネは、もの問いたげな表情に気づいたようだ。「金額は十三万クローネ。預金をはたいたの。おまけに無職になっちゃった、彼とは働けないから」

ヴィスティングはなにも言わずに娘の腕に手を置いた。自分にはそれなりの蓄えがあり、家のローンも完済ずみで、警察官としては給料もいい。生活費以外に使うあてもない。

「現金が必要なら言ってくれ」そう言って椅子から立ちあがった。リーネは感謝の表情を浮かべたが、よほどのことがないかぎり助けを求めるつもりはないだろう。

「負担はかけたくない」

そう言って空のカップを食洗器に運び、アマリエを呼んだ。ヴィスティングはふたりを見送ってから自分の車に乗りこんだ。

カーナビの指示に従って行きついた場所はシーエン郊外に建つテラスハウスだった。どの窓のカーテンも閉じられている。ベルを二度鳴らすとようやく玄関脇の窓のカーテンが引きあけられた。剛毛を短く刈りこんだ男が顔を出したのを見て、ヴィスティングは戸口へ出るようにと手で合図した。

「ペーデル・クロンボルグさん？」

戸口に立った男はうなずいた。ヴィスティングは身元を告げ、入っていいかと尋ねた。

「ご用件は？」

「過去の事件に関して、新たな疑問がいくつか出てきまして。一九九九年のトーネ・ヴァーテラン殺害事件です。ダニー・モムラクが殺人罪で刑に服しましたが、事件には未解明な点が残っています」

ふたりはキッチンのテーブルについた。食べ物のにおいらしきものがかすかに漂っている。ペーデル・クロンボルグが汚れた皿二枚をどけた。「では、ダニーが犯人じゃなかったんですか」

「彼のことは知っていましたか」

「学年が同じだったので。ただ、小学校も中学校も別のクラスだったから、付きあいはなかったな」

ヴィスティングはダニー・モムラクの印象を尋ねたが、満足な答えは得られなかった。

「こういった事件では、警察は犯行現場付近の人の動きをすべて明らかにする必要があるんです。事件の日のことは記憶にありますか」

「いや、あまり。ヘリコプターが低空飛行していたが、買い物に出るまでなにが起きたか知りませんでした。トーネを捜索中だったとは」

「捜索活動が開始されたのは殺害の翌日です」ヴィスティングは指摘した。「いまは七月四日のことを伺いたい」

ペーデル・クロンボルグはうなずいただけで答えない。ヴィスティングは椅子から身を乗りだした。答えを引きだすしかなさそうだ。「あの日、自宅にはあなたひとりでしたか。ご両親とヤンネは家を離れたあとだったか、あるいはまだ在宅を？」

「ぼくひとりでした。ほかの家族は別荘へ行っていたから」

聞いていたとおりだ。「当時、アメリカ人の少年がお宅にホームステイ中でしたね」

「カーティスです」ペーデル・クロンボルグがうなずいた。「あいつは国へ帰りました」

「なぜです？」

「ちょっとしたトラブルが起きたせいで。あいつは妹に手を出そうとした。まだ十五歳だったのに。父がそれを見咎めて、カーティスを予定より早く帰したんです。あのときはいろんなことがいっぺんに起きた。トーネのことも、ヘリコプターのことも、なにもかも。あの朝起きたときには、チャールズがカーティスを迎えに来たあとだった。それから両親がヤンネを別荘に連れていったんです」

ヴィスティングはさらにいくつか質問をしたが、最終的にカーティス・ブレアはトーネ・

ヴァーテランの失踪前にクロンボルグ家を出たという結論に達した。

「事件の記録を一から読んでみましたが、当時警察が聴き取りをしたなかにあなたの名前はないようですね」

「なぜぼくの名前が？」

「すべての人に話を聞いたはずなので。とくに、トーネが消息を絶った場所の近くにいた人たちには」

ペーデル・クロンボルグは釈然としないようだ。

「七月四日の午後から夜にかけて、迷彩柄のジャケット姿でカメラを持った人物の目撃証言がいくつか出ています。あなただった可能性は？」

ペーデル・クロンボルグは当惑の色を浮かべた。「どうかな」

「あの夏はよく写真を撮りに出ていましたか」

「ええ、それが？」

「出かける際には迷彩柄のジャケットで？」ヴィスティングはたたみかけた。

「まあ、少なくともその手のジャケットを持ってはいましたが。父が軍放出品のセールで買ったやつを」

ヴィスティングはマギー・グリフィンから送られた写真を置いた。「これはあなただ」問いかけるのではなく断言する。

「見たことのない写真だな」

「一九九九年にカーティス・ブレアが撮ったものです。撮影に出るときはリュックサックを背負っていましたか」

ペーデル・クロンボルグがうなずく。「ときどきは。折りたたみ椅子がついたやつです。シャッターチャンスを待つあいだ、広げてすわっていられるので」

「わかりました」ヴィスティングは言った。目撃証言にあるカメラと迷彩柄のジャケットとリュックサックの男がペーデル・クロンボルグだったことは間違いないだろう。

「目撃されたのがあなたなのはわかった。知りたいのは、なにを見たかということです。トーネ・ヴァーテランかダニー・モムラクを見たとか、あるいはほかのことに気づいたとか、そういったことは？」

ペーデル・クロンボルグは首を振った。

「当時の写真はどこに？」ヴィスティングは続けた。

「さあ。少なくともここにはない。母がまだ持っているかもしれないが、引っ越したときに捨てたかもしれない」

ヴィスティングは姿勢を楽にして話を切り替えた。「タリュエ・クロンボルグ氏に対して、ある告発が寄せられています」

「どんな？」

「ヤンネに関するものです」

ペーデル・クロンボルグが顎をこわばらせ、険しい表情を浮かべた。「父は具合がよくない」詳しい説明を求めようとはしない。「本人にはなにも訊かないでほしい。母にもだ。神経を病んでいるので。昔からずっと」

「では、あなたからなにか聞かせてもらえますか」

室内の空気がかすかに変わった。

ペーデル・クロンボルグは首を振った。「いや、話すことはなにも」そう言って立ちあがる。「大昔の話です。話したところでなにも変わらない。起きたことを元には戻せない」

ヴィスティングはテーブルに目を落とし、それ以上の追及はやめることにした。ヤンネ・クロンボルグの身に起きたことは今回の事件に関わってはいない。

完全に満足のいく結果とは言えないものの、ヴィスティングは訪問を切りあげてその場を辞した。解明すべき点はまだ多い。

63

ペーデル・クロンボルグ宅にいるあいだ車は日差しにさらされていた。ヴィスティングはウィンドウを全開にして走りだした。熱気を残らず逃がしてからウィンドウを閉じ、アドリアン・スティレルに情報を伝えた。

「一九九九年の事件当日に現場周辺で複数の目撃証言が出ていた人物は、ペーデル・クロンボルグでほぼ間違いないだろう。人によって目についたものがカメラだったり、迷彩服やリュックサックだったりしたわけだ」と締めくくった。

「ステン・クヴァンメンにはすでに連絡を?」スティレルが訊いた。

「いや。知らせる理由がない。少なくとも、いまはまだ」

ふたりは次の動きを相談した。

「まずは法医学局からトーネ・ヴァーテランのブラウスの詳細な分析結果が出るのを待ちたい」ヴィスティングは言った。「それから、まえにステン・クヴァンメンの家を訪ねた日に、モムラクに尾《つ》けられていたことがわかった。モムラクと弁護士との面談を設定して、この件を追及するべきだと思う」

スティレルも同意した。「検察官がお待ちかねです。うちの上司も。結論はいつ出そうですか」

「今日中に」

スティレルは連絡を待つと答え、通話を終えた。

やはりステン・クヴァンメンにも知らせておくべきだろうかとヴィスティングは考えた。一九九九年当時、カメラを持った男の複数の目撃情報はクヴァンメンの頭痛の種だったにちがいない。身元が判明したとなれば知りたいはずだ。それに、当時は解けなかった謎を解明したと告げることでなにがしかの満足を得たい気持ちがあるのも否定できない。

携帯電話に保存したクヴァンメンの番号にかけて何度か呼出音を鳴らしたが、応答はなかった。

法医学局からの電話が来たのは帰宅後の夕刻だった。リーネが買い物に出たため、アマリエをまた預かり、飲み物をせがまれてスカッシュをこしらえたところだった。

「ブラウスから採取した試料を詳しく分析したところ、ご指摘のとおりのようです」女性分析員が告げた。

ヴィスティングは携帯電話を耳と肩で挟み、スカッシュのグラスをテラスに運んだ。

「専門的な話になりますが」と分析員が続ける。「ALP値の上昇が認められました。これはがんの転移を示すものと考えられます。さらに、細胞質内にアウエル小体様のものが多数認められます。これも強力な指標となります」

ヴィスティングはテラスのテーブルにグラスを置いたが、遊びに夢中なアマリエは飲みに来ようとしない。

「つまり、がん患者から採取したものだと?」

「病名までは断言できませんが、少なくとも健康体とはほど遠い男性のものであることはたしかです」

ヴィスティングはスカッシュのグラスのまわりを飛びまわるハチを手で払った。

そして腰を下ろした。「わかりました。報告書は今日中にもらえますか」

「個々の分析結果はお渡しできますが、結論をまとめるのにもう少しかかりそうです」分析員が答えた。「それから、もうひとつ気になる発見がありました」

「なんでしょう」

「試料に異物が混入していたんです」

アマリエがやってきて両手でスカッシュのグラスを持つ。

「異物？」ヴィスティングは訊き返した。「というと？」

「遺体と衣服、どちらにも由来しないもので、シリコンなどを含む合成化合物です」

「どこから混入したかはわかりますか」

「似たようなものが見つかることはこれまでもありました。おそらくは、コンドームに使われているシリコンベースの潤滑剤だと思われます」

ヴィスティングは椅子に沈みこんだ。瞼《まぶた》を閉じ、心の目でヤン・ハンセンのDNAがウッレシュモ刑務所の面会室から持ち去られる光景を思い浮かべる。

「精液に混入した形で検出されるのは珍しいですね」分析員が続ける。「普通はレイプ事件で人体由来の遺留物が見つからない場合に、そういった化合物の有無を調べることが多いんです。犯人がコンドームを使用したことを証明するために」

ヴィスティングはその発見も報告書に加えてほしいと念押しした。

「もちろんです。今日お送りする分析報告書にも含まれていますが、最終報告書ではより詳しく説明します」

「よろしく」

アマリエが大声で呼んだ。芝生の上ででんぐり返しするのを見てほしいらしい。そのときようやく芝生が刈りこまれていることに気づいた。留守のあいだにリーネが手入れしてくれたのだろう。

上手に転がるアマリエを褒めてやってから、ヴィスティングはスティレルに電話をしていま聞いたことを告げた。

「ハンネ・ブロムだ」スティレルが反射的にそう言った。「恋人の」

ヴィスティングは別の線を考えていた。

「ダニー・モムラクもヤン・ハンセンの精液を入手できたと思う。モムラクの刑務作業のひとつは面会室の掃除だった。そこから使用済みのコンドームを拾って持ちだすことはできたはずだ。モムラクの一時帰宅の記録とヤン・ハンセンの面会記録を突きあわせてみた。仮釈放前の一時帰宅日のひとつが、ハンネ・ブロムの面会の翌日になっている。ハンセンのがんの診断が下ってまもなくだ」

　その説を咀嚼しようとするように、スティレルが回線の向こうで黙りこんだ。

「たしかに筋は通る」と返事があった。「しかし、なぜわざわざハンネ・ブロムの指紋を手紙に残す必要が？」

「疑いをよそに逸らすためじゃないか、計画に問題が生じた場合に」

「では、これで決まりだ」スティレルが断言した。「証拠偽造罪で逮捕できる」

「その条項を適用するのは無理だろう。やつが偽の手がかりを仕掛けた事件は、すでに捜査がすんで審判が下されている。法的に見れば、むしろ補償金詐欺を試みたということになるんじゃないか。再審無罪判決が下れば、補償を受ける権利が得られる」

　スティレルがふたたび考えこむ。「弁護士はどこまで知っていると思いますか」

「わからん。とにかく、形勢を逆転させる必要がある」

「どのように？」

「モムラクの逮捕はまだ早い。やつの計画を阻止することはできるが、現状では起訴には持ちこめない。計画が消えてなくなるだけだ。ヤン・ハンセンのDNAが新たな証拠として認められ、再審開始の根拠とされなければ、ダニー・モムラクが一線を越えることにはならない。これまでは向こうがゲームを仕掛けていたが、今度はこちらの番だ」

「どうするつもりです」

「新たなDNAの証拠が本物だったかのように振る舞うんだ」ヴィスティングは答えた。「ダニー・モムラクと弁護士を呼んで捜査の進展を告げる。それから、向こうが正式に再審請求を行うのを待つんだ。その段階まで行けば立派な詐欺になる」

スティレルもその案を気に入った。「検察官に掛けあって、ゴーサインが出たら知らせます」

アマリエが刈りたての芝生の上でくるりとまわった。ヴィスティングは歩数計をたしかめた。ちょうど千歩を超えたところだった。

64

「この子に日焼け止めを塗ってくれた?」リーネが訊いた。「効果抜群のクリームを置いといたんだけど」

リーネが出かけるときアマリエは日陰に敷いた毛布の上で遊んでいた。そこはいま焼けつくような日差しにさらされている。

「いや」ヴィスティングは細めた目で空を見上げた。「すまん」

日焼け止めクリームを両手に取ったリーネがアマリエを呼んでそれを擦りこんでやる。

ヴィスティングは室内に入ってスカッシュをこしらえ、グラス二客とともに持って出た。

スティレルと話してから一時間が経過していた。就業時間内にモムラクの弁護士のボールマンに電話して面談を設定しておきたかった。

「芝刈りをすまんね」ヴィスティングは腰を下ろした。

「そろそろ刈りどきみたいだったから」

そのときスティレルからメッセージが着信した。担当検察官から計画実行の承認が得られたのだ。

リーネとアマリエが帰るのを待ち、ヴィスティングはボールマンに電話をした。応答した弁護士の声には作業の途中だったような、かすかな緊張が感じられた。壁塗りの最中で、足場の上にいるのかもしれない。

「連絡をいただけてよかった」とボールマンは言った。「モムラクの自宅を訪ねたそうですね。できれば今後のやりとりはわたしを通していただきたい」

「そう思って電話をしたんです。面談の場を設けたい。休暇中にもうしわけないが、至急都合をつけてもらえるとありがたいんだが」

「いいですとも。クヴァンメンの話では、大きな動きがあったそうですが」

「クヴァンメンの？」

「ええ、個人的に話しただけですが。あなたと話したあとすぐに連絡してきたようでした。なんとも驚くべき話のようですね」

クヴァンメンはどこまでしゃべったのか。ヴィスティングは苛立ちに襲われた。「ステン・クヴァンメンは今回の捜査には関わっていない。通常は関わることはありません。われわれの主眼は、当時の捜査にミスがなかったかを調べることですから」

「だからこそ連絡してきたんでしょう。自分のミスはなかったと主張するために」

「どういうことです？」

ボールマンは少し考えてから答えた。「トーネ・ヴァーテランの衣服が発見され、そこからヤン・ハンセンのDNA型が検出されたものの、最近になって仕込まれたものらしいと言っていました。ハンセンががんに侵されたあとに」

ステン・クヴァンメンが電話に出ず、話をするのを避けていた理由にヴィスティングはようやく気づいた。進行中の捜査の最新情報を漏らしただけではなく、その結論に飛びついたのだ。だがそれも自分のミスだ。クヴァンメンに知らせるべきではなかった。

「一九九九年の捜査に誤りがあったのであれば、断固として正さねばならないとのことでした」ボールマンが続ける。「ただし、脅しをほのめかしてもいましたよ、モムラクにとって藪蛇《やぶへび》になるぞと。たとえば、ニンニ・シェヴィクのドキュメンタリーに出たりすれば」

「藪蛇とは？」

「証拠のDNAをでっちあげることで得をするのはモムラクひとりですから、当然ながら」

ヴィスティングは落胆のあまり頭を抱えた。「このことはダニー・モムラクには？」

「昨日ここへ来たので。おたくの部下に尋問されたあと、すっ飛んできましたよ」

「アグネーテ・ロル殺害の件です」ヴィスティングは認めた。

「まえもって知らせていただきたかった」

「あの事件は詳しく知らないものでね。目撃者の可能性があるということだと理解していますが」

ボールマンが咳払いをする。「こちらもそのように理解していますよ。さて、面談をご希望とのことですが、場所はわたしの事務所でかまいませんか」

日程については、ヴィスティングは翌日を希望したが、最終的に週の後半で合意した。

「モムラクにはこちらから確認します」弁護士はそう言って通話を終えた。

ヴィスティングは携帯を手にしたままクヴァンメンにかけるべきかと悩んだすえ、ダメージの大きさをたしかめ、話がどこまで漏れたかを正確に把握する必要があると判断した。

しかし、つながると同時に留守電に切り替わったため、代わりにスティレルにかけた。腹立ちのあまりじっとしていられず、室内を歩きまわりながら詳細を告げた。

「計算の上で知らせたのかもしれない」スティレルが考えを口にした。「ステン・クヴァンメンは事件が注目されて騒ぎになるのを防ごうと必死のはずです。証拠のDNAが偽物だという情報を流すことで、ボールマンとモムラクに計画を断念するチャンスを与えた。口を封じたんです」

その可能性はヴィスティングの頭になかったが、スティレルの言うとおりだ。故意に情報を漏らして捜査そのものを終わらせようとしたのかもしれない。

「少し頭を整理して対応を考える時間がほしい」ヴィスティングは腰を下ろした。「明日電話するよ」

そしてキッチンのシンクの前へ行ってグラスに水を注ぎ、窓辺に立った。熱いアスファルトの上を、息をあえがせた犬が男に連れられて歩いている。遠くで緊急車両のサイレンが鳴っている。その音がひとしきり大きくなり、いきなりやんだ。

クヴァンメンの別荘まで車を飛ばそうかと考えたが、思いなおしてテーブルにノートパソコンを開いた。法医学局から分析結果が届いている。残りの雑多なメールに交じって料金収受会社のグスタヴ・ボルクからの返信も来ていた。

詳しく目を通そうとしたところへ電話が鳴った。カーテ・ウルストルップからだ。応答するなら、証拠のDNAが捏造されたものだったと告げる必要がある。今後の計画を知らせる相手は最小限にすべきだが、ウルストルップを除外するわけにはいかない。少なくとも電話を無視することはできない。

「ひとつお知らせしておこうと思って」とウルストルップが言った。「ヨーナス・ハウゲルが今朝アンフェタミン所持で逮捕されました。ほかにもいくつか裁判待ちの件があり、勾留の話も出ています。それで、ハウゲルがあなたに伝えたいことがあると」

「ほう、それで？」

「いま留置場で聞いてきたところなんですが、取引したいそうです。勾留しないならダニーについて証言すると」

「どんな証言を？」

「拳銃を所持していると」

ヴィスティングは背筋を伸ばした。「拳銃を？」

「数週間前にハウゲルの自宅に現れたとき、ダニーはズボンの腰に拳銃を下げていたそうです。抜きはしなかったものの、わざと見せつけて一九九九年の供述を変えさせようとしたとか」

ヴィスティングは黙ってその意味を考えた。

「通常はそういった情報が入れば対応します」ウルストルップが続ける。「ダニー・モムラクを逮捕して自宅を捜索するんですが、そちらの計画の妨げになるならやめておきます」

ヴィスティングは捜査の進展とモムラクの弁護士とのやりとりを告げた。

「こちらの情報は何週間もまえのものですし、あと数日待っても問題ありません。ヨーナス・ハウゲルの話が信頼できるかどうかもあやしいですし。勾留を免れるためならなんでも言うでしょうから」

通話を終えたあとヴィスティングはテラスに出て庭を歩き、やがてキッチンのテーブルに戻った。ノートパソコンをスリープモードから復帰させ、グスタヴ・ボルクのメールに添付されたファイルを開いて前日のダニー・モムラクの料金所通過記録に目を通す。ヴィスティングらが見失ってから八分後、モムラクの車は高速18号線の南行き車線を通過している。一時間あまりののち、今度は復路を走行している。

ゆっくりと、しかし確実に、ヴィスティングの心拍数が上昇しはじめた。前回モムラクがその料金所を通過したのは、ステン・クヴァンメンの別荘へ行くヴィスティングを尾行したときだ。

携帯を手に取ってもう一度クヴァンメンの番号にかけてみたが、やはり応答はない。みぞおちのあたりに妙なざわつきを覚えた。卓上の車のキーをつかみ、しばらくそれを握りしめていたあと、ヴィスティングは立ちあがった。たんなる勘だ。胸騒ぎがするだけであって、警告や通報が必要な根拠としては不十分だが、じっとしてはいられなかった。

65

二〇一四年二月二十七日、十三時五十分

狭苦しい面会室は撮影にうってつけとは言えないが、ほかに選択肢はなかった。

「例の男の件でなにかわかったことは？」ニンニが照明とピントを調節していると、ダニーが訊いた。

ニンニは首を振った。どこかで誤解があったようだ。カーティス・ブレアはトーネ・ヴァーテランの殺害前に町を離れていたらしいが、それをダニーに告げるつもりはなかった。いまはまだ。

「ひとっ飛びしてこようかと思って」そう答えたのは、もっぱら相手を感心させるためだ。

「アメリカへ？」

「ええ、でもほかにもわかったことがある」

ダニーはすぐには訊き返さなかった。すべてを映像に収めるために、カメラをまわすまではニンニが多くを語らないことに慣れてきたのだ。ニンニのほうも早く話したくてたまらないが、重要なのは相手の反応を残らず記録することだ。これから伝える件が相当な反応を引き起こすのは間違いない。

「わかったこととは？」録画ランプが点灯するのを待ってダニーが訊いた。

「あなたの弁護士から捜査資料を受けとりました」ニンニは席についた。「すべてに目を通して、興味深い発見をしたんです」

「新しい発見を？」

ニンニは首を振った。「最初から明らかだったことです。でも誰もその重要性に気づかなかった」

そしてフォルダーを開き、ヤン・ハンセンの供述調書を取りだした。「そのまえにひとつだけ」そう言ってから調書を差しだした。「居住区画に戻ったら、なにごともなかったように振る舞ってください。ごく普通に」

ニンニはちらっとカメラを見上げた。いまの注意はカットしなければ。「いいですか」

「オーケー」ダニーは答えて書類に手を伸ばした。

それを読みはじめたが、すぐにはぴんと来ないようだ。最初に目を通したときはニンニも同じだった。名前や形式的な質問などの詳細は読みとばして供述内容を確認した。はじめは誰の供述であるかには注意が向かなかった。目撃された内容こそが肝心だと思っていた。ところがこの事件の場合、その逆だったのだ。

「答えは意外なほど近くにあるかもしれない」ニンニは言った。

ダニーはまだ気づかないようだ。

「これは六号室のヤン・ハンセンによる供述です。トーネが殺害されたとき彼は現場近くにいた。生きているトーネを最後に見た人間のひとりだったの」

ダニーは凍りつき、やがて反応した。びくっと身じろぎしたかと思うとわななきはじめた。がくがくと全身を震わせる。

ニンニはそれを映像に捉えてからヤン・ハンセンについて知っていることを告げた。

ダニーは口を引き結んで聞いていた。そして話がすむとカメラを見据えた。「切ってくれ」

ニンニは立ちあがって言われたとおりにした。自分がなにかを手にしたのがわかった。ビッグチャンスをつかむきっかけを。この獲物をうまく扱えば名が売れる。それはニンニにとって、途轍《とてつ》もなく大きな意味を持つものだった。

66

黒い犬は飛び起きたものの、ステン・クヴァンメンの車の陰から出てこようとしなかった。ヴィスティングは奥へ進んで前回と同じ場所に車をとめた。砂利を踏みしめて外へ出ると、背後でうろつく犬を残して別荘に近づき、海側へまわった。ひんやりした潮風が岸へ吹き寄せ、空気をそよがせている。

前回案内されたテーブルの上に新聞が置かれ、居間に通じる引き戸は開いている。隙間から吹きこむ風にレースのカーテンがなびいている。

「こんにちは」ヴィスティングは呼びかけた。

一羽のカモメが桟橋の杭《くい》から飛び立った。羽ばたきの音が消えると、しんとした静寂があたりを覆った。

「クヴァンメン！」ふたたび呼びかけたが、やはり返事はない。

引き戸の前へ行ってカーテンを脇へ寄せた。無人の居間に足を踏み入れると床板がきしんだ。廊下へ出ると寝室のドアが開いていた。ベッドは乱れたままだが、室内はきれいに片づいている。

さらにクヴァンメンを呼びながらもう一方の寝室とキッチンもたしかめたが、どこにも人の気配はない。

もう一度テラスへ戻ってみる。日差しに焼かれて色褪せた草の斜面がなだらかに桟橋へと続き、そこにつながれたボートが穏やかに打ち寄せる波に揺られている。

犬がゆっくりと近づいてきた。すわりこんでヴィスティングを見つめ、開いた口からだらんと舌を垂らす。

「喉が渇いているのかい」

ヴィスティングは室内に戻ってキッチンの蛇口をひねり、水が冷たくなるまで待ってからボウルに注いで外へ運んだ。

犬はむさぼるようにそれを飲んだ。ヴィスティングは桟橋まで行ってみたが、ボートも無人だった。水底に目を凝らしても海藻が波に揺られているだけだ。手びさしで日差しをさえぎって丸石の浜を見わたしてみる。前回も見かけた白鳥のつがいが小島の陰から現れたが、ほかにはなにも見あたらない。

どうもおかしい。

斜面をのぼり、家の周囲に足跡などの痕跡がないか探したが、なにが起きたかを知る手がかりになるものは見あたらなかった。

暑さで身体がべたつき、シャツが背中にへばりつく。クヴァンメンの車に近づいて運転席のドアをあけようとしてみたが、ロックされていた。

座席の上にも隙間にもなにも見あたらないが、車からは異臭が漂っているようだ。酷使された触媒コンバーターが故障したようなにおいがする。

後部座席も整然としている。車の後部にまわって荷室を覗きこむとウィンドウが曇っていた。両手をガラスに押しつけて目を凝らし、数秒たってようやく見えているものを理解した。とっさに火傷《やけど》でもしたように後ずさった。気を取りなおして二歩近づき、見間違いではないかと確認する。

ステン・クヴァンメンが両手を縛られ身体を折りたたまれた状態で、身じろぎもせず犬のケージに閉じこめられている。

ヴィスティングはリアゲートを開こうと何度もハンドルを引いたが、そこもロックされていた。石を拾って運転席側のウィンドウに投げつけてみたものの、あっけなく跳ね返る。おまけに警報装置が鳴りだした。

さらにもうひとつ、やや大きめで尖《とが》った石を手に取った。それをウィンドウに叩きつけ、三度繰り返したところでガラスにひびが入った。四度目で穴があいてガラスは砕け散った。焼けつくような車内の熱気と悪臭が押し寄せる。手を突っこんでどうにか内側からドアをあけた。この車種には詳しくないが、運転席からリアゲートを開くためのレバーがどこかにあるはずだ。それを探しだして引くと、警報音に紛れてカチッと解錠音がした。

ステン・クヴァンメンは両膝を胸につけ、そのあいだに頭を挟んだ姿勢で押しこめられていた。ケージの扉をあけると片脚がだらんと飛びだした。もう片方の脚もつかんで身体を半分ほど引きだすと、頭が後ろへのけぞった。顔は紫に染まり、つぶれた火膨れや血の滲んだ傷口に覆われている。

ヴィスティングは相手の片腕をつかんで全身を引きずりだし、前庭の日陰へ運んで地面に横たえた。

それから緊急通報室のオペレーターに確認されるはずだと気づき、クヴァンメンの首に二本の指を押しあてた。皮膚は温かい。やわらかく湿っているが、脈はなかった。

67

最初に到着したパトカーの警官が車のボンネットをあけてバッテリーのリード線を切断し、警報を止めた。続いて鑑識班の到着に備えて立ち入り禁止テープを張った。

ヴィスティングは海に面した裏手にまわり、桟橋を見下ろしていた。アドリアン・スティレルはすでに車に飛び乗ってオスロから向かっている。最新の状況を確認しようと車内からも電話をかけてきた。

「鑑識が到着したところだ」ヴィスティングは告げた。「だが見たところ、クヴァンメンは脅されてケージに押しこめられ、放置されたらしい」

「昨日のことでしょう。わたしがモムラクの家の前で帰りを待っていたときだ。二十四時間が経過している」

「今朝までは生きていたかもしれん。だが、着いたときには死後かなりたっていた」

スティレルが嘆息した——長々とした、はっきり聞きとれるほどの音で。

かつてヴィスティングはこれと似た状況の事故死を扱ったことがある。ルーマニア人の季節労働者がブルンラネスの農園でラズベリーを収穫していた。枝に引っかかれるのを防ぐためにレインスーツを着用していたが、その日の気温は三十度近くあった。やがて熱中症で倒れ、発見されたのは数時間後だった。病院搬送時には深部体温が四十一・八度に達していた。臓器の大半はすでに損傷し、二十四時間後に集中治療室で亡くなった。

クヴァンメンの車の内部は少なくとも九十度にまで跳ねあがったことだろう。さながらオーブンだ。車内にあったものはすべて、一時は同じ温度に達したはずだ。

「ステン・クヴァンメンがニュースに登場したのを見て、モムラクがテレビに唾を吐いたことは話したかな」

「いえ」スティレルが答えた。

ヴィスティングはその話を伝えた。「やつは自分の置かれた状況をすべてクヴァンメンのせいにしていたんだろう。しだいに激しい憎悪を募らせていった」

「昨日モムラクは弁護士から計画が失敗に終わることを知らされた。証拠のDNAがいんちきだとばれたことを。それでかっとなったんでしょう」

白鳥のつがいが雛を連れて桟橋へと泳いでくる。雛たちはかなり大きくなり、羽の色も白っぽくなっている。

「カーテ・ウルストルップにも連絡した」ヴィスティングは言った。「すでに出動の準備に入っている。所轄の緊急機動隊が逮捕する手はずだ」

そして腕時計に目をやった。「集合場所は閉鎖されたオクルンゲン駅の前だ。モムラクの家から八百メートルの場所にある」

「そちらへ向かいます」

68

緊急機動隊のリーダーの指示で飛ばされたドローンが、上空高くから人けのない集落全体をカメラに捉えていた。隣家とのあいだには針葉樹に覆われた低い尾根が横たわり、十分な距離があるため突入の際にも配慮の必要はない。

ヴィスティングは空を見上げた。飛行音が聞きとれないため、高度二百メートルまで下降してダニー・モムラクの家を映しはじめたときにようやく肉眼でドローンを捉えられた。

モムラクの車は前庭にとめられている。ドローンがさらに高度を下げて家の周囲を旋回する。玄関も裏口もドアは閉じられている。ヴィスティングが数日前にすわったテラスにも人影はない。

警察無線で短く指示が飛ぶ。「突入！」

ヴィスティングはスティレルとウルストルップとともに、ドローンのコントローラーのモニターでその様子を見守った。黒いオフロード車二台が土埃を巻きあげながら未舗装の私道を突っ走り、家屋の正面へ向かった。車のドアが勢いよく開き、八名の緊急機動隊員が飛びだしてそこを取りかこむ。四名が玄関ドアに近づいた。

ドローンがさらに接近し、無線が同時通話モードに切り替えられる。隊員のひとりが拳でドアを叩き、ダニー・モムラクの名前を呼んで出てくるように命じる。

五秒経過後、ドアがこじあけられて隊員四名が突入した。各部屋を確認するたびに短い報告が入る。

「クリア」

「クリア」

さらに三部屋の無人が確認され、二名が屋根裏をたしかめた。

「クリア」屋根裏からも報告が繰り返される。

「了解」と応答がある。「終了せよ」

戸口に現れた隊員たちにドローンが接近した。四名とも短機関銃を背中に掛けてヘルメットを脱いでいる。

最後尾の車両に待機していたリーダーが前へ進みでて状況報告を求めた。

「誰もいません。屋内は無人です」

同時通話モードが終了され、ドローンが戻される。ヴィスティングは車に乗りこんだ。家の前に車をとめると、森の奥から猫が近づいてきた。ヴィスティングは室内を自分の目でたしかめることにした。スティレルもあとに従う。

家は無人であるだけでなく、放棄されたように見えた。唐突に。

食べかけのシチューらしきものの皿のまわりで蠅が飛び交い、電気コンロの鍋の上にもなにかが飛びまわっている。テーブルには栓のあいたコーラの缶と煙草の箱、ライター、鍵束が残されている。

ヴィスティングは鍵束に注目した。一本はメルセデスのキーだ。「ステン・クヴァンメンのものだ」とそれを示した。

家じゅうを一室ずつ調べたが、ダニー・モムラクの行方の手がかりはつかめなかった。外へ出る際にヴィスティングは廊下のヒューズボックスの前で足を止め、カバーを開いてスマートメーターを写真に撮った。

前庭に出ると機動隊のリーダーが通話を終えるところだった。「モムラクの携帯の追跡を開始しました。十五分で居場所がわかります」

ヴィスティングは車に向かいながら、スティレルとカーテ・ウルストルップにも乗るように促した。

「行き先は？」スティレルが訊いた。

「遠くじゃない」

69

ヴィスティングはリーネの車の運転席に、スティレルが助手席にすわった。カーテ・ウルストルップは座席のあいだから身を乗りだしている。車は大木の陰にとめてあったが、それでも車内には熱気がこもっている。ヴィスティングはエンジンをかけてエアコンの風量を最大にした。

ドライブレコーダーに内蔵されたモニターはごく小さなもので、三人は頭を寄せあってそれを覗きこんだ。録画映像がずらりと並んでいる。表の道路を通過した車両がすべて記録されているためだ。一台目は前夜にヴィスティングとアマリエを乗せて帰ったマーレン・ドッケンの車だった。

三人は片っ端から映像に目を通した。どちらの方向から来た車も残らず映っているが、手に負えないほどの数ではない。

ヴィスティングが待避所に車とカメラを残してから一時間とたたないうちにシルバーのステーションワゴンが現れ、ダニー・モムラク宅の私道に乗り入れた。時刻は十八時三十四分。ヴィスティングはその車に見覚えがあった。モニターの小さな映像では登録ナンバーは読みとれず、フロントガラスのひびも見えないが、ニンニ・シェヴィクの車に間違いないようだ。後ろに砂埃が巻きあがっている。

ヴィスティングは次々に映像を確認した。ニンニは一時間が過ぎても出てこない。

カーテ・ウルストルップの無線機からノイズが漏れた。機動隊のリーダーからだ。「携帯は電源が切られています。最後に確認された場所は住居の東側の地点です。付近一帯を捜索します」

その知らせが意味するところをつかみかね、ヴィスティングはウルストルップに目をやった。

「了解」通信が切れる。

ヴィスティングは次の映像を確認した。ノロジカが二匹の小ジカを連れて道路を横切っている。センサーがそれに反応したのだ。二十一時二分にようやくニンニ・シェヴィクの車が姿を見せた。私道の入り口で停止し、木材運搬車が通過するのを待って道路に出た。

「二時間半近くか」スティレルが計算する。

ヴィスティングは映像を戻し、車が私道の入り口でとまったところで一時停止させた。操作に手間取りながらズームインする。ウィンドウが光を反射しているが、同乗者がいないことは確認できた。

機動隊のリーダーからふたたび無線が入った。携帯電話と衣服がファリス湖岸のスイミングスポットで発見されたという。

車を家の前に戻し、三人は東の森のなかをのびる小道を歩いて湖岸へ出た。

機動隊のリーダーから携帯電話を受けとったウルストルップがそれを証拠品袋に入れた。

「ズボンのポケットにありました」とリーダーが言い、岩の上に広げられた衣服を指し示した。擦り切れたジーンズ、Tシャツ、ボクサーパンツ、靴下。すぐ横の地面にスニーカーも置かれている。

ヴィスティングは波が打ち寄せる湖岸を見渡した。黄色い花粉の筋が波打ち際を縁取っている。

リーダーがぐらつく岩に飛び乗って、変色の見られる箇所を示した。「おそらくは血液かと。ダイバーには出動要請ずみです。一時間以内に到着するはずです」

「鑑識員も頼みたい」ヴィスティングは言った。

「モムラクを発見してからにしては?」ウルストルップが訊いた。

「ここは深いので」と機動隊員のひとりが湖面を見やって言った。「見つかるかどうか」

「過去二十四時間にここでなにが起きたかを知りたい」ヴィスティングはそう言って道を引き返した。

「どこへ行くんです？」ウルストルップが訊いた。

「ニンニ・シェヴィクと話しに行く」

カーテ・ウルストルップはうなずいた。「わたしも行きます」

70

ヴィスティングはホイールアーチに砂利をはねあげながら前庭から車を出した。

カーテ・ウルストルップが心の声を口にした。「事故だとは思っていませんよね。泳ぎに行っただなんて」

「食事の最中に、タオルも持たずに行くとは思えんね」

表の道路に出るとタイヤが路面をつかんだ。ヴィスティングは携帯電話を車に接続してマーレン・ドッケンにかけた。「電気使用量分析を手配するにはどうしたらいい？」

「目的はなんです？」

ヴィスティングは現状を説明した。「シチューが完成して電気コンロが切られたのがいつかを知りたいんだ」

「メーター番号がわかれば手っ取り早いですね。わたしから知り合いに連絡します、夜までには答えが出るかと」

「助かるよ。では、写真を送る」

ヴィスティングはウルストルップに携帯を預け、ダニー・モムラクの家のヒューズボックスの写真を送信するよう頼んだ。

「ニンニ・シェヴィクは信用できないと言ったでしょ」ウルストルップが携帯を置いて言った。

「理由は聞いていないが」

「したたかなんです」ウルストルップが答える。「冷酷なまでに」

ヴィスティングは説明を求めた。

「以前、正面衝突の事故を担当したんですが」ウルストルップが話しはじめる。「配送用のヴァンが乗用車に突っこんだんです。老夫婦が亡くなりました。現場はフリーエルフィヨルドの西の、交通量の少ない裏道でした。最初にそこを通りかかったにもかかわらず、ニンニ・シェヴィクは緊急通報を怠ったんです。炎上した車を撮影するのに夢中で」

車が大型トラックに追いついた。ヴィスティングは直線路でそれを追い抜いた。

「一、二分後に次の車が通りかかって、警察が呼ばれ、ニンニもヴァンの運転手の救助を手伝いました。もう一台の老夫婦のほうはどうにもなりませんでした」

「救助した運転手のほうは無事だったのかい」

「いえ、残念ながら。気道がふさがれた状態が長く続きすぎたんです。酸欠のせいで脳に重大な障害が残ってしまって。おそらくまだどこかの医療施設にいるはずです。ニンニ・シェヴィクが写真を撮るまえに運転手の頭を後ろに反らしてあげていれば、呼吸ができたはず。いまも元気だったはずなのに」

「惨《むご》いな」

「新聞に載った写真には、道路脇の茂みの枝が何本か折れているのが写っています。彼女が一枚の写真に二台を収めるために折ったんです。ベストショットのために」

「罪に問われることは？」

「救護義務違反の適用も検討されたんですが、それには至りませんでした。事故の責任はヴァンの運転手にあるからでしょうね。かなりのスピード違反だったうえ、対向車線にはみだしていたので。それでもニンニと新聞社の編集長はそのことで非難を浴びました。まもなく彼女は転職しました。事故のせいかどうかは知りませんが」

数キロのあいだどちらも黙りこんでいた。

到着するとニンニ・シェヴィクが車のそばに立っていた。ヴィスティングはその後ろに車をとめた。

「なにかあったんですか」ニンニがバッグを荷室にしまいながら訊いた。

「ここで会えてよかった」ヴィスティングは相手の車を顎で示した。「これから外出を?」

「何日かオスロへ戻ろうと思って。なにかニュースがあるんですか」

「ダニー・モムラクの行方がわからない」ヴィスティングは答えた。

ニンニ・シェヴィクは荷室のカメラに目をやったが、取りだそうとはせずヴィスティングに目を戻した。「行方がわからない?」とオウム返しする。「どういうことです?」

「家は鍵があいたまま、車は前庭に残され、携帯は電源が切られている」

ウルストルップが運転席側にまわって手帳を取りだしたが、口を挟もうとはしない。

「最後にモムラクとやりとりしたのは?」ヴィスティングは訊いた。

「昨日、自宅を訪ねました」

「何時ごろに?」

「夕方です」

「向こうを出たのは?」

「九時ごろでした。撮影するつもりだったんですが、彼の気が乗らなくて」

「なぜ? なにが問題なのか聞いていませんか」

ニンニ・シェヴィクはリアゲートを閉じた。「いえ、とくには。弁護士と会ったそうです。

悪い知らせでも聞かされたようでしたが、そのことを話そうとはせず、とにかく撮られるのはごめんだと。それで、関係ない話をあれこれしただけで終わりました」

「たとえばどんな？」

「家の手入れのこととか。将来のこととか。夢や計画についてです。なにしろ、多額の補償金を受けとれる可能性があるので」

ヴィスティングはさらにいくつか質問を続けた。午後六時半ごろにモムラクの家に着き、ふたりで夕日を浴びながら裏庭にすわって缶コーラを一本ずつ飲んだが、食事はしていないという。

「ひとりになったあと、なにかするつもりだとモムラクは言っていませんでしたか」

ニンニ・シェヴィクは考えをまとめようとするように地面に目を落とした。「夜の湖に泳ぎに行くつもりだと」と答えが返される。「わたしが着いたとき、彼はスレートでテラスをこしらえているところだったんです。しゃべっているあいだも続けていました。湖は探してみました？」

「くまなく捜索している」ヴィスティングは答えた。

「そうですか」ニンニは荷室のカメラにまた目をやった。「なら、行ってみないと。もういいですか」

ウルストルップの携帯が鳴った。画面を確認して離れていく。

ヴィスティングには訊くべきことが残っていた。「ステン・クヴァンメンの話はしましたか」

ニンニが苦笑いする。「ダニーにとって、その名前は罵倒と同じなんです。悪態をつかれるのと。でも、なぜ？」

「数時間前に遺体で発見された」ヴィスティングは告げた。

笑みがすっと消えた。その顔に怯えたような動揺が浮かぶ。「なにがあったんです？」

ヴィスティングはどこまで話すべきか迷った。だが、相手の反応を見たい。「自分の車の荷室に積んだ犬のケージに押しこめられていた。死因はおそらく熱中症だろうと」

ニンニは呆然《ぼうぜん》と口をあけた。「まさか、ダニーが……？」

「わからない」ヴィスティングは車に引き返した。

ウルストルップが通話を終えるのを待って、ヴィスティングはドアをあけた。「もう行かなくては」そう言って座席に乗りこんだ。

ニンニ・シェヴィクはそこに立ったまま走り去る車を見つめていた。

「モムラクが見つかりました」カーテ・ウルストルップが言って携帯をシャツのポケットにしまった。「水深五メートルの湖底に」

71

ヴィスティングがオクルンゲンのモムラク宅に戻ったとき、遺体をのせたストレッチャーが車両に搬入されたところだった。

ニンニ・シェヴィクは写真を撮りそこなったな。そんな考えが頭をよぎるのと同時に、リアゲートが閉じられた。

「このあたりの湖底は傾斜が急なんです」と鑑識員のひとりが言った。旧道のガレージの捜索も担当した男だ。

「遺体は湖岸から七メートル近く離れた場所にありました。でも、岩から足をすべらせたとしても筋は通ります。湖底の流れによって数メートル東へ引きずられたということでしょう、衣類が残されているあたりから」

「検死担当とは話を？」ヴィスティングは訊いた。

「解剖は明日の朝だそうです。昼には死因がわかるかと」

「きみの意見は？」

「後頭部に外傷が見られます。岩場で転倒したようにも見えますが、こんなものも見つかりました」

鑑識員がスレートの板を掲げた。三十センチ長の証拠品袋にぴったり収まっている。

「ダイバーたちが遺体の二メートル東寄りの湖底で発見しました。家の裏手にあったものが湖に投げ入れられたと見て間違いないかと」

ふたりは数日前にヴィスティングがモムラクと話した裏庭のテラスにまわった。スレートの山に変わった様子はなく、手押し車も前回と同じ場所に置かれている。

「このあたりを重点的に頼む」ヴィスティングはテーブルと椅子の周囲に敷かれたスレートを覗きこんで言った。「木曜にここへ来たときは鳥の糞だらけだったんだ。煙草の灰や吸殻もあった。誰かがそれをきれいに拭きとったらしい」

装備を解いたダイバーたちがファリス湖に通じる小道を歩いてきた。酸素ボンベを積んだ台車を引いているため、立ち入り禁止テープをくぐるのに手間取っている。

「あの道にはなにが見つかった?」ヴィスティングは訊いた。

「いまのところなにも」鑑識員が答える。「小川があふれて濡れているところが一部ありますが、それ以外の地面は乾燥してかちかちです。ぬかるんだ部分は足跡を探すために立ち入り禁止にしてあります」

「手押し車の轍《わだち》がないかも調べてくれ。モムラクがここで殺されたとしたら、湖まで運ばれたはずだ」

ヴィスティングは古ぼけた手押し車に近づいた。先日は雨水が溜まり、鳥たちが水浴びをしていた。いまは空だ。

装備を積んだ車両が草ぼうぼうの裏庭の奥へとバックで進入している。投光器も設置され、立ち入り禁止テープがさらに張りめぐらされる。鑑識員たちが新しい鑑識服に着替えはじめた。

ヴィスティングはその場に立って様子を見守った。作業灯のまわりを蛾《が》が飛びまわっている。猫が近づいてきて脚に身をこすりつけたが、スティレルがそばに立つと怯えて逃げだした。

「あなたが過去の事件を調べるたびに、予想もつかない事態が起きる」とスティレルが言った。

鑑識員のひとりがしゃがんで二枚のスレートのあいだからなにかをつまみあげた。とくに意味のあるものではなかったようだ。

ヴィスティングはニンニ・シェヴィクの言葉をスティレルに伝えた。

「ステン・クヴァンメンの件は知っていたようでしたか」スティレルが訊いた。

「わからない」

ヴィスティングは裏口のドアに目をやった。その奥にあるキッチンでクヴァンメンの車のキーを見つけたのだ。

「モムラクはクヴァンメンに檻《おり》に入れられた気分を味わわせたかったのかもしれない」スティレルが指摘した。「死ぬとは思わなかったのかもしれない。数時間だけ放置したあと、戻って解放するつもりだったとも考えられる」

その考えはヴィスティングの頭にもあった。両手をポケットに突っこむと身震いがした。

長い夜になりそうだ。

72

捜査本部はシーエン警察に設置された。形式的にはオクルンゲンはシーエン警察の管轄区域内にあり、鑑識員もそこから派遣されていた。ヴィスティングは慣れない場所に落ち着かず、作業を後ろで見守った。

午前零時をまわったころ、マーレン・ドッケンから電話があり、電気使用量の暫定的な分析結果を送信したと告げられた。

「完全な分析結果を得るには住居内の家電機器を確認する必要があるんです。でも、十七時三十分から十八時三十分までのあいだに使用量の大幅な上昇が見られるので、おっしゃっていた電気コンロの使用もここに含まれるはずです」

さらに詳しく検討した結果、コンロは十八時少し過ぎに点けられ、約十分後に弱火にされたあと、さらに十分後に切られたという結論に達した。

「二十時ごろにまた上昇しています」マーレンが続けた。「千ワット」

「なんだと思う？」

「事件の内容と室内の状況がはっきりしないので難しいですが、エーリク・ロルの事件では、給湯器を使ったときに似たような上昇が見られました」

「つまり、誰かが湯を使ったということだな」

「おそらくは」

マーレンに礼を言い、ヴィスティングは時系列表にその情報を記入した。自宅に戻って検死解剖の報告書が出るまで二、三時間ほど睡眠をとることもできるが、それも忙しない。そのときカーテ・ウルストルップに呼びかけられた。スティレルとともに下の階のコンピューター室に来てほしいという。

「遺体が運ばれるまえにモムラクの携帯を開いて、パスワードをリセットしたんです」

遺体を使って指紋認証か顔認証でロックを解除したということだろう。

「中身はハードディスクに保存ずみなので、残らず見られます」ウルストルップが続ける。

階下にあるコンピューター室はファンがうなり、LEDライトが点滅していた。乾燥した空気がヴィスティングの喉を刺激した。

大型モニターのコンピューターが一台、担当技師によって確保されていた。カーテ・ウルストルップがさっそく通話履歴を調べにかかる。

過去二十四時間のあいだにダニー・モムラクの電話には母親からの不在着信が二件入っているが、それ以外の着信履歴はその前日が最後となっている。午後にニンニ・シェヴィクと三分ほど通話している。

それ以外の通話相手はかぎられている。事情聴取を要請した際のマーレン・ドッケンの番号と、弁護士の番号が含まれている。残りの番号はどれも関係者のものとは一致しない。

ウルストルップがメッセージの確認に移った。モムラクとニンニ・シェヴィクのやりとりがいくつか残っているが、重要なことは書かれていない。訪問日時の相談や短い確認に加え、以前の会話や議論に対する返答などが記されている程度だ。

「写真を見てみよう」ヴィスティングは促した。

画像は日付順に並んでいた。モムラクは熱心に写真を撮るものの、整理や削除は苦手だったらしい。合計千七百二十二枚のうち、似たような写真が何組も含まれている。

カメラに収められているのは日常のひとコマばかりのようだ。飼い猫が繰り返し登場するほか、食べた料理や訪れた場所も写されている。自然や町の風景も登場するが人物を写したものは少ない。モムラクの自宅でインタビュー前にカメラと照明を準備するニンニ・シェヴィクの写真が何枚かある。ヴィスティングの渡米の前日に撮られたものだ。ニンニが代わりに撮ったのか、ビデオカメラの前にすわったモムラクが写った一枚もあり、カメラのモニターにも小さくその姿が映っている。

「いいかい」ヴィスティングは声をかけ、マウスを受けとった。

画面をスクロールして、アグネーテ・ロルが殺害され、モムラクがスターヴェルンに来ていた夜に撮影されたものを表示させる。そこにある二枚はいずれもヴィスティングの自宅を写したものだ。一枚にはキッチンの窓辺に立つ自分の姿が確認できる。寝るまえの習慣で、そこに立ってリーネの家を見下ろしているときのものだ。

さらにスクロールを続け、三、四カ月前の写真にも目を通す。期待以上のものが見つかった。

助手席から撮ったものらしき一枚がある。携帯電話はやや斜めに構えられているため、被写体も傾いでいる。ハンネ・ブロムのヴァンを写したものだ。駐車場の中央にとめられ、白い紙がフロントガラスに挟まれている。さらに撮影者側の車のフロントガラスに入ったひびも写っている。

「ニンニ・シェヴィクの車から撮ったものだ」スティレルが言った。「最初からすべてに関わっていたんだ」

ヴィスティングは技師に向かって訊いた。「歩数計を確認することは可能だろうか」

技師が椅子をすべらせて近づいてくるとマウスを握り、活動量計のデータを呼びだした。日付や時間帯ごとの数値を確認できるようになっている。最新の記録は二日前の十九時から二十時のあいだの歩数だ。わずか十一歩。

「実際に歩いたものかどうかは断言できません」と技師が言う。「携帯が動かされたときにカウントされたのかもしれない」

そのまえの一時間には百七十四歩がカウントされている。

「携帯の充電が切れた時間はわかるかね」ヴィスティングは訊いた。

技師が二、三度キーを打って答えを導く。「昨夜の午前二時三十七分です」

ヴィスティングはあらためて確認した。「つまり二日前の午後八時以降、携帯は動かされていないと？　一カ所に留まっていたということだね」

技師がうなずく。

「ニンニ・シェヴィクは午後九時まであそこにいた」スティレルが口を開いた。ウルストルップが勢いこむ。「なのに、自分が帰ったあとにモムラクが泳ぎに行くと言っていたと答えた。あれは嘘っぱちだったということです。これで決まりね」

そして二日前のニンニ・シェヴィクとダニー・モムラクの通話履歴をまた呼びだした。

「これはモムラクが弁護士の家から戻った直後のものです。計画が狂って、トーネ・ヴァーテランの服から発見された精液が一九九九年のものじゃないとばれたと知った直後の」

ヴィスティングはうなずいた。これでニンニ・シェヴィクに対する疑いがより明確になった。動機が見つかったのだ。

「彼らの企みは暴かれた」カーテ・ウルストルップが続ける。「でも、手がかりが示す犯人はモムラクだけ。ニンニの関与を暴露できるのもモムラクだけだった」

「ばれればすべてを失う」スティレルが言った。「ジャーナリストとしての信用そのものを。一九九九年には記者仲間にばかにされる程度ですんだかもしれないが、今回は世間の笑い物になる」

そしてヴィスティングに向かって訊いた。「いつ引っぱりますか」

「明日」ヴィスティングは答えた。「これが溺死事故でないと確認が取れてからだ」

73

歩数はすでに六千歩に近づいていた。大半が会議室を行きつ戻りつした分だ。

事件が解決に近づき、捜査は正念場を迎えていた。ヴィスティングは椅子を引いて会議机についた。

向かいには警察署長がすわり、ブラインドが一枚折れているせいで日光がその顔に差しこんでいる。経緯を知らない署内各部の長や幹部たちも情報共有のために顔を揃えている。かつてクヴァンメンと仕事をともにした者も何人かいるようだ。

ヴィスティングは事件の概要と新たな進展をひととおり報告し、続いて主任鑑識員が検死報告書に記された発見事項について説明を行った。

後頭部の外傷によるダメージは致命傷になりうるものではあったが、ダニー・モムラクの直接の死因は溺死だった。

「肺から採取した水に錆びた金属片が発見されました。ダニー・モムラクは裏庭に置かれたスレート片で殴打されて意識を失い、手押し車に溜まった水のなかに頭を沈められた際にそれを飲みこんだものと考えられます。そのあと手押し車でファリス湖まで運ばれたということです」

「湖への道になんらかの証拠は見つかりましたか」スティレルが訊いた。

鑑識員は首を振った。「鑑識班のものを除外したところ、残った足跡はありませんでした。湖岸に残されていたモムラクの靴の跡もありません。古い足跡が消されたようです。もう一度現場へ行って、地面をならすのに使われた可能性のある枝を探す予定です」

さらに補足として大型モニターにダニー・モムラクの自宅周辺の写真が表示され、犯人が説明された。

誰にも目撃されず、近隣住民その他に邪魔されることなく犯行に及ぶことが可能であったと

「モムラクの車のなかから拳銃が発見されています」鑑識員はさらに続け、フォルクスワーゲン・トゥーランの写真を呼びだした。「運転席の下にコルトが隠されていました」

写真には銃身に刻まれたシリアルナンバーも写っている。

「登録者名はハルヴォール・モムラク。ダニー・モムラクの叔父で、家の元所有者です。ダニーが相続したもののなかに拳銃も含まれていたんでしょう」

署長と幹部の面々が食い入るようにそれを見つめている。ステン・クヴァンメンが拳銃で脅されて犬のケージに入る姿が容易に想像できた。

「全弾装塡されていますが、使用された形跡は見られません。少なくともここしばらくは」

主任鑑識員はそう締めくくり、部下のひとりに続きを任せた。

裏庭のテラスからは血痕が発見され、それを拭いとろうとした形跡が見られるという。

「モムラクは殺害後に衣服を脱がされています」鑑識員がそう続け、Tシャツに血が付着したため犯人が抽斗からきれいなものを持ちだしたと思われると述べた。

「汚れたTシャツのほうはどうなったんだ?」と質問が飛んだ。

「発見されていません。おそらくは犯人が持ち去ったのではないかと。拭きとりに使った布といっしょに」

鑑識員が手帳を繰る。「ドライブレコーダーの映像もすべて確認しました」そこでヴィスティングを見てから続けた。「ニンニ・シェヴィクの車以外に出入りした車両はありません」

署長もヴィスティングに目を向けた。形式的には捜査に責任を負ってはいないものの、ヴィスティングにはこれまでの実績があり、事件を誰よりも知っている。

「ニンニ・シェヴィクはいまどこに?」署長が訊いた。

「こちらへ向かっています」ヴィスティングは答えて席を立った。

74

ヴィスティングは取調室の音声と映像がリアルタイムで送信されるモニターの前に立っていた。新人時代は取調室で被疑者の向かいにすわり、タイプライターを叩いて供述を記録したものだった。削除キーすらない代物で。一九八四年の話だが、自分を老いぼれだとは感じなかった。ここ数日のあいだ、これまで聞いたことも想像したこともなかった捜査手法を知り、利用することになった。そのすべてを理解できたのだ。

ニンニ・シェヴィクが低い声で話している。スピーカーの音量が上げられる。最初に行われる形式的な質問に短く答えているが、その声には不安が感じとれた。警察にどこまで知られているのかわからない不安が。

ヴィスティングは冷戦期に生まれ育った。一九七〇年代後半に警察学校に在籍していた当時は、警察による政治的関心や思想信条の監視・調査に対して批判的な思いを抱えていた。それはプライバシーの侵害であり、治安の向上と引き換えに不安を生むものであるからだ。のちにその違法性も指摘されることになった。

そして現在、監視はその形態と性質を変えた。それはもはや体制に強いられるものではなく、国民の大半がみずから〝OK〟をクリックして選択するものとなった。いまや誰もが一挙一動を見張られている。

カーテ・ウルストルップが空いた椅子を示したが、ヴィスティングは立ったままでいた。スピーカーから容疑内容を読みあげる声が聞こえた。モニターに映ったニンニ・シェヴィクが首を振った。二、三十年先か、あるいはもっと近い将来に、新たなジャーナリストたちが現れてこの映像の公開を求めるかもしれない。

あるいはまた、未来の捜査員たちが新たな捜査手法や最新技術を用いてヴィスティングが断念せざるを得なかった事件を解決し、解決したはずの事件を再捜査するときも来るのだろうか。

ニンニ・シェヴィクが供述をはじめた。最も安易な言い逃れを選択したらしい。否認を。

供述の内容は実際のところ重要ではない。つなぎあわせた証拠の網によってすべての答えはすでに得られている。ことが動きだすとあとは早かった。すべてが猛烈なスピードで進んだ。

ヴィスティングは出口のほうへ退き、ドアを静かにあけて外へ出た。自分がそこにいる必要はない。若く活力に満ちた刑事たちがやってくれるはずだ、おそらくはより手際よく。事件を起訴に持ちこみ、有罪へと導くにちがいない。

ドアを閉じながらヴィスティングは確信した。事件第一五六九号に冤罪の疑いはない。

75

二週間後

マーレン・ドッケンが取調室のドアを閉じると、接触の不具合のせいかモニターの映像がかすかにちらついた。

エーリク・ロルと弁護士が顔を上げた。マーレンが席について新たな証拠を彼らに提示する。燃料缶が盗まれたハーブ園の物置からエーリク・ロルの指紋が検出されたのだ。

同じ状況をヴィスティングは幾度も目にしてきた。新たな要素の出現によって、一貫して同じだった被疑者の主張に襤褸《ぼろ》が出はじめるさまを。内容に変化が生じる。時間が訂正され、詳細が調整される。細かな点が加わり、削除される。やがて綻びが現れる。矛盾や食い違い、齟齬《そご》や誤謬《ごびゅう》、そして最後には繕いようのない特大の供述の穴が明らかとなる。取調室の空気が一変し、尋問の流れが変わる。

ニンニ・シェヴィクの場合も結果的にはそうなった。今度はエーリク・ロルの番だ。

「アグネーテがヤーレ・シュップと不倫していることは知っていました」エーリク・ロルが口を開いた。「帰ったときアグネーテがいなかったので、相手の家だと思った。ふたりが別れるまで外で待っていて、しばらく跡をつけてからアグネーテを呼びとめたんです」

マーレン・ドッケンが順を追って出来事の流れを確認し、エーリク・ロルは周到に練りあげられた説明を続ける。アグネーテが先に喧嘩をふっかけ、突き飛ばしたので、それを押し返しただけだ、あんなことになるとは思いもしなかったのだと。事実だと言われれば否定しようのない説明だ。

質問が答えづらいものになるにつれ、記憶がエーリク・ロルを裏切りはじめた。遺体を隠し、ふたたび戻って火を放ったことを訊かれたあたりで。

ニンニ・シェヴィクも周到に練られた説明を用意していた。自分はダニー・モムラクの無実を信じていたが、番組制作の過程で疑念を抱くようになった。最後にモムラクの家を訪れて問い質したとき相手は逆上した。だから正当防衛で反撃した。そのあとパニックになって事態を隠蔽しようとしたというものだ。しかし捜査が終了したとき、すべてがニンニ・シェヴィクを黒幕だと示していた。匿名の手紙に用いられたインクと彼女の自宅のフェルトペンの照合結果に至るまで、あらゆる証拠が。ニンニ・シェヴィクは一切の信用を失って法廷に立つことになる。

まもなくエーリク・ロルは取り乱し、泣きはじめた。取調室での涙は珍しいものではないが、他者を思って流されることは稀だ。そこにいる本人が現実に気づき、己の行いがいかなる報いをもたらすかを悟ったときに流されるのだ。

ヴィスティングはモニターに背を向けて部屋を出ると屋上のテラスに上がった。ひんやりとした空気を幾度か深く吸って自室へ下りた。休暇は終わりだ。

76

一カ月後

朝食後、ヴィスティングは落ち葉を掻きに庭へ出た。肌寒さのなかでのんびりと作業をした。急ぐ必要はない。黄金色の葉を残らず集め、あとで捨てるためにいくつかの山を作った。

リーネとアマリエがやってきた。アマリエが芝生を突っ切り、いちばん大きな山に飛びこんだ。寝そべったまま葉を撒き散らしている。ヴィスティングも笑いながら熊手でアマリエの身体に葉をかぶせた。全身が埋まったとたん、アマリエがぴょんと立ちあがった。

リーネは魔法瓶とカップを三つ持参していた。「ホットチョコレートよ」

熊手で身を支えたヴィスティングは湿っぽい空気にむせて大きく咳払いをした。

「具合が悪いの？」リーネが訊いた。

「いや、元気だとも」ヴィスティングはにっこりと答えた。

健康そのもの、絶好調だ。前日にかかりつけ医に診てもらったばかりだった。

三人はテラスのガーデンチェアにすわった。リーネがカップに飲み物を注ぐ。ヴィスティングはさっき見かけたリスがまだどこかの木の上に隠れているかもしれないと話した。

アマリエがカップを置いてリスを探しに駆けだしていく。

「金曜日にあの子を預かってもらえる？」リーネが訊いた。

ヴィスティングはカップに口をつけた。上唇に泡の筋が残る。

ちょうど強制休暇の取得中で、ほかに予定もない。

「なにをしに行くんだ？」

「仕事の面接。セプテンバー・フィルム社が過去の失踪事件を扱うための編集チームを募集してるの。ドキュメンタリー・シリーズを制作するんだって」

ヴィスティングはもうひとロチョコレートを飲んだ。「そこはセデリク・スミスがいるところじゃなかったか」

「もういない。やめたから。詳しいことは知らないけど、本性がみんなにばれたのかもね」

「見て!」

アマリエが喜々として指差している。リスが枝から枝へと飛びうつり、するすると幹をのぼって梢に消える。

「これで終わりじゃないのに」リーネが言った。

ヴィスティングはその意味をつかみかねた。

「葉っぱのこと」とリーネが庭の植木を示す。

ヴィスティングは腰を上げ、熊手を取ってリーネに笑いかけた。「そうだな」と言ってまた庭へ出た。「来年には新しい葉も顔を出す。終わりがない仕事だな。それでも、できるだけ片づけておきたいんだ」

＊三一七ページ注……本書が執筆された当時、インターネット上にこうした画像が出回ったが、今日ではフェイクとされている。三二四、三三一、三三二ページの記述とも関連。

訳者あとがき

一九九九年八月、ノルウェー南部ヴェストフォル県の小都市ラルヴィク郊外で、十二歳の少女クリスティン・ユール・ヨハネッセンが自転車で湖へ行く途中に消息を絶ち、やがて絞殺体で発見された。二年後に二十代の男が被疑者として逮捕・起訴されたものの証拠不十分で無罪となり、事件は解決されないまま時が流れた。

ノルウェーで広く知られるこの実在事件の捜査にあたったのが、当時ヴェストフォル県内の警察署で刑事を務めていたヨルン・リーエル・ホルストだった。本書で十五作を数える警部ヴィスティング・シリーズの作者である。ホルストにとってこの事件は「膿《う》んで癒えることのない心の傷」となった。折に触れて捜査資料を読みなおし、独自に犯人の手がかりを探していたクリスティンの父親にも協力を続け、二〇一三年に警察を退職したのちも連絡を取りあっていたという。

二〇一五年、その事件がついに解決を迎える。最新の手法によって遺留物のDNA型鑑定がやりなおされた結果、ホルストが十四年前に逮捕した男がふたたび起訴され、クリスティン殺害の罪で禁固十三年の刑を下されたのだ。

シリーズ第十二作『警部ヴィスティング　カタリーナ・コード』にはじまる未解決事件《コールド・ケース》四部作《カルテット》は、この作者の実体験をもとに構想された。

さらにこの四部作には、ノルウェーの犯罪捜査における重大な変更が反映されている。殺人罪をはじめとする凶悪犯罪の公訴時効の廃止である。法改正にともない、二〇一五年、国家犯罪捜査局《クリポス》に未解決事件班が新設された。『カタリーナ・コード』で初登場するアドリアン・スティレル捜査官が所属するこの部署は現実に存在し、数々の迷宮入り事件の解明に努めている。

過去の未解決事件の捜査では、新たな技術を用い、新たな目で証拠を再検証することで、解決の糸口をつかめる可能性がある。『カタリーナ・コード』に、スティレルがそういった主旨の発言をするくだりがある。また、事件当時は口をつぐんでいた人が状況の変化によって語りだすこともあるという。その意味で、「時間の経過は、捜査の妨げになるどころか、むしろ助けになることがある」のだと、ホルストはあるインタビューで語っている（『鍵穴』に次ぐ第三作『悪意』の吉野仁氏による解説より引用）。このことが四部作全体を貫くテーマとなっている。

第四作となるこの『疑念』(Sak 1569)では、主人公のヴィリアム・ヴィスティング主任警部は夏の休暇を過ごしている。勤務先のラルヴィク警察では女性の行方不明事件が発生し、捜査の行方が気になるものの、自分が口を出すわけにはいかない。フリージャーナリストの娘リーネも、孫娘のアマリエを連れて恋人とのヴァカンスに出かけている。手持ち無沙汰なヴィスティングの自宅に、ある日、差出人不明の封書が郵送される。手紙に書かれていたのは〝12-1569/99〟の一行のみ。それは一九九九年に隣接するポシュグルン警察管内で起きた少女殺害事件の事件番号だった。

その年の七月、アルバイト帰りに夜の湖へ泳ぎに行った十七歳のトーネ・ヴァーテランが行方不明となり、二日後に絞殺体で発見された。トーネに振られた元恋人のダニー・モムラクが直後に逮捕され、禁固十七年の判決を受けて服役していた。トーネの体内からはダニーのものとDNA型が一致する精液が検出されており、単純明快で疑う余地のない事件に思われる。はたして匿名の手紙の主はなにを訴えようとしているのか、なぜ手紙の宛先に自分が選ばれたのか。興味をそそられたヴィスティングは事件の捜査資料を取り寄せて詳細を調べはじめるが、その疑問に答えるように、やがて第二、第三の手紙が――

今作で描かれる事件は、冒頭で触れた〝クリスティン・ユール・ヨハネッセン事件〟を強く想起させる内容となっている。構成も前三作とは異なり、事件の被害者や関係者による視点の章が随所に挿入されるという新たな形がとられている。さらには、緻密な捜査を重ねて着実に真相へと至るこのシリーズの魅力はそのままに、前作『悪意』に輪をかけてひねりのきいた、二転、三転の展開も用意されている。作者の並々ならぬ思い入れが感じられる本作は、四部作のラストを飾るにふさわしい作品だと言えるだろう。

ヴィスティング・シリーズの魅力は、ストーリーだけにあるのではない。

わたしたちは実世界においても虚構の世界においてもしばしば、その複雑さや残酷さに怯《おび》え、たじろぎ、心を折られてしまう。ミステリーの主人公の性格に奇矯なものが多いのは、読者と悲劇のあいだに防波堤を設け、精神的な負荷を軽くするためでもあるのだろう。でもそれは本当にわたしたちを救っているのだろうか。

ヴィスティングには天才的な頭脳もなければエキセントリックな振る舞いもない。あるのは、年齢と経験を重ねた大人だけが持つ温かで安定した人格と堅実な判断力、そして上司や組織に対してではなく仕事の本質に対する献身、といったところだろうか。ケレン味などかけらもない。

しかしだからこそ、作品を読み終えるとき、そこには必ず、静謐《せいひつ》だがずっしりとした手応えと、小さくとも遠くにたしかに灯《とも》りつづける灯台を得たような感覚が残る。これが警察小説の形をとった、普遍的な人間性の回復の物語だからだろう。

コールド・ケースに取り組むのは、声なき人の無惨に絶たれた希望や努力を忘れないということだ。時の流れや力の介入にあらがい、正当な光を当てるということだ。なにかを声高に叫ぶわけではなくとも、真摯に真実を追求するヴィスティングの背中が救っているものは、きっと被害者だけではない。

今作で現役の終わりを意識しはじめたヴィスティングだが、後進に譲るべきところは譲り、背中を見せるべきところは見せながら、地道に己の仕事を進めていく。起伏に乏しい自身のプライベートにどこかやるせなさを覚えつつも、人生の階梯《かいてい》ひとつひとつに誠実に向きあおうとするヴィスティングの姿勢にみずからを重ねあわせる読者も多いのではないだろうか。

ヴィスティング・シリーズは、第十六作Grenseløsに続き、第十七作Forræderenもすでに本国では刊行されている。またドラマ化もされ、制作にはノルウェードラマ史上最高の費用が投じられた。第一シーズンはシリーズ第八作『猟犬』(猪股和夫訳、早川書房)と第九作Hulemannenを下敷きにしたもので、ヴィスティング役をスヴェーン・ノルディンが、本作『疑念』にも登場するFBI捜査官マギー・グリフィン役をキャリー＝アン・モスが演じている。日本でも《刑事ヴィスティング　～殺人鬼の足跡～》のタイトルで昨年三月にWOWOWで初放送された。第二シーズンは前作『悪意』、第三シーズンは第十六作Grenseløsを原作としたものだそうだ。公開を楽しみに待ちたい。

この四部作を訳出するにあたり、翻訳者仲間の田畑あや子さん、山名弓子さん、浦野壽美子さんにご助力をいただいた。また吉田薫さんには第三作『悪意』の翻訳をお引き受けいただいた。深く感謝いたします。

そして最後に、退職される直前まで温かく見守ってくださった小学館編集部の菅原朝也さんに心よりお礼を申しあげます。

二〇二三年一月

中谷友紀子

解説

池上冬樹

北欧ミステリが花盛りである。ミステリの多くが警察小説の形をとるけれど、それぞれ個性が違う。

まず、警部ヴィスティング・シリーズと同じくノルウェイ産の警察小説といえば、ジョー・ネスボの刑事ハリー・ホーレ・シリーズ（『ザ・バット　神話の殺人』）が有名だが、エネルギッシュで型破りで残酷である（肉体の一部が欠損するほどヒーローを追い込むのだ）。スウェーデン産のアンデシュ・ルースルンド＆ベリエ・ヘルストレムのグレーンス警部シリーズ（『制裁』）はケレンにみちた大胆さを売りにしているし、デンマーク産のユッシ・エーズラ・オールスンの特捜部Qシリーズ（『特捜部Q　檻の中の女』）は、歴史の闇の中に深く切り込む厚手の社会派ミステリを強く打ち出す。

フィンランド産のジェイムズ・トンプソンの特殊部隊カリ・ヴァーラ警部・シリーズ（『極夜　カーモス』）は精神の暗黒というノワール色を際立たせるし、スウェーデン産のM・ヨート&H・ローセンフェルトの犯罪心理捜査官セバスチャン・シリーズ（『犯罪心理捜査官セバスチャン』）は冷笑的で皮肉な味わいを前面に打ち出し、カミラ・レックバリのエリカ&パトリック事件簿シリーズ（『氷姫：エリカ&パトリック事件簿』）はテレビの連続ホームドラマ的な温かさをもつ。

アイスランド産のアーナルデュル・インドリダソンのエーレンデュル捜査官シリーズ（『湿地』）は本格的謎解きと中年刑事の私生活のドラマを丹念に描き、同じくアイスランド産のラグナル・ヨナソンの女性刑事フルダ・シリーズ（『闇という名の娘』）はしみじみとした人生観照を見せて味わい深い。そういえば、先日翻訳されたばかりのエヴァ・ビョルク・アイイスドッティルの女性刑事エルマ・シリーズ（『軋み』）も人の生死を静かに見つめる眼差《まなざ》しが印象的な佳作で、インドリダソン、ヨナソン、アイイスドッティルとアイスランドのミステリはいわば人生派の趣がある…といいたくなるが、そんなお国柄はないだろう。北欧ミステリの牽引役《けんいん》といっていい、ヘニング・マンケルの刑事ヴァランダーシリーズ（『殺人者の顔』）も、それから警察小説ではないけれど、ヨハン・テオリンのエーランド島四部作（『黄昏に眠る秋』ほか）も人生の数々の肖像を描いているからである。

では、ヨルン・リーエル・ホルストの警部ヴィスティング・シリーズの魅力は何かとなるが、一言でいうなら、バランスのとれた正統派といえる。大胆なケレンも、ことさらな暴力も、文学性への色気もないし、深く沈潜した人生論にも傾斜せず、丹念に事件の謎を追いながら（ミステリのプロットがよくできている）、ときおり人生の苦みを捉えて立ち止まらせるし、ときには緊迫感あふれるアクションを続けて、わくわくさせもする。先を読ませない波瀾《はらん》に富む巧みなプロット、昂奮《こうふん》のアクション、私生活のドラマなどをバランスよく配して飽きさせないのだ。だからこそ世界中に翻訳されている。

警部ヴィスティング・シリーズは、二〇〇四年に刊行された"Nøkkelvitnet"（英訳 Key Witness）から、昨年二〇二二年の"Forræderen"（英訳 The traitor）まで、十七作を数えるが、二〇一七年に刊行された第十二作『カタリーナ・コード』から四作が「未解決事件四部作（コールド・ケース・カルテット）」として特別な位置づけになる。すなわち二十四年前の失踪事件と二十六年前の誘拐事件を追及する『警部ヴィスティング カタリーナ・コード』、元国会議員が絡む約十年前の失踪事件を探る『警部ヴィスティング 鍵穴』、服役中の男が告白する四年前の第三の殺人事件の謎に挑む『警部ヴィスティング 悪意』、そして本書『警部ヴィスティング 疑念』である。

コールド・ケースというと、迷宮入りした未解決事件のイメージが強いが、新たな物証や証言などの発見からふたたび調査される犯罪捜査案件を意味することもある。とくに科学捜査（代表的なものはＤＮＡ鑑定）の進歩により、物的証拠が再分析にかけられる機会がふえてきた。解決済みの事件と思われても新たに別の犯人を指示する証拠が出てきた場合にコールド・ケースとみなされるのである。

実は本書『警部ヴィスティング　疑念』も、一九九九年と二〇〇一年に起きた殺人事件が扱われるが、どちらも犯人が特定されて、事件は解決を見ているのだが、それが再捜査される。

物語は、休暇中のヴィスティングの生活から始まる。一日一万歩を目標にしていたが、庭の芝刈りでは半分にも満たず、休憩してネットのニュースを見ると、ヴィスティングが休暇に入った二日後に発覚した行方不明事件が報じられていた。

三十二歳のアグネーテ・ロルはいまだ行方不明のままだった。地元IT企業に勤務する夫とバーで口論になり、先に帰宅したが、アグネーテの姿はなかった。夫は二日後に失踪届をだした。ヴィスティングは休暇中だが事件の進展が気になっていた。

そのとき郵便箱の蓋が閉まる音がした。確認すると白い封筒が入っていて、封を切ると紙が一枚。そこには12‐1569／99の数字があった。事件番号だった。一九九九年、第十二管轄区域で起きた、一五六九番目の事件。年間の犯罪件数は約三〇〇〇なので、一九九九年の夏の事件のはずだが、ヴィスティングが捜査を行なったことのない地域だった。

一九九九年七月、十七歳の少女トーネ・ヴァーテランが殺害死体で発見される。両親が避暑にいっていて家を留守にしていた時、トーネは自転車で湖にいき、そこで泳ぎ、そのあと何者かに殺害されて、土手の茂みに倒れた状態で発見された。犯人はその場近くで強姦《ごうかん》して殺害したものと見られた。死因は絞殺で、膣《ちつ》内の残留精液のDNAは元恋人のダン・ヴィーダル・モムラクのものと一致。三日後、ダンは殺人罪で逮捕される。裁判は完全明快で、冤《えん》罪《ざい》の疑いはなく、禁固十七年の刑が科せられた。

謎の投函《とうかん》は、そればかりではなかった。二番目の手紙には「11-1883/01」の文字。トーネ殺害から二年後に発生した殺人事件で、ヴィスティング自身が担当した事件だった。十七歳の少女パニッレ・シェルヴェンが失踪し、二日後に強姦され殺害された状態で発見された。四日にわたる徹底的な捜査の結果、ヤン・ハンセンが逮捕され、半年後に殺人で有罪を宣告された。

事件の類似は明らかだった。パニッレもまた、交通量の多い同じ道路を自転車で走行中に消息をたち、強姦・殺人の被害者だった。ヴィスティングが調査をすると、ハンセンが、トーネ殺害事件の関係者であることも判明する。ヴィスティングは、匿名の手紙の意図を探りながら、二つの事件を再調査していく。

もちろん二つの過去の事件のほかに、アグネーテ・ロル失踪事件も並行して語られていく。ミステリとしても、小説としても読み応えがあるのが、警部ヴィスティング・シリーズの特徴である。日本に最初に紹介された第八作『猟犬』(ハヤカワ・ミステリ)からしてそうだった。十七年前の誘拐殺人事件の証拠が偽造されていたことが判明し、捜査を指揮していた刑事ヴィスティングが停職処分を受けて過去の事件を再調査する話と、刑事の娘で新聞記者のリーネがある殺人事件を追及する話が二つ並行していく。とても丁寧に刑事と記者の探索を追いかけ、父と娘の交流を生き生きと語り、二つを巧みに交錯させる。このなめらかな円熟した語りが見事だった。プロットは巧緻だし、元刑事たちをはじめ中年男たちが陰影深く捉えられてひきつけられる。ガラスの鍵賞やマルティン・ベック賞など北欧ミステリ賞を独占したのも納得だった。だからシリーズの新作を読みたいと思ったのだが、邦訳二作目『警部ヴィスティング　カタリーナ・コード』が出るまで五年かかった。

英訳された北欧ミステリに与えられるペトローナ賞の受賞作である『カタリーナ・コード』だけあって読み応えがあるし、娘のリーネが一人娘を出産して仕事復帰というのも驚きだった。しかもヴィスティングと対立する国家犯罪捜査局のアドリアン・スティレルの求めに応じて、リーネが誘拐事件を追及していくのも面白かった。

四部作の第二部『警部ヴィスティング　鍵穴』は冒頭から読者を惹《ひ》きつけた。急逝した大物政治家の別荘で段ボール箱に入った大金が発見され、汚職の可能性などを含めて極秘の捜査を開始するのだが、展開はまことにスピーディ。政治家の人生を追いながら、やがて失踪事件が浮上してきて、様々な事柄が結びついていくあたりの驚きと、最後に見えてくる犯罪の動機が静かに胸に響いた。

第三部『警部ヴィスティング　悪意』は、もっともアクションに富む劇的な作品かもしれない。二人の女性を殺した男が、第三の殺人を告白して、死体を遺棄したという場所にヴィスティングたちとともに赴くが、男は一瞬の隙をついて逃亡する。明らかに共犯者の影があり、ヴィスティングたちが必死に捜査を続けていく。こちらもひじょうにテンポよく、次々に事件が起きて、過去の闇が見えてきて、いっそう謎が深まり、さらにヴィスティングを嫌う勢力もいて担当を外されそうになる。異常なる殺人鬼の相棒は誰なのかをめぐる推理もいいし、リーネがスティレルの依頼で撮影スタッフとして事件に深く関わることに、父親として複雑な思いを抱くあたりも読ませる。真犯人へと到達するまでの終盤の畳みかけるアクションと推理が効果的で、予想外のひねりもあって終盤は実に愉《たの》しめる。

このことは本書にもいえる。終盤での、容疑者を車数台で尾行していく場面がとりわけスリルに富む。車での追跡などいままでたくさん読んできたが、わくわくする場面の連続なのである。後半から自己の保身と出世のために捜査情報を意図的に流す男との葛藤もあって、ヴィスティングに負荷がかかるあたりは、警察内部での凄《すさ》まじい葛藤を描く横山秀夫的かも。最後の最後までいかないと真相がわからないあたりの充実したプロットもいい。

警部ヴィスティング・シリーズのことを正統派といったが、作者がもともと警察官であった過去が生きているだろう。あくまでもリアリズムに徹して、ケレンを抑え、だが最新の科学捜査の要素などをもちこんで犯人を絞っていく。たんたんと事件を追っていくだけなのに、紆余曲折があり、解けない謎、ふえていく謎もあって、よりいっそう霞《かすみ》がかかり、真相が見えにくくなっていくあたりは逆に昂奮を覚えさせて悪くない。

複数の事件が進行していくのも、モジュラー型警察捜査小説の典型として良くできている。複数の事件を束ねるにしろ、並行したままであるにしろ、主人公の刑事のクリアすべき壁として屹立《きつりつ》するのも、警察小説の伝統を踏まえている。

私生活の変化や移ろいも、ヴィスティングの人生における句読点になっていて、読むものに楽しみを与えてくれる。前作ではリーネの章もあったが、今回は親しく付き合っている男がいるという設定で、出番がすくない。ただし恋人との関係に複雑な経緯があり、ヴィスティングが干渉せざるをえなくなる。

個人的に嬉《うれ》しく思ったのは、前作『悪意』で重傷をおったパトロール課の女性警官マーレン・ドッケンの再登場で、しかも犯罪捜査部へと異動となっていて、有能さを発揮する。おそらく次作以降で、彼女がシリーズの中で大きな役をになうことになるのではないか。そう思いたくなるほど彼女の登場場面には温かな愛がのぞく。次作以降の翻訳紹介を続けてほしいものだ。

（いけがみ・ふゆき／文芸評論家）

本書のプロフィール

本書は、二〇二〇年にノルウェーで出版された『SAK 1569』の英語版（二〇二一年刊）からの初邦訳です。

小学館文庫

警部《けいぶ》ヴィスティング
疑念《ぎねん》

著者　ヨルン・リーエル・ホルスト
訳者　中谷友紀子《なかたにゆきこ》

二〇二三年三月十二日　初版第一刷発行

発行人　石川和男
発行所　株式会社 小学館
〒一〇一-八〇〇一
東京都千代田区一ツ橋二-三-一
電話　編集〇三-三二三〇-五一三四
販売〇三-五二八一-三五五五
印刷所 ——— 大日本印刷株式会社

ISBN978-4-09-407092-7